Andrea Wendeln

Keine Reue

Originalausgabe

Das Buch

Im beschaulichen Ort Wardenburg wird der Bürgermeister
Uwe Rösker tot aus einem See gezogen. Das Gesicht wurde ihm völlig zerschossen. Kriminalkommissarin Heide Rose und ihr neuer Kollege Peter Grahne nehmen
am Neujahrstag die Ermittlungen zu ihrem ersten gemeinsamen Fall auf.
Auf dem ersten Blick haben alle am Ort den Lokalpolitiker geschätzt und gemocht. In mühevoller Arbeit setzen Rose und Grahne aber ein ganz anderes Bild von Uwe Rösker zusammen: Er hatte zahlreiche Affären und hat vermeintlich Baugenehmigungen nach
eigenem Belieben verteilt.
Sann jemand auf Rache? Dann taucht eine weitere Leiche auf....

Die Autorin

Andrea Wendeln schreibt seit ihrer Jugend. Wurde 1967 in Oldenburg geboren, wo sie noch heute im Landkreis lebt.
Zahlreiche Gedichte und einige Kurzgeschichten sind in Anthologien erschienen.
Dies ist ihr erster Krimi von Heide Rose und Peter Grahne.

Andrea Wendeln

Keine Reue

Kriminalroman

TWENTYSIX
Eine Marke der Books on Demand GmbH
© 2022 Andrea Wendeln
Herstellung und Verlag: BoD – Books on Demand, Norderstedt
ISBN: 9783740712686

1

Es war nasskalt und ungemütlich an diesem 31. Dezember. Das Thermometer zeigte 3 Grad Celsius an und die Sonne konnte man nur hinter den Wolkenmassen erahnen. Trotzdem herrschte in den Morgenstunden reges Treiben in der Fußgängerzone rund um die Geschäfte in der Oldenburger Innenstadt.

Die Schaufenster erstrahlten teilweise noch immer in verschiedenen Weihnachtsdekorationen. Mal kleine Tannenbäumchen mit Lametta, mal mit lustigen Weihnachtsmännern oder Elchen mit roten Mützen und Schals. Einige hatten nun zusätzlich ein Frohes neues Jahr ins Fenster gehängt und Sektflaschen mit Gläsern darunter gestellt. Es gab teilweise bereits Schilder mit dem Hinweis auf Prozente, die es ab sofort auf die Waren gab. Straßenmusikanten, wie während der Weihnachtszeit, waren nicht mehr an jeder Ecke und aus den Läden kam keine Weihnachtsmusik mehr. Alles schien ein wenig entspannter nach den Feiertagen.

Ebenso wie die meisten Leute wollte Kommissarin Heide Rose noch ein paar Sachen einkaufen und eilte durch die Fußgängerzone. Etwas Obst und Gemüse, Brot und was sie sonst die nächsten Tage benötigte. Es war nicht viel, denn sie lebte allein in ihrer geräumigen Eigentumswohnung etwas außerhalb der

Innenstadt. Außerdem war sie am Neujahrstag bei ihren Eltern zum Essen eingeladen. Sie hatte keine große Lust dazu, aber absagen konnte sie nicht. Denn ihre Eltern erwarteten, dass ihre dreiunddreißigjährige Tochter, ebenso wie ihre jüngeren Schwestern, kam. Das Neujahrsessen war so etwas wie ein Ritual bei ihnen, eine alljährliche Pflicht.

Hoffentlich kam ihr keine Leiche dazwischen, schoss es ihr durch den Kopf. Denn dann musste sie sich eine gute Ausrede einfallen lassen. Ihre Eltern dachten nämlich, dass sie immer noch im Innendienst bei der Polizei wäre. Am Schreibtisch, wo es sicher und langweilig war, dachte Heide und musste grinsen.

Sie wollte ihre Eltern noch darüber informieren, dass sie in den Außendienst gewechselt hatte. Vor allem jetzt, wo ihr Kollege und Vorgesetzter Harm Janzen im Ruhestand war und sie seine Nachfolge antrat. Aber der richtige Zeitpunkt hatte sich noch nicht ergeben, dachte sie. Oder redete sie sich das nur ein?

Heide seufzte bei dem Gedanken daran und konzentrierte sich wieder auf ihre Umgebung. Sie wollte so schnell wie möglich zu Hause sein, und so ging sie zügig an den Schaufenstern vorbei. Bis sie an ihrem Lieblingsgemüseladen schräg gegenüber der Galeria Kaufhof ankam. Etwas Obst und Gemüse, Salat und eine Gurke sammelte sie in ihrem Korb. Auf dem Weg zur Kasse nahm sie noch eine Packung Türkischen Apfeltee und reichte alles dem jungen Mann an der Kasse. Wenig später zahlte sie den gewünschten Betrag und wünschte allen einen guten Rutsch ins neue Jahr.

Sie hatte noch zwei Dinge auf ihrem Zettel stehen, also eilte sie an der Galeria Kaufhof vorbei und überquerte den Schlossplatz, um zu ihrem Bäcker zu gelangen.
Dabei dachte sie über die letzten Tage nach.
Alle Einladungen zu Silvester hatte sie dieses Jahr ausgeschlagen, nach Feiern war ihr einfach nicht zumute.
Außerdem brauchte sie etwas Erholung, da die letzten Wochen wahnsinnig stressig gewesen waren. Zwei Wochen auf einem abschließenden Lehrgang für Kommissare der Mordkommission, dann die Vorbereitungen für den Ruhestand ihres Kollegen Harm Janzen. Die Organisation für das Abschiedsgeschenk und die Feier, schließlich die Übernahme seines Schreibtisches mit allem, was dazu gehörte, ließen sie in der letzten Zeit nicht zur Ruhe kommen.
Ja, und ab morgen, dem 1. Januar, ging es dann los: Man würde sie rufen, wenn ein Mord passierte. Ab sofort führte sie die Ermittlungen bei Mordfällen.
Eigentlich freute sie sich schon, sie hatte lange darauf hingearbeitet und endlich war sie am Ziel. Doch nun wollte sie es sich an Silvester erst mal gemütlich machen zu Hause, dachte sie und ging schneller, um möglichst bald die Füße hochlegen zu können.
Eben beim Bäcker rein und ein leckeres Brot gekauft, das bei ihren anderen Errungenschaften landete, und es ging weiter zum letzten Punkt auf ihrer Liste.
Mittlerweile wollten mehr Leute als zuvor in die Innenstadt und kamen Heide mal schnellen und mal gemütlichen Schrittes entgegen, sodass es auf dem

Bürgersteig zwischen Schaufenstern und Autos auf dem Parkstreifen eng wurde.

Vor Heide Rose ging ein älteres Paar, das sich eingehakt hatte und gemütlich an den Schaufenstern vorbeischlenderte. Als die beiden kurz von einem Schaufenster abgelenkt waren, wollte die junge Kommissarin eilig an ihnen vorbei, beschleunigte ihre Schritte und überholte das Pärchen. Plötzlich war wie aus dem Nichts ein Mann vor ihr und erwischte sie mit seiner linken Seite. Sie hatte den Herrn absolut nicht gesehen und verlor nach dem Stoß das Gleichgewicht.

»Oh!« Der Mann versuchte nach ihr zu greifen, sie zu halten, aber er war nicht schnell genug, und Heide Rose fiel rücklings zu Boden.

Oh Mann, wie peinlich, dachte sie, und spürte noch die harte Berührung an ihrem Brustkorb, der Grund, warum sie auf dem Boden lag.

Die Äpfel und Orangen aus ihrem Einkaufskorb kullerten über den Gehweg und das nicht mehr so stramme Zopfgummi entließ ihr langes dunkles Haar aus dem Pferdeschwanz.

Heide wollte keine Sekunde länger wie eine Schildkröte auf dem Rücken dort auf dem Pflaster liegen, streckte ihre Füße in die Luft, und zack, sprang sie mit einem Satz auf. Dann bückte sie sich nach ihrem Korb, dem Brot, das zum Glück gut eingepackt war, und begann, die Früchte aufzusammeln, die sich verselbstständigt hatten.

Den erstaunten Blick des Mannes beachtete sie dabei nicht weiter.

»Das tut mir sehr leid, entschuldigen Sie bitte, ich hatte Sie nicht gesehen«, stammelte er dann und half beim Aufklauben des frischen Fallobstes.
Auch das ältere Paar kam näher und fragte, ob alles in Ordnung sei.
Heide Rose fing gerade wieder ihr dunkles Haar zu einem Zopf zusammen, bejahte ihre Frage mit einem »Vielen Dank«, versteckte ihren angekratzten Stolz nicht gerade erfolgreich hinter einem gezwungenen Lächeln und nahm die letzten abgängigen Früchte von dem Mann entgegen, der sich noch mal entschuldigte. Doch Heide Rose entschuldigte sich ebenfalls, denn schließlich war sie aus dem Nichts hinter dem Paar hervorgetreten und ihm in die Quere gekommen.
»Haben Sie sich auch wirklich nichts getan?« fragte er die 1,59m kleine Heide Rose eindringlich.
»Nein, wirklich nicht, es ist alles okay«, versicherte sie ihm, bedankte sich noch mal für seine Hilfe und verabschiedete sich, um eiligen Schrittes weiterzugehen.
Die Ampel war gerade grün, als sie kam, und so konnte sie die zwei Straßen überqueren, die zu ihrem Ziel führten.
Sie wollte noch rechtzeitig bei dem kleinen Blumenladen sein, wo sie wieder einen schönen Strauß für ihre Mutter bestellt hatte. Natürlich mit deren Lieblingsblume, der Strelitzie, auch Bird-of-Paradise- oder Papageienblume genannt. Sie war schon gespannt, was die Floristin diesmal mit der außergewöhnlichen Blüte gezaubert hatte. Sie überraschte Heide Rose jedes Mal aufs Neue mit

ihren einmaligen Kreationen. Ein Grund von vielen, weshalb diese seit Jahren eine treue Kundin bei ihr war.

Wenig später ertönte das vertraute Schellen der Türglocke des kleinen Blumenladens und Heide grüßte freundlich die Floristin und Inhaberin des Ladens.

Beim Klang von Heides Stimme war in der Ecke neben der Heizung ein helles Bellen zu vernehmen. Nur kurz, dann hörte man das Geräusch von vier Pfötchen mit Krallen auf dem glatten Boden, die um die Ecke gerannt kamen. Ein kleiner Hund begrüßte Heide freundlich und überschwänglich. So wie immer, wenn sie in dem Blumenladen kaufte. Fibi, die kleine Langhaar-Chihuahuahündin der Floristin, genoss es, von Heide gestreichelt zu werden, während ihr Frauchen die bestellten Blumen aus dem Hinterzimmer holte.

Marie Fuchs, die Besitzerin des Ladens, hatte Heide einmal erzählt, dass Fibi das nicht bei jedem machte. Nur ganz wenige Leute genossen dieses Privileg, sie streicheln zu dürfen. Rose musste beim Gedanken daran lachen und kraulte die kleine beigehaarige Hündin hinter den Ohren, was diese besonders zu mögen schien, denn sie schloss vor Genuss ihre Augen.

Als das Frauchen mit einem schönen Arrangement rund um die Strelitzie aus dem Hinterraum ihres Geschäfts kam, musste sie beim Anblick der zwei lachen.

»Na, Fibi, lässt du dich wieder verwöhnen?«, fragte sie und zeigte Heide Rose ihr Werk. Die unterbrach das Kraulen und stand auf, um sich das Gebinde genau anzusehen.

Zwei große, dunkelgrüne Blätter hinter der Strelitzie hoben ihre Farben richtig hervor, brachten die Blüte gut zur Geltung.

Weiter unten waren etwas Schleierkraut und ein paar kleine hellgrüne Palmwedel, die drei orangefarbene Gerbera umrandeten.

»Ist es so in Ordnung?«, wollte die Floristin von ihrer Kundin wissen.

»Ja und ob, er ist wunderschön, vielen Dank«, bestätigte ihr Heide Rose.

Der Strauß wurde gut in Papier verpackt, damit die Kälte ihm nichts anhaben konnte.

Heide bückte sich wieder nach Fibi, um sie weiterzustreicheln. Sie mochte das kleine cremefarbene Tierchen, das nicht nur hübsch, sondern auch ein schlauer kleiner Hund war.

Marie Fuchs hatte der dreijährigen Hündin schon einige Kunststücke beigebracht und der Kommissarin häufiger vorgeschwärmt, wie gelehrig und clever Chihuahuas seien. Doch das war nicht alles; sie hatten durch ihre großen Ohren ein unglaublich gutes Gehör. Sicher, sie konnten keine Angreifer mit ihrer Größe abwehren, aber sie konnten sehr wohl zwischen bekannten Schritten und fremden Schritten unterscheiden, und allein das war schon eine Hilfe.

Marie Fuchs hatte Heide einmal erzählt, dass Fremde es trotz Sprechanlage in das Mehrparteienhaus über dem Laden schafften, wo sie ihre Wohnung hatte. Doch Fibi meldete durch Knurren die Gefahr, und das Frauchen machte die Kette vor die Tür. Zum Glück, denn es waren Trickbetrüger, die in der Umgebung ihr Unwesen trieben und schon einige Leute bestohlen hatten. Die Herren hatten Frau Fuchs gebeten, sie reinzulassen, da sie den Sicherungskasten kontrollieren müssten. Als die junge Geschäftsfrau die Tür schloss und an der Kette ruckelte, hatten sie gedacht, dass sie ihnen öffnen würde. Doch Frau Fuchs rief die Polizei, da ihre Hündin außer Rand und Band war, und ihr die Männer sehr unglaubwürdig erschienen.

Die Betrüger waren, nachdem ihnen doch nicht geöffnet wurde, mit ihrem Versuch derweil auch beim Nachbarn gescheitert und wollten gerade den Nächsten überzeugen, sie reinzulassen.

Aber die Polizei war schnell da und nahm die Herren fest, denn sie waren ihnen aufgrund von Anzeigen und detaillierten Beschreibungen schon auf den Fersen gewesen. Marie Fuchs hatte Glück gehabt, denn das Duo scheute nicht davor, Gewalt anzuwenden, um an Geld und Wertgegenstände zu kommen, wie die Polizeibeamten ihr berichteten. Die Kommissarin war damals, als Frau Fuchs ihr davon erzählt hatte, wie heute beeindruckt von der Geschichte und dem Verhalten der Hündin und der jungen Frau. Es war genau richtig gewesen.

Als Heide Rose gezahlt hatte, wünschte sie Marie Fuchs einen guten Rutsch ins neue Jahr und streichelte Fibi noch einmal kurz zum Abschied. Die Glocke der Tür klingelte wieder, als sie den kleinen Blumenladen verließ.

Heide ging nach Hause und war wieder einmal froh, dass sich ihre Eigentumswohnung ganz in der Nähe der Oldenburger Innenstadt befand. Keine Parkgebühren, kein Gedrängel um Parkplätze, einfach nur eben rübergehen und da sein. Sie liebte die Nähe zur Stadt. Ein Glück nur, dass sie sich damals, als sich ihr Freund von ihr getrennt hatte, entschieden hatte, die Wohnung zu behalten. Sie hatte keinen Garten, aber dafür einen Balkon, und der reichte ihr im Moment vollkommen. Wenn sie etwas im Grünen laufen wollte, war ganz in der Nähe auch ein kleiner Park mit Rhododendronbüschen und einigen Bäumen. Für einen Garten hatte sie eh keine Zeit, dachte sie, denn nach der Arbeit ging sie zweimal die Woche zum Taekwondo-Training, und nicht mal das schaffte sie immer.

Schon wenig später schloss sie die Tür zu ihrer Wohnung auf und spürte die wohlige Wärme ihres Zuhauses. Sie schlüpfte im Flur aus ihren Schuhen und hängte ihre Jacke an der Garderobe auf, um danach ihren Einkauf wegzuräumen. Sie sah sich das Obst genauer an, aber zum Glück schienen die Orangen und Äpfel bei ihrem Sturz keinen Schaden genommen zu haben. Doch, da – ein Apfel hatte ein paar kleine Dellen, aber die waren nicht weiter schlimm. Sie legte ihn beiseite, wollte ihn gleich waschen und essen. Erleichtert platzierte sie die anderen unbeschadeten Früchte in der Obstschale.

Der Brokkoli und die Gurke sahen ebenfalls unversehrt aus und kamen in den Kühlschrank. Den Strauß für ihre Mutter stellte sie so, wie er war, in eine Vase mit Wasser. Vorher zog sie das Papier an den Stielen vorsichtig nach oben, damit es nicht nass wurde, das hatte ihr Frau Fuchs so empfohlen, und es war praktisch. So blieb er schön verpackt für den Transport und die Blumen bekamen Wasser.

Nachdem sie alles Weitere in die Schränke geräumt hatte, stellte sie die aufgefüllte Obstschale auf den Wohnzimmertisch, den lädierten, gewaschenen Apfel daneben und holte sich ihr neues Buch aus dem Regal. Sie legte es dazu und ging in die Küche, um sich eine Kanne Tee zu machen. Während es im Wasserkocher zu brodeln anfing, dachte Heide an die ihr bevorstehende Zeit.

Das neue Jahr brachte noch mehr Neues, besser gesagt einen Neuen, und sie hatte beim Gedanken daran ein leicht mulmiges Gefühl. Denn ab Januar bekam sie einen neuen Kollegen zur Seite gestellt, für den sie dann verantwortlich war. Sie kannte ihn nicht und war gespannt, was er wohl für eine Art Mensch war. Hoffentlich nicht kein Macho. Sie konnte Machos nicht ausstehen, und Probleme, insbesondere mit ihr als Frau, waren dann vorprogrammiert.

Ihr alter Kollege Harm Janzen war noch einer vom alten Schlag, er fand es befremdlich, dass Frauen bei der Polizei und besonders bei der Mordkommission waren. Er meinte, sie wären dort fehl am Platz. Was das anging, konnte er sich mit ihren Eltern zusammentun, die waren derselben Meinung, dachte Heide und musste bitter lächeln.

Er war also irgendwie auch ein Macho gewesen, aber nur ein wenig, und ein liebenswerter noch dazu, denn er wollte Heide Rose immer beschützen.

Bis eines Tages vor ein paar Jahren. Da kam der gemütliche Kommissar in eine äußerst gefährliche Situation mit ein paar Schlägern auf einem Hinterhof. Eigentlich wollte er nur den Hinterausgang für einen potenziell Flüchtigen blockieren, während Heide Rose vorne an der Tür eines bekannten Kriminellen klingelte, von dem sie einige Informationen wollten.
Doch er hatte ebenso kriminelle Freunde zu Besuch und das Trio wollte durch die Hintertür abhauen. Sie liefen natürlich Harm Janzen in die Arme, der sie nicht vorbeilassen wollte und ihnen seinen Kripoausweis unter die Nase hielt.
Die drei Männer waren davon gar nicht beeindruckt und wollten ihn stattdessen mit Fäusten bearbeiten. Gerade als einer der Herren eine Kette aus seiner Jackentasche holte, schob sich Heide wie aus dem Nichts vor ihn. Sie hatte mitbekommen, dass man nach hinten raus geflüchtet war.
»Ihr seid in unsere Wohnung eingedrungen, ohne Durchsuchungsbefehl«, meinte einer der Schläger, »das lassen wir uns nicht gefallen«.
»Unsinn, wir waren nicht in eurer Wohnung. Wir wollten euch nur in einer Sache befragen, aber nun habt ihr mich auf eure Wohnung neugierig gemacht. Was gibt es denn dort zu entdecken?«, fragte sie frech, und für einen Moment waren die Männer ruhig und sahen sich erstaunt an.
Bis einer laut »Nichts« rief.
Dann lachten die Kerle lauthals beim Anblick der kleinen Frau, die ihrem Chef immer wieder bedeutete, hinter ihr zu bleiben.

»Was willst du laufender Meter denn gegen uns machen?«

Ihr Chef machte ihr aber mehr Sorgen, denn der war der Meinung, sie solle sich retten, und zwar schnell. Harm Janzen versuchte, sich vor Heide zu schieben, doch flink wie Heide war, hatte sie sich wieder vor ihren Chef gestellt, ohne die drei auch nur eine Sekunde aus den Augen zu lassen.

»Nun hören Sie mal auf damit«, mahnte sie ihren Chef, »Vertrauen Sie mir«. Heide Rose schubste Harm Janzen etwas von sich, woraufhin der leider stolperte und rücklings auf den Boden fiel. Doch Heide hatte keine Zeit, sich um ihn zu kümmern.

Plötzlich war das Lachen der Männer verstummt und schon kam der erste auf sie zu; ab da ging alles sehr schnell.

Der Angreifer holte mit der Kette aus und ließ sie auf Rose zuschnellen.

Die ergriff blitzschnell das Ende der Kette und hielt es fest, wirbelte herum, sprang hoch und trat mit dem Fuß erst den einen, dann den anderen gegen den Kopf, und setzte mit ein paar gezielten Schlägen den Kettenträger außer Gefecht. Der Erste, der ihren Fuß an den Kopf bekommen hatte, wollte abermals auf sie losgehen. Sie wich seiner Faust aus, indem sie einen Schritt nach vorne machte und sich bückte; schon schnellte ihre Faust in seinen Bauch. Während er sich vor Schmerz krümmte, war sie schon beim Nächsten, der ebenfalls erneut angriff, und auch er bekam einen Stoß in den Bauch. Der erste Angreifer mit der Kette zielte wieder in Heides Richtung, in

Höhe ihres Halses. Sie warf sich in einer Vorwärtsrolle auf ihn und trat ihm in seine Kronjuwelen.

Alles passierte rasend schnell und Harm Janzen versuchte, immer noch auf dem Boden liegend, zu begreifen, was geschah.

Die brutalen Schläger stöhnten vor Schmerzen. Keine Beleidigungen waren mehr von ihnen zu hören, nur das Klicken der Handschellen, die Heide Rose den drei Männern anlegte.

Sie und der Kommissar hatten an dem Tag eigentlich nur ein paar Antworten haben wollen, doch die drei Männer durften erst mal mit aufs Revier.

Die Kollegen lachten die harten Jungs dann auch ausgiebig aus, als sie mit dem Trio in Handschellen auftauchten. Als Heide Rose beim Dezernatsleiter im Büro verschwand, um unter anderem einen Durchsuchungsbefehl für die Wohnung des einen Verdächtigen zu beantragen, fragten sie die drei, ob sie sich etwa mit der kleinen Kollegin angelegt hätten, was Harm Janzen lächelnd bestätigte. Dann wandte er sich ab, um die Männer in die Arrestzelle zu bringen, begleitet von einem Kollegen.

»Ja, die kann ganz schön kratzbürstig sein«, rief einer der Beamten ihnen noch hinterher. Was Heide Rose hörte, da sie gerade wieder das Büro des Chefs verließ.

»Wie kommst du denn darauf?«, fragte sie ihren Kollegen.

Das war jetzt schon einige Jahre her, aber Heide musste bei der Erinnerung daran immer noch lächeln.

Seit dem Vorfall mit den dreien war ihr die Achtung ihres Vorgesetzten gewiss, der zwar aus ihren Papieren wusste, dass sie den 2. Dan im Taekwondo hatte, sich aber nun auch etwas darunter vorstellen konnte. Nämlich, dass zum zweiten Meistergrad in dem Verteidigungssport eine ganze Menge gehörte. Sie wäre sogar schon weiter, wenn die Ausbildung bei der Polizei nicht so zeitintensiv gewesen wäre. Denn für eine Dan-Prüfung musste man sich mitunter Jahre vorbereiten.

Auf jeden Fall war Harm Janzen seit diesem Vorfall entspannter ihr gegenüber, behandelte sie anders, nicht mehr wie ein rohes Ei. Heide hatte sehr viel bei ihm gelernt und Harm auch von ihr, wie er mal erwähnte. Unter anderem, dass Frauen sich durchaus in dem Beruf behaupten konnten. Er hatte mal zu ihr gesagt, dass er ihre absolute Disziplin sehr schätzte und dass sich so mancher Kollege davon durchaus eine Scheibe abschneiden könnte.

Heide schüttelte beim Gedanken daran den Kopf und lächelte, dann ging sie mit dem Tee in ihr gemütliches Wohnzimmer, um es sich endlich gut gehen zu lassen. Sie machte es sich auf dem Sofa mit den vielen Kissen und einer kuscheligen Decke bequem. Nur die Stehlampe hinter ihr und eine kleine Tischlampe im Jugendstil auf einer nahen Kommode erhellten leicht den Raum, was bei diesem trüben Wetter auch bitter nötig war. Heide wollte einfach mal schön entspannen, wer weiß, was die nächsten Tage noch auf sie zukam. Sie zündete eine massige Kerze auf dem Tisch an und überlegte kurz, ob sie noch was vergessen hatte. Doch erst mal hatte sie alles, was sie brauchte, und griff nach ihrem neuen Buch Beim Dehnen singe ich Balladen von Jürgen von der Lippe, um sich wenig später darin zu vertiefen.

Die neuesten Kurzgeschichten und Glossen vom Altmeister des Humors ließen Heide schon nach kurzer Zeit laut auflachen, die Sorgen und die Zeit einfach vergessen.

Jedenfalls so lange, bis plötzlich das Telefon klingelte.

Heide Rose erschrak, überlegte kurz, ob sie überhaupt drangehen sollte, stand dann aber auf, um den Hörer abzunehmen.

»Hallo, Liebes«, ertönte die hohe Stimme ihrer Mutter am anderen Ende, und Heide bereute augenblicklich, dass sie rangegangen war.

»Schatz, morgen zum Essen, kommst Du eigentlich alleine oder gibt es jemanden, den Du mitbringst?«, redete sie auch schon weiter und Heide hätte am liebsten aufgelegt.

»Nein, Mama, Du weißt doch, dass es niemanden gibt. Was soll denn die Frage?«, antwortete sie genervt.

»Aber Liebes! Hätte doch sein können, dass Du in letzter Zeit jemanden kennengelernt hast«, meinte ihre Mutter zuckersüß.

Heide hasste das; ihre Mutter machte so was ständig, seit sich Heides Verlobter von ihr getrennt hatte. Wenigstens fragte sie sie nun nicht mehr nach Enkelkindern, dachte Heide und holte tief Luft.

»Und? Hast Du?«, bohrte ihre Mutter weiter.

»Nein, habe ich nicht, ich komme alleine, wenn es recht ist«, antwortete Heide patzig.

»Ach du meine Güte, nun sei doch nicht gleich so angefasst! Ich wollte ja nur sicher sein, dass ich genug Essen für alle habe. Also dann bis morgen, Liebes«, trällerte sie und legte auch schon auf, bevor Heide etwas erwidern konnte.
Das war es nun mit der Ruhe, dachte Heide. Sie setzte sich wieder auf das Sofa und deckte sich mit der Decke zu. Sie hatte ihr schon so oft gesagt, dass sie solche Aktionen unterlassen sollte, aber dann bekam sie immer nur blöde Kommentare und ihre Mutter zog es ins Lächerliche. Ein Glück nur, dass ihr Vater nicht so war. Sie nahm ein, zwei große Schlucke von ihrem Tee, beruhigte sich langsam wieder und widmete sich erneut ihrem Buch.

***

Bürgermeister Ulf Rösker und seine Frau Silke waren wie viele andere im Wardenburger Hof, direkt an der Hauptkreuzung, zur Silvesterparty. Der Saal war festlich mit Luftschlangen in allen Größen geschmückt, als sie ihn gegen 18 Uhr betraten.
Silke trug ein figurbetontes, türkisfarbenes Kleid und Ulf Rösker passend dazu einen dunkelgrauen Anzug mit türkisfarbener Krawatte.
Alle hatten sich fein gemacht, die Damen meist in Kleidern, die Herren in edlen Anzügen. Eine Band war auf der Bühne und untermalte das Geschehen mit ruhiger Musik, während man sich sammelte und an den Tischen Platz nahm.
Einige Kollegen aus dem Rathaus waren dort, aber auch Unternehmer. Man konnte sagen, alle, die was

zu sagen hatten im Ort, und einige, die gerne was zu sagen gehabt hätten.

Das Essen wurde eine halbe Stunde nach Ankunft der Röskers serviert, mit Vorsuppe, Hauptgericht und einer Nachspeise.

Man unterhielt sich angeregt beim Essen und es herrschte eine fröhliche, ausgelassene Stimmung in dem großen Saal.

Als alle satt waren, spielte die Band mit stimmungsvoller Musik auf, um die Gäste auf die Tanzfläche zu locken.

Eine gute Möglichkeit, ein paar Gramm des guten Essens wieder loszuwerden, dachte sicherlich die eine oder andere Dame und zog ihren Mann auch gleich aufs Parkett. Auch die Freunde der Röskers, die mit dem Ehepaar am Tisch saßen, erhoben sich zum Tanz.

Alle waren am vergnügt, tranken und tanzten an dem letzten Tag dieses Jahres. Hier kannte fast jeder jeden persönlich oder um Ecken.

Ulf und Silke beobachteten gerade ihre Freunde vom anderen Ende des langen Tisches aus und Silke musste herzhaft lachen, weil einige extra witzig bei der Polonaise tanzten und Grimassen dabei schnitten. Sie wollte gerade ihren Ulf fragen, ob sie sich nicht dazugesellen wollten, da kam eine Kellnerin und gab ihrem Mann einen Umschlag mit ein paar Worten, die sie bei der lauten Musik nicht verstehen konnte.

Ulf öffnete den Umschlag und entnahm ihm einen kleinen Zettel; er sah ihn sich an und grinste. Sekunden später blickte er auf seine Armbanduhr, beugte sich zu Silke hinüber und meinte: »Ich bin gegen Mitternacht wieder da«. Dann steckte er den

Zettel in seine Sakkotasche – den Umschlag ließ er auf dem Tisch liegen – und stand auf.

»Das ist doch jetzt nicht dein Ernst«?, wollte Silke von ihm wissen, und weil er nicht reagierte, setzte sie etwas eindringlicher und lauter nach: »Ulf, bitte nicht jetzt, nicht heute«.

»Ach, du wirst das schon regeln«, erwiderte ihr Mann mit einem Grinsen. »So wie immer, dass kannst du doch so gut«, fügte er noch hinzu. Er schaute sie noch mal kurz an, als er seinen Stuhl an den Tisch schob, zwinkerte ihr frech zu, drehte sich um und ging. Einfach so, wie immer.

Sie sah sich den Umschlag an. An den Herrn Bürgermeister persönlich war darauf geschrieben, die Schrift kannte sie nicht. Silke hätte ihm am liebsten hinterhergeschrien, dass er doch jetzt nicht gehen könnte. Doch sie blieb hilflos sitzen und sagte kein Wort, hoffte nur, keiner würde merken, dass Ulf weg war.

Sie wusste genau, dass er sich wieder mit irgendeinem Flittchen traf, und sie spürte, wie sich ihr Innerstes verkrampfte. Langsam krochen Wut und Zorn in ihr hoch, sie spürte, wie ihr die Röte ins Gesicht stieg und betete, dass es niemandem auffiel. Nur den Umschlag zerriss sie und schmiss ihn in den Aschenbecher. Ja, wie immer behielt sie die Fassung und blieb, wenn auch nicht mehr lachend, am Tisch sitzen und versuchte, sich nichts anmerken zu lassen.

Etwa fünf Minuten gelang ihr dies, dann trank sie eilig ihr Glas Wein leer und stand auf. Sie musste einfach raus hier, sie hielt es nicht mehr aus. Diese lustigen Menschen überall, ihre ausgelassenen Freunde, die nichts merkten. Sie nicht bemerkten, ihre Not, ihre Verzweiflung.

Auf dem Weg aus dem Saal krallte sie ihre Hände so fest in ihre Abendtasche, dass es wehtat.

Endlich draußen atmete sie die kalte Abendluft ein und ließ kurz die Stille der Nacht auf sich wirken.

Dann ging sie zum Parkplatz und schaute sich nach ihrem Wagen um, aber er war nicht mehr da, was sie sich allerdings schon gedacht hatte.

Wer weiß, wo diese Dame wohnte. Oder trafen sie sich irgendwo auf einer anderen Party? Ach, sicher nicht, verwarf sie den Gedanken, sie wollen bestimmt alleine sein, dachte Silke Rösker. Ihr Mann konnte ja auch nicht riskieren, mit seiner Affäre in der Öffentlichkeit gesehen zu werden, immerhin war er Bürgermeister von Wardenburg.

Wieder schäumte die Wut in ihr auf, dann drehte sie sich um und ging in die kalte Nacht. Dort, wo niemand ihre Tränen sah und ihre stille Verzweiflung.

***

Peter Grahne war am Silvesterabend mit einigen Freunden beim Essen. Sie hatten sich gegen 19 Uhr in ihrem Lieblingsrestaurant, einem Chinesen, in der Innenstadt von Oldenburg verabredet.

Seine gleichaltrigen Freunde hatten mittlerweile alle eine Partnerin, Peter war mit seinen siebenundzwanzig Lenzen als Einziger solo. Nun, er hatte einfach noch nicht die Richtige gefunden, allerdings war er auch die letzten Jahre mit seinem

Studium und seiner ehrenamtlichen Tätigkeit sehr beschäftigt gewesen.

Nach dem Essen wollten alle noch zu einer Silvesterparty bei einem gemeinsamen Freund, doch Peter lehnte dankend ab. Denn es konnte sein, dass er Neujahr arbeiten musste, wie er von Oberkommissar Hund erfahren hatte.

Ja, ab 1. Januar war er endlich im Polizeidienst bei der Mordkommission. Genau so hatte es Peter gewollt.

Es hieß zwar, dass er am 2. Januar ins Kommissariat kommen sollte, aber auch, dass er bei einem eventuellen Mord bereits am 1. Januar seinen Chef, den Hauptkommissar, begleiten müsse. Auf keinen Fall wollte er dort übermüdet erscheinen und einen schlechten ersten Eindruck machen.

Er fühlte sich endlich an seinem Ziel angekommen, nach all seinen Wegen dort, wo er hingehörte. Er wollte mittendrin sein und vor Ort helfen. Er liebte es, Menschen zu analysieren, hatte aber keine Lust, das vom Büro eines Psychiaters aus zu tun. Nein, er wollte sein Wissen täglich anwenden, und da er einige Jahre ehrenamtlich in Gesprächsrunden für Schwerverbrecher im Vollzug tätig gewesen war, wollte er helfen, die Täter zu finden.

Peter Grahne fragte sich immerzu, was wohl auf ihn zukommen würde in der nächsten Zeit. Er hatte gehört, dass es sich bei dem Kommissar um eine starke Persönlichkeit handelte. Peter konnte nicht leugnen, dass er ein wenig aufgeregt war.

Oder war es mehr die Aufregung vor dem Unbekannten an sich?

Nun, Peter war fast zwei Meter groß und jedermann hatte alleine dadurch schon Respekt vor ihm, aber er hatte beim besten Willen keine Lust, mit einem Besserwisser oder Macho zusammenzuarbeiten. Andererseits sollte er das als Herausforderung sehen. Auf jeden Fall würde er sich erst mal bedeckt halten, nicht alle seine Fähigkeiten preisgeben. Was wiederum sehr anstrengend werden würde, dachte Peter.
Seine Freunde hatten Verständnis dafür, dass er nicht zur Party mitkam, und wünschten ihm alles Gute für seine neue Arbeit und einen guten Start.
»Ist das dein letztes Wort?«, wollte Finn noch mal wissen, als er Peter so nachdenklich sah.
»Hm? Ja, absolut, ich muss morgen vielleicht zum Einsatz und will meinem Vorgesetzten nicht am ersten Tag übermüdet und unkonzentriert begegnen«, erklärte Peter ihm daraufhin.
»Schade«, sagte Finn, aber nickte verständnisvoll.
Sie verabschiedeten sich und Peter wünschte seinen Freunden noch viel Spaß auf der Party.

Wenig später schloss er seine Haustür auf und war froh, dass er den kalten Wind draußen lassen konnte. Nachdem er seinen Mantel im Flur an die Garderobe gehängt hatte, machte er im Wohnzimmer Licht und etwas Musik an, um sich abzulenken und den Abend ruhig ausklingen zu lassen. Aus der Küche holte er ein Glas Wasser und setzte sich auf seine Couch, lehnte sich zurück und entspannte bei dem akustischen Schmaus. Es wird schon werden, dachte er, spätestens übermorgen weiß ich, wer mein Vorgesetzter ist. Wenn nicht schon morgen.

***

Heide Rose hatte sich irgendwann etwas zu essen gemacht, ein wenig aufgeräumt und sich wieder ihrem Buch gewidmet, um kurz darauf vom Klingeln des Telefons gestört zu werden.
»Mensch, Heide, du musst unbedingt herkommen, alle sind da und du fehlst hier«, hörte sie die Stimme von Bärbel. Ihre Freundin meinte sie überreden zu können, noch auf die Silvesterparty zu kommen. Es war bereits 20 Uhr, wie Heide von ihrer Uhr im Wohnzimmer ablas.
»Ach, Bärbel, ich kann nicht, ehrlich. Ich habe morgen Bereitschaft und wenn ein Mord passiert, muss ich da hin«, erklärte sie ihrer Freundin.
»Menno, Heide, bist du denn die einzige Kommissarin?!«, maulte Bärbel, sodass Heide lachen musste.
»Nee, aber die, die an Neujahr Dienst hat«, sagte sie in den Hörer. »Grüß mal alle ganz lieb von mir und das nächste Mal bin ich vielleicht wieder dabei«, versuchte Heide ihre Freundin zu vertrösten.
»Na gut, kann man nichts machen. Komm gut ins neue Jahr«, wünschte Bärbel ihr.
»Ihr auch alle, wir sehen uns«, beendete Heide das Gespräch und schlug wieder ihr Buch auf.

***

Ulf Rösker konnte es kaum erwarten, nahm im Vorbeigehen seinen Mantel von der Garderobe und schlüpfte auf dem Weg zu seinem Auto hinein. Seine Uhr zeigte 21.50 an, noch genügend Zeit, es war ja nicht weit.

Damit hatte er nicht gerechnet, sie wollten sich eigentlich erst im neuen Jahr wieder treffen, aber nun die Nachricht. Sie schien es nicht erwarten zu können, ihn wiederzusehen, und er musste zugeben, das gefiel ihm. Eigentlich gab er die Impulse, war er federführend, aber einen Umschlag mit Zettel auf einer Silvesterparty von einer Kellnerin bringen zu lassen, im Beisein seiner Frau, das hatte schon was.

Er lenkte seinen Wagen in Richtung Treffpunkt, stellte ihn in einer Seitenstraße ab, ein Blick auf die Uhr, es war fünf vor zehn. Dann ging er die letzten Meter zu dem kleinen Schuppen unweit des Tillysees. Ungeduldige Vorfreude machte sich in ihm breit, als er durch das nasse, spärliche Gras stampfte.

Sie konnte nur diesen Platz meinen, dort hatten sie sich auch das letzte Mal getroffen, dachte er. Als sie Ärger in der Arbeit hatte bzw. eine Meinungsverschiedenheit mit einer Kollegin und seinen Rat brauchte.

Plötzlich blieb er stehen und sah sich um, ob er verfolgt wurde. Aber nein, da war niemand zu sehen in dieser nasskalten Nacht. Nur in einiger Entfernung kam von ein paar Häusern das Gelächter einiger Menschen mit dem kalten Wind herüber. Man feierte offensichtlich feuchtfröhlich Silvester, wie die Geräuschkulisse erahnen ließ.

Ulf Rösker lief ein Stück weiter, verharrte abermals einen Moment und nahm die Stille und die Geräusche von weiter weg in sich auf. Dann ging er zügig in der Dunkelheit, die lediglich von etwas Mondlicht erhellt wurde, weiter auf den kleinen Schuppen zu.
Plötzlich trat er mit einem Fuß ins Leere und stolperte. Er konnte sich gerade noch fangen und einen Sturz vermeiden. Ein Kaninchenbau oder sonst irgendein Loch im Boden, er konnte es nicht genau erkennen. Fluchte leise vor sich hin, ging dann aber etwas bedachter weiter und erreichte endlich den Schuppen. Ob sie schon da war? Er öffnete langsam die Tür. Mittlerweile hatten sich Wolken vor den abnehmenden Mond geschoben, wodurch es noch dunkler war.
»Hallo?«, fragte er leise in die Finsternis, doch es kam keine Antwort.
Er konnte in diesem dunklen Schuppen kaum etwas erkennen, aber er ging erwartungsvoll ein paar Schritte hinein. Der Geruch von altem, feuchtem Holz stieg ihm in die Nase.
Hm, sie ist noch nicht da, dachte er und ging weiter ins Innere, um zu warten. Zwar war es drinnen kaum wärmer, aber es bot zumindest Schutz vor dem kalten Wind.
Seine Augen gewöhnten sich langsam an die Dunkelheit.
Er wollte erst nach der Petroleumlampe suchen, die er beim letzten Mal gesehen hatte. Allerdings konnte er sich nicht mehr erinnern, wo. Er fingerte in seiner Manteltasche nach seinem Feuerzeug, während er weiter seine Umgebung zu erkennen versuchte.

Der Schuppen war leer, nur an den Außenwänden standen einige Tische und anderer Kram, den er nicht richtig erkennen konnte. Ihm fiel sein Handy ein, es hatte eine Taschenlampenfunktion, er tastete danach.

Plötzlich nahm er einen Schatten im Augenwinkel wahr. Gerade als er ihren Namen sagen wollte, hörte er ein dumpfes Geräusch und spürte zeitgleich einen furchtbaren Schmerz an seinem Kopf. Seine Beine gaben nach und es wurde schwarz vor den Augen des Bürgermeisters.

***

Als sie wieder aufsah, war es kurz vor 23 Uhr. Sie erschrak erst, weil es schon so spät war, doch dann blickte sie auf das Buch und musste lachen. Jürgen von der Lippe war einfach herrlich, sie hatte schon lange nicht mehr so gelacht, dachte sie, als sie das Buch auf den Tisch legte.

Sie reckte und streckte sich kurz und schaltete dann den Fernseher ein. Sie suchte eine Live-Sendung von einer Silvesterparty, wie sie aus einigen Städten gesendet wurden. Kurze Zeit später fand sie eine, die ihr gefiel, und sie lauschte der Musik und dem Treiben.

Jubelnde Menschenmassen tanzten mit den Akteuren. Trotz der niedrigen Temperaturen waren alle draußen in der Stadt in ausgelassener Partystimmung, sie winkten in die Kamera und tobten durch die Menge, während auf einer Bühne eine Band ihr Bestes gab.

Ehe Heide sichs versah, war es kurz vor Mitternacht. Sie ging in die Küche und nahm die offene Flasche Wein aus dem Regal, schenkte sich etwas in ein Glas und ging zurück zum Fernseher. Es war zwar kein Sekt, aber für sich allein wollte sie nicht extra eine Flasche öffnen, und Wein tat es ihrer Meinung nach auch.

Der Countdown lief gerade und schon riefen alle wild »Frohes neues Jahr« durcheinander und jubelten sich gegenseitig und den Kameras zu.

»Frohes neues Jahr«, prostete Heide den Leuten im Fernseher zu und nippte an ihrem Roten. Sie sah noch ein wenig zu und trank dabei den Rest. Danach schaltete sie den Fernseher aus und ging ins Bett. Als sie endlich lag, hörte sie noch einige Leute draußen böllern, aber es störte sie kaum. Sie war so müde, dass sie kurze Zeit später einschlief.

***

Nur sehr langsam kam er zu sich. Sein Kopf schmerzte gnadenlos, ebenso wie seine Hand- und Fußgelenke. Seinen Kopf konnte er nicht bewegen, der schien mit einer breiten Binde um die Stirn an einem Brett oder ähnlichem hinter ihm fixiert zu sein. Ein festsitzender Mundknebel brachte ihn fast zum Würgen und eine stramme Augenbinde trieb ihn an den Rand des Wahnsinns. Zugeknotet waren sie scheinbar an seiner Kopfseite, sein Ohr schmerzte unter einem der Knoten.

Ulf Rösker bemühte sich, seine Panik zu unterdrücken und seine Gedanken zu ordnen, während er seine

Glieder vor Kälte kaum noch spürte. Er fühlte einen harten Stuhl unter sich, dessen Rückenlehne er mit seinen Armen zu umschließen schien und an den er mit seinen Beinen gefesselt war.
Was war geschehen? Wo war er?
Noch in dem Schuppen, wo er sich mit seiner Ulrike treffen wollte? Es war doch ihre Handschrift gewesen, oder? Er überlegte angestrengt und musste sich eingestehen, dass er ihre Schrift gar nicht kannte. Aber wer war das hier? Was wollte man von ihm? Wie spät es wohl war?
Unzählige Fragen schwirrten in seinem Kopf umher.
Vereinzelt waren Böller zu hören, war es vor oder schon nach Mitternacht?
Was sollte das? Wollte man ihm eins auswischen? War es seine Frau, die sich für all seine Affären, die er in den letzten Jahren hatte, rächen wollte? Nein, dazu wäre sie nicht fähig, den Schneid hatte sie nicht, verwarf er den Gedanken sofort wieder. Es war ihr alles viel zu peinlich, sie half ihm ja sogar, seine Abenteuer zu verbergen, und außerdem war sie viel zu gerne Frau Bürgermeister. Er musste unwillkürlich grinsen bei dem Gedanken und stellte augenblicklich fest, dass der Mundknebel dabei mehr schmerzte. Er versuchte sich irgendwie mit dem ekligen Mundstück zu arrangieren, doch er hatte nicht wirklich Spielraum dafür.
Plötzlich klappte eine Tür hinter ihm zu, er horchte auf.
Ja, er befand sich noch im Schuppen, wusste er nun, das war die Tür gewesen, und er konnte auch den Geruch nach feuchtem Holz wahrnehmen.

Kaum hörbare Schritte näherten sich, dann hielt die Person an und es begann plötzlich zu rascheln. Ulf Rösker dachte erst an Einkaufstüten, die hinter ihm abgestellt wurden, doch es raschelte weiter, hörte sich irgendwie größer an.
Aber das konnte doch nicht sein, oder? Legte da etwa jemand hinter ihm eine Folie aus? Panik stieg in ihm hoch.
Plötzlich näherten sich die Schritte wieder, begleitet vom Rascheln, jemand ging um ihn herum und blieb vor ihm stehen. Rösker merkte, wie er angestarrt wurde. Oh nein, war es am Ende dieser Erik?, durchfuhr es ihn. Der Bruder von Emily hatte ihm schließlich gedroht.
Todesangst gewann immer mehr die Oberhand, obwohl er dagegen ankämpfte.
Der gepeinigte Bürgermeister versuchte zu schreien und durch ruckartige Bewegungen die Fesseln zu lösen, doch alles vergeblich, sie schnitten ihm nur noch mehr ins Fleisch.
Auf einmal spürte er den kalten Lauf einer Pistole an seiner Nase und hörte augenblicklich mit seinen Bemühungen auf.
»Noch drei Minuten«, sagte eine eiskalte, verstellte Stimme. »Moment.«
Das Blut pulsierte so laut in seinen Adern, dass er die Stimme nicht richtig hören konnte geschweige denn erkennen.
Drei Minuten und was?, dachte er, und die Verzweiflung kroch in ihm hoch. Wenn das ein Scherz war, konnte er nicht darüber lachen, aber etwas anderes konnte es doch nicht sein, oder?

Ulf Rösker hörte, wie die Person, immer noch raschelnd, hinter ihn trat. Erst hörte er die Schritte auf dem Holzboden, dann änderte sich ihr Klang, irgendwie ... er überlegte angestrengt. Die Schritte wirkten gedämpft. Ja, es hörte sich an, als läge dort eine Plane auf dem Boden. Das konnte doch nur ein Albtraum sein, dachte er. Doch die Qualen waren so real, der schmerzende Kopf, der Knebel und die von der Kälte allmählich ertaubenden Arme und Beine. Nun ist es vorbei, dachte er, und der Schweiß trat ihm auf die Stirn vor Angst, als die Schritte hinter ihm zum Stehen kamen.
Wollte man ihn von hinten erwürgen? Die Kehle durchschneiden?, überlegte er panisch.
Doch sein Peiniger machte sich an der Augenbinde zu schaffen, ja, entfernte sie.
Endlich wich der Druck von den Augen, Erleichterung durchströmte seinen Körper, ein bisschen Hoffnung keimte in ihm auf. Der Bürgermeister versuchte die Augen zu öffnen, zu bewegen, aber sie schmerzten entsetzlich. Währenddessen bemühte er sich, nun jedes Geräusch im Schuppen wahrzunehmen. Bewegte immer wieder die Augen, öffnete und schloss die Lider, und strengte sich an, etwas zu sehen. Aber nichts – durch den Druck der Augenbinde waren sie einfach nicht fähig zu erkennen, was ihn wahnsinnig machte.
Der Geruch der Person! Er kam ihm bekannt vor, ja, er kannte diesen Geruch, aber woher?
Verzweifelt zermarterte er sich das Hirn. Wenn nicht diese wahnsinnigen Kopfschmerzen wären ...
Verdammt, erinnere dich, Ulf, dachte er. Er hörte, wie

ihn die Schritte wieder umrundeten und vor ihm anhielten. Er öffnete abermals die Augen.

Sie erholen sich langsam, er konnte mittlerweile den alten Schuppen erkennen, oder besser gesagt das kleine Fenster, durch das etwas Licht hereinkam, und … schemenhaft jemanden vor sich, der scheinbar auf eine Armbanduhr schaute.

Wieso?, fragte sich Rösker. Wartete die Person auf jemanden?

Plötzlich kam die Gestalt wieder auf ihn zu, die Pistole auf ihn gerichtet.

Durch das Fenster drang etwas Licht von dem fast noch vollen Mond herein und erhellte die Person vor ihm ein wenig. Sie schien zu glänzen. Der Bürgermeister dachte zunächst, seine geschundenen Augen würden ihm einen Streich spielen, aber sie trug etwas Blaues, Glänzendes.

Nun konnte er seinen Peiniger endlich erkennen. Aber das war doch – das konnte nicht sein! Du?, dachte er.

Voller Entsetzen schaute er fragend in die kalten Augen hinter der Mündung der Pistole, die auf sein Gesicht gerichtet war. Versuchte zu fragen, zu schreien, doch der Knebel hinderte ihn daran.

Dann vernahm er sein Gegenüber mit eiskalter Stimme sagen: «Viel zu einfach, lieber Ulf? Drei, zwei, eins … Frohes neues Jahr, Herr Bürgermeister!»

Während draußen unzählige Böller und Raketen zu hören waren, beugte sich die Person nach vorne und die Mündung der Pistole blitzte in Abständen mehrmals auf. Sie zielte zunächst auf die linke, dann die rechte Wange; höllische Schmerzen ließen den

Bürgermeister nach dem dritten, sein Gesicht abermals zerfetzenden Schuss ohnmächtig werden.
Der Knebel wurde von den nächsten Schüssen zerrissen und fiel zu Boden, doch kein Schrei sollte mehr aus Ulf Röskers Mund kommen.
Die neunte und endgültig tödliche Kugel traf ihn mittig in die Stirn, etwas oberhalb der Augenbrauen.
Die Schüsse aus dem alten Schuppen gingen im Silvesterfeuerwerk ungehört unter.

2

Heinz Belding hatte bis in die frühen Morgenstunden gefeiert und wollte ausschlafen, aber sein belgischer Schäferhund Benny hielt davon gar nichts. Der Hund kam frech an sein Bett und legte seinen Kopf auf Heinz' Arm.
Als dieser sich mit einem Brummen einfach umdrehte und Benny den Rücken zukehrte, stützte der sich kurzerhand mit den Vorderpfoten auf dem Bettrand ab und leckte Herrchen das Ohr. Das bedeutete für Heinz, dass er keine Wahl hatte. Als dann auch noch seine Frau Helga verschlafen meinte: »Schatz, ich glaube, Benny muss raus!«, drehte er sich wieder um und schaute dem treuen Tier in seine schönen braunen Augen. Er streichelte ihm über den Kopf, gab sich einen Ruck und schwang sich aus dem Bett.

Im Bad machte er Katzenwäsche, zog sich schnell etwas über und startete dann gegen acht endlich mit seinem Vierbeiner zum Gassigehen, nachdem er ein Glas Wasser hinuntergestürzt hatte.
Das Feuerwerk der vergangenen Nacht hatte nicht nur in der Luft unzählige Gerüche hinterlassen.
Der Rüde nahm seine Nase kaum mehr vom Boden und schnupperte ausgiebig an jedem Busch und Baum. Heinz Belding stand unweit des Hundes, muckelte sich tiefer in seinen Schal und zog die Mütze weiter ins Gesicht. Wenn es nicht so nasskalt wäre, könnte er wohl hier im Stehen einschlafen, dachte er, und der Anflug eines Lächelns huschte über sein Gesicht. Die herrliche Ruhe an diesem Morgen und die Gewissheit, dass dort keine Knaller lagen, ließen ihn beschließen, mit seinem vierbeinigen Freund einmal um den Tillysee zu gehen. Davon würde der bestimmt so müde werden, dachte Belding, dass er nach dem Spaziergang noch ein paar Stunden Schlaf nachholen wollen würde.
An der Südseite des Sees angekommen sah er, wie Nebel auf dem Wasser lag, und ihm kam der Song Smoke on the Water in den Sinn. Er ertappte sich dabei, wie er die Melodie von Deep Purple's Song summte, musste lachen und rief Benny zu sich, der dabei war, weiter hinter ihm irgendetwas ausgiebig zu beschnuppern.
Sie schlugen den Weg zum Ostufer ein und gingen zwischen den kahlen, dünnen Bäumen hindurch in Richtung Norden. An diesem Morgen die gefütterten Gummistiefel anzuziehen war wirklich eine gute Idee gewesen, sie waren nicht nur bequemer, sondern

hielten seine Füße beim Gang durch das nasse Gras hier am See trocken, stellte Heinz zufrieden fest.
Er ließ seine Gedanken zurück zur Silvesternacht schweifen. Mann, was war das eine Feier gewesen! Mit den Nachbarn machte es immer viel Spaß, was für ein Glück, dass er und seine Helga eine so gute Nachbarschaft hatte. Wenn er sich da die Beschwerden seiner Bekannten anhörte, was die teilweise für einen Ärger hatten, konnten sie echt froh sein. Belding versuchte den Schal noch etwas höher zu ziehen und behielt dabei Benny im Blick, der etwas abseits alles abschnupperte, vor- und wieder zurückrannte. Auch ihm gefiel offensichtlich, dass sie den See für sich alleine hatten. Bennys Herrchen ging langsam weiter und erinnerte sich wieder zurück an den Silvesterabend mit den Nachbarn. Tief in den Gedanken versunken fiel Heinz erst gar nicht auf, dass Benny am Westufer plötzlich auf etwas aufmerksam wurde.
Sein Jaulen riss ihn dann aber abrupt aus den Gedanken und er eilte zu dem Hund, der ein wenig weiter unten am Ufer stand. Ein Stück im Wasser trieb etwas und Heinz fragte sich, was Benny da wohl gefunden hatte, weil er so ein Theater machte.
Sehen konnte er nur einen blauen Sack, einen ganz normalen Plastikmüllbeutel.
Belding fand einen kräftigen Ast am Ufer und versuchte damit, das große, in den blauen Müllsack gehüllte Etwas näher heranzuholen, was sich als äußerst schwierig herausstellte. Nach mehreren Anläufen wollte er schon aufgeben, doch Benny machte einen Heidenaufstand. Was auch immer in

dem Sack war, es war fest und schwer. Er hatte keine Ahnung, was sich darin verbarg, aber er sollte es wohl besser an Land holen, eher würde sein Hund keine Ruhe geben.

Nun watete Heinz Belding mit seinen Gummistiefeln vorsichtig noch einen Schritt weiter in den See und warf seinen dicken Ast abermals nach dem im Wasser treibenden Gegenstand aus. Diesmal hatte er mehr Glück. Er verlagerte sein Gewicht wieder auf das hintere Bein und schaute, was da näher kam.

Erst traute Heinz seinen Augen nicht. Das konnte unmöglich sein! Doch es gab keinen Zweifel. Der Müllsack hatte Beine. Offensichtlich steckte ein Mensch darin; der Oberkörper befand sich samt Kopf in der blauen Tüte.

Da kam definitiv jede Hilfe zu spät. Doch auf keinen Fall wollte Heinz irgendwelche Spuren verwischen. Er ging vorsichtig rückwärts aus dem Wasser, warf den Ast weit von sich ans Ufer; er wollte lieber nichts anfassen. Dann rief er seinen Hund zu sich, um ein paar Schritte entfernt die Böschung hochzugehen. Der Hund hatte nun aufgehört zu bellen, sein Herrchen wusste ja nun inzwischen, was in dem Sack war.

Heinz lobte Benny kurz und streichelte ihm übers Fell, dann zog er die gefütterten Handschuhe aus, um sein Handy aus der Manteltasche zu holen.

Bereits zehn Minuten nach seinem Anruf bei der Polizei trafen die ersten Beamten ein. Heinz war erleichtert, er hatte mit Benny an der Leine gewartet und sich nicht von der Stelle gerührt, um keine Spuren zu zerstören.

Den ankommenden Polizisten zeigte er seinen Fund im See und beteuerte, dass er ihn nur ans Ufer gezogen, sonst aber nichts angefasst hätte.

Der Fundort wurde gesichert, die Personalien von Heinz Belding aufgenommen und schon trudelten weitere Beamte in weißen Overalls ein, offensichtlich von der Spurensicherung.

Ein Polizist führte Heinz und Benny etwas abseits vom Geschehen und stellte noch einige Fragen, bevor er Herrchen und Hund endlich entließ.

Belding war erleichtert, denn die Kälte stieg nun langsam in seinen Körper, und Benny wurde auch ungeduldig. Außerdem wollte Heinz nicht sehen, wie sie die Leiche aus dem Wasser holen und diese von dem blauen Sack befreiten. Doch die Beamten waren ohnehin noch dabei, den Fundort zu vermessen und Beweise zu sichern, als Heinz mit Benny nach Hause ging. Ziemlich geschockt von dem Ereignis trotteten die zwei los und Heinz fragte sich, ob er nach diesem Erlebnis überhaupt noch etwas schlafen konnte.

Frau Belding hatte zu Hause schon den Frühstückstisch gedeckt. Der Geruch von frisch gebrühtem Kaffee empfing Heinz bereits im Hausflur und er freute sich schon auf eine Tasse des heißen Gebräues.

Doch zuerst bekam Benny sein Futter. Heinz Belding nahm einen Schluck von dem wärmenden Kaffee, während er seiner Frau von seinem schaurigen Fund im nahen Gewässer erzählte.

»Du glaubst nicht, was unser Benny im Tillysee gefunden hat«, sagte er, bevor er noch einen Schluck nahm.

Seine Frau sah ihn erwartungsvoll an und Heinz fuhr fort.

»Erst dachte ich, es sei nur ein blauer Müllsack, wollte einfach weitergehen, aber der Hund hat einfach keine Ruhe gegeben. Einen Wahnsinnsaufstand hat er gemacht, gejault und gebellt wie verrückt, er war total aus dem Häuschen. Also hab' ich mit einem langen Ast versucht, den Sack ans Ufer zu bekommen. Er lag ziemlich tief im Wasser und ich dachte schon, dass da jemand seine alte Wäsche oder sonst was entsorgt hat. Aber es war noch schlimmer, als ich angenommen hatte. Aus dem Sack ragten zwei Beine hervor ... menschliche Beine ...« Heinz schüttelte seinen Kopf, als ob er die Bilder so aus seinem Gedächtnis löschen könnte.

»Oh mein Gott«, entfuhr es seiner Frau; sie musste sich setzen.

»Du meinst tatsächlich, du hast eine Leiche gefunden«?, wollte Helga wissen.

Ihr Mann nickte nur kurz und trank von seinem Kaffee.

»Und jetzt?«, fragte seine Frau nach kurzer Überlegung.

»Erst mal nichts, ich habe gleich die Polizei gerufen. Sie haben alles abgesperrt und suchen nun nach Spuren. Ich soll morgen aufs Revier kommen und meine Aussage unterschreiben«, erzählte Heinz Belding weiter.

»Ach du liebe Zeit!« Geschockt von dem gerade Gehörten starrte seine Frau auf ihre volle Kaffeetasse.
»Weißt du, wer der Tote ist«?, fuhr sie dann fort.
»Nein, ich konnte zum Glück gehen, bevor sie ihn an Land gezogen und ausgepackt haben. Der ganze Oberkörper inklusive Kopfs waren ja in dem blauen Sack verpackt. Bestimmt steht es morgen in der Zeitung«, vermutete Heinz.
Natürlich konnte er erst mal nicht schlafen; er war viel zu aufgewühlt von dem Ereignis, und seine Frau ebenso. Stattdessen tranken sie noch einen Kaffee und frühstückten lange, während sie darüber redeten.

***

Der schrille Klingelton des Telefons riss Peter Grahne an diesem Neujahrsmorgen aus seiner Meditation. Ruhig stand er auf und ging an den Apparat.
Genau wie er angenommen hatte war sein Chef Polizeioberkommissar Hund am anderen Ende und meldete einen Einsatz. Grahne musste in die Gemeinde Wardenburg. Eine Leiche war in einem See gefunden worden, wie er erfuhr.
»Sie werden in etwa einer Viertelstunde von der Kommissarin Heide Rose abgeholt«, wurde ihm mitgeteilt.
»Alles klar, danke«, erwiderte Grahne und legte auf.
Aha, dachte er, die große Persönlichkeit war eine Frau.

Ist das nun gut oder schlecht, überlegte er kurz. Doch er hatte keine Zeit, einen weiteren Gedanken daran zu verschwenden, sondern machte sich schnell fertig. Nicht, dass man noch auf ihn warten musste.

***

Einige Minuten zuvor hatte man bereits bei Heide Rose angerufen.
Sie hatte gerade gefrühstückt, als das Telefon klingelte und sich verdächtig nach Arbeit anhörte.
Kurz nach halb neun, sagte ihr der Blick auf die Uhr, während sie zum Telefon ging. Sie irrte sich nicht.
Mord in der Gemeinde Wardenburg, eine Leiche war im Tillysee gefunden worden. Nach einem kurzen Austausch am Telefon und einer schnellen Notiz räumte sie eilig den Tisch ab. Keine zehn Minuten später saß sie bereits in ihrem Wagen auf dem Weg zu ihrem neuen, jungen Kollegen Peter Grahne, dessen Namen und Adresse man ihr eben durchgegeben hatte.
So ist das, dachte sie, einer beendet sein Berufsleben und der Nächste beginnt seines bei der Mordkommission.
Als sie gerade vor einem Doppelhaus mit der notierten Anschrift vorfuhr, kam ein großer, junger Mann mit rotem Haar just aus der Tür. Sollte das der ihr zugeteilte Frischling sein?, überlegte Heide.
Der Rotschopf schaute sich kurz um und kam dann schnellen Fußes zu ihrem Wagen geeilt, nachdem sie mit Lichthupe auf sich aufmerksam gemacht hatte.

»Kommissarin Rose?«, fragte er mit großen Augen durch die offene Beifahrertür.

»Ja. Dann sind Sie Peter Grahne. Hüpfen Sie rein«, entgegnete sie und machte eine Geste zum Beifahrersitz.

»Oh, guten Morgen und frohes neues Jahr«, grüßte er, sobald er sich neben ihr auf dem Sitz niedergelassen hatte, und hielt ihr die Hand entgegen.

»Ja danke, Ihnen auch«, nahm sie sie entgegen. »Es fängt ja schon gut an«, stellte sie in Bezug auf die Leiche fest und er nickte zustimmend.

Dann lenkte sie den Wagen in Richtung Wardenburg, hinein in ihren ersten gemeinsamen Fall.

***

Die Straßen waren voller Papierfetzen von den Böllern und Holzstäbe von den Raketen. Vor lauter Wolken und Dunst war die Sonne nicht zu sehen, schwer zu sagen, ob sie sich heute überhaupt noch zeigen würde.

Heide Rose schaute zu ihrem rothaarigen Kollegen auf dem Beifahrersitz. Irgendwie wartete sie noch auf einen Kommentar, aber ihr neuer Partner blieb ruhig, ja, geradezu gelassen saß er dort, was sie zugegebenermaßen etwas irritierte.

»Sie wissen, was Sie gleich erwartet?«, fragte sie und warf einen prüfenden Blick zu ihm hinüber.

»Ja, man hat mich am Telefon über eine Leiche am Tillysee informiert, mehr aber nicht«, antwortete er und schaute sie fragend an.

Heide Rose sah es und erwiderte: »Mehr Information werden wir gleich vor Ort bekommen, das ist immer so.«
Er nickte kurz und blickte dann gedankenverloren aus dem Seitenfenster auf die Straße.

***

Da saß er nun, neben der großen Persönlichkeit, die ihre langen braunen Haare zu einem Zopf im Nacken gebunden trug und gerade so über den Lenker schauen konnte.
Peter Grahne musste sich eingestehen, dass er etwas erleichtert war, dass sie nicht von dem Menschenschlag war, den er befürchtet hatte. Blieb allerdings abzuwarten, was für einen Charakter sein Gegenüber hatte.
Ja, er war neugierig, was der Tag so für Erkenntnisse für ihn bringen würde.

***

Zu dieser Zeit am Neujahrsmorgen waren die Straßen wie ausgestorben, die meisten Leute schliefen noch, nachdem sie das neue Jahr stürmisch begrüßt hatten.
Es war neblig-trüb und man konnte kaum etwas sehen.
Nur die kahlen Bäume säumten den Straßenrand und wirkten etwas gespenstisch in dem Dunst, wie dunkle Riesen mit vielen Armen.
Sie verließen Oldenburg über Tungeln, wo es genauso leer aussah. Nur ein junges Mädchen sah Rose am

Straßenrand, es war bei dem schaurigen Wetter mit seinem Hund unterwegs. In der einen Hand die Hundeleine und in der anderen ihr Handy, auf dem sie wild herumtippte.

Einige Momente später verließen sie die Oldenburger Straße und bogen in den Iburgsweg. Nachdem sie eine Häusergruppe, Wiesen und links den kleinen Hochzeitswald passiert hatten, machte die Straße eine Kurve nach rechts und man konnte auf der linken Seite den Tillyhügel sehen. Auf diesem thronte ein Kriegerehrenmal, welches an die Gefallenen beider Weltkriege erinnerte.

Doch schon viel früher, im September 1623, hatte der Hügel Geschichte geschrieben, wusste Heide Rose. Da lagerte das Heer des kaiserlichen Generals Johann T'Serclaes von Tilly auf diesem Hügel in Wardenburg. Mit 25 000 Soldaten verfolgte Tilly damals den gegnerischen General Ernst von Mansfeld, der in Ostfriesland Stellung bezogen hatte. Doch durch geschickte Verhandlungen und wertvolle Geschenke erreichte Graf Anton Günther von Oldenburg schließlich den kampflosen Abzug von Tillys Truppen. Seitdem hieß der Hügel Tillyhügel, wusste Heide Rose noch aus dem Geschichtsunterricht in der Schule. Denn das war ein Thema, welches sie einmal interessiert hatte, da es die Umgebung von Oldenburg betraf.

Sie fragte sich, warum in ihrer Schule nicht mehr solche regionalgeschichtlichen Geschehnisse unterrichtet wurden.

Wenige Meter später erschien linkerseits ein Parkplatz, dem ein großes Ackerfeld folgte. Die Straße

führte geradeaus an dem Feld vorbei, genau auf ein Haus zu, das ein wenig wie eine kleine Burg aussah, inklusive Burggraben und Türmchen. Sollte das die Iburg sein? Heide Rose fragte sich das jedes Mal, seit sie in der Karte den Vermerk Iburg gelesen hatte. Leider viele Jahre nach dem Geschichtsunterricht, dachte sie und lächelte.
Nur zu gerne hätte sie diese Frage gestellt.
Die äußerst schmale Straße bog im rechten Winkel an der vermeintlichen Burg ab, um sich wenig später nach rechts und gleich wieder links zwischen vielen schönen Häusern hindurch zuschlängeln. Bis sie auf die Straße Zum Wiesengrund kamen und links abbogen.
Schon nach einigen Metern sahen sie am Boden einen Absperrpoller liegen, den ihre Kollegen schon mit dem Schlüssel geöffnet hatten. Heide Rose fuhr drüber und parkte kurz darauf ihren silbernen RAV am rechten Rand hinter den Fahrzeugen ihrer Kollegen.
Als sie aus dem Wagen stiegen, erwischte der leichte, aber eisige Wind sie gnadenlos; schnell zog Heide sich die Kapuze ihrer Jacke über den Kopf und Peter Grahne klappte den Kragen seines Wollmantels hoch. Ja, die kahlen Bäume ließen den kalten Wind in dieser Jahreszeit ungehindert durch.

Heide Rose bemerkte sehr wohl den Blick ihres neuen Kollegen und rechnete mit einer Bemerkung, doch Peter Grahne lächelte lediglich in ihre wartenden Augen.

Sie gingen die letzten Schritte linker Hand durch den lichten Wald, runter ans Ufer, bis sie endlich bei dem kaum übersehbaren Kollegen Kroog am Rande des Sees angelangten. Da Kroog unter dem weißen Overall seine Winterjacke trug, sah er noch mächtiger aus als ohnehin schon, auch seine Lockenpracht war unter der weißen Kapuze verschwunden. Heide kam augenblicklich das Michelin-Männchen in den Sinn, was sie laut auflachen ließ.

Der äußerst gelassene Kroog schien gerade mit seinen Untersuchungen vor Ort fertig zu sein und gab seinen Kollegen ein Zeichen, dass sie den Abtransport der Leiche in Angriff nehmen konnten, während er genüsslich in einen Müsliriegel biss. Beim Anblick der auf dem Rücken liegenden Leiche mit dem völlig zerfetzten Gesicht musste sich unweigerlich jeder fragen, wie Kroog nur dabei essen konnte. Der Kopf des Toten war noch etwas blutig und ließ ein paar üble Einblicke in den menschlichen Schädel zu.

Heide Rose verging bei dem Anblick sofort das Lachen, was Kollege Kroog sah.

»Ja, sieht nicht schön aus, was, Rose? Man könnte sagen, er hat sein Gesicht verloren«, stellte der dickliche Rechtsmediziner gleichzeitig grinsend und kauend fest.

Er fuhr dann aber ernster fort: »Aus nächster Nähe scheint er acht bis zehn Schüsse in den Kopf bekommen zu haben, aber eine kleine Wunde am Hinterkopf hat er auch. Sicher ein Schlag, um ihn außer Gefecht zu setzen und ihn fesseln zu können; er hat Spuren an Hand- und Fußgelenken, die darauf schließen lassen. Außerdem hatte er diesen blauen

Müllbeutel übergestülpt, als er gefunden wurde. Der reiche über den Kopf bis hin zur Taille, dann wurde er mit dem Seil zugebunden.« Kroog deutete auf die Gegenstände, die sorgsam in Plastiktüten verpackt am Ufer neben seinem Koffer lagen. Heide Rose nahm es zur Kenntnis und nickte kurz.

»Genaueres natürlich erst, wenn ich ihn auf dem Tisch hatte«, murmelte er immer noch kauend und schaute dann fragend den jungen Kollegen Grahne an.

»Oh, wenn ich vorstellen darf … Das ist mein neuer Kollege Peter Grahne, unser Kollege Karl Kroog von der Gerichtsmedizin«, stellte Rose die beiden mit einer Handbewegung vor. Sie wollten sich erst die Hand geben, doch Kollege Kroog hatte noch einen Gummihandschuh an der einen und den Müsliriegel in der anderen Hand, so nickten sie sich lieber nur zu. Kommissarin Rose sah sich um, musterte den See, das Ufer, das ganze Umfeld.

»Weiß man schon, wer der Tote ist«?, fragte sie und blickte besorgt zu Frischling Grahne, der jedoch keine Miene verzog, sondern sich eher interessiert den Leichnam ansah.

»Laut der Papiere, die wir bei ihm fanden, kein Geringerer als der Bürgermeister dieses Ortes, Ulf Rösker«.

Kroog drehte sich zu seinem Koffer, der auf einem kleinen Klapptisch am Ufer stand, und reichte ihr Sekunden später einen Zettel mit der Adresse des Opfers, die er dessen Ausweis entnommen hatte.

Rose nahm ihn entgegen, nickte kurz und blickte dann abermals besorgt zu ihrem Kollegen. Denn

Grahne entfernte sich auf einmal etwas von der Gruppe und sie vermutete bereits das Schlimmste, da er etwas nach vorne gebeugt war. Plötzlich bückte er sich und Rose sah schnell weg, denn das wollte sie sicher nicht sehen.

Sie schaute zu Karl Kroog, der nickte ihr zu und machte eine Kopfbewegung zu ihrem Kollegen, sie sollte zu ihm gucken. Sie atmete tief durch und drehte sich wieder um.

Er war nicht etwa dabei, sich zu übergeben, wie sie dachte, nein, er untersuchte einen der kleinen Grasbüschel näher. Dann winkte er den Kollegen von der SpuSi mit der Fotokamera heran und bat ihn, ein Bild zu machen. Dieser fingerte eine Zahlenkarte aus der Tasche, legte sie daneben und machte einige Aufnahmen, nachdem Grahne zur Seite getreten war. Er stolperte dabei fast wegen eines Lochs im Boden. Ein Tier hatte hier wohl gebuddelt.

Dann nickte der Kollege von der SpuSi Peter Grahne zu und dieser entnahm seiner Manteltasche einen Einmalhandschuh und eine kleine Tüte, in der er einen Zettel verschwinden ließ, den er wohl auf dem Grasbüschel entdeckt hatte.

Danach machte er sich mit dem Kollegen von der SpuSi bekannt und fragte ihn einiges.

»Und, Heide? Der erste Fall ohne den Alten. Ist bestimmt komisch, oder?«, fragte Kroog auf einmal und Heide sah ihn wieder an.

»Na ja, ich bin ja gut vorbereitet worden von Harm. Er hatte sich die letzten Fälle schon immer im Hintergrund gehalten und mich machen lassen«, lächelte sie, weil sie unweigerlich an einige Szenen denken musste. »Aber ja, ist schon irgendwie komisch und ungewohnt«, gab sie zu.

»Ja, das glaube ich dir«, meinte Kroog und steckte sich das letzte Stück Müsliriegel in den Mund.

»Und? Kommste mit dem klar?«, wollte er dann kauend wissen und deutet zu Grahne.

»Das wird die Zeit zeigen, das ist schließlich unser erster Fall und vor allem heute unser erster Tag als Team«, entgegnete sie.

Rose war neugierig, was Grahne dort gefunden hatte, aber ein anderer Kollege von der Spusi kam angelaufen:

»Ein Stück weiter am Ufer lang führt eine Reifenspur in den See. Vermutlich von einer Schubkarre. Wir haben einen kleinen, alten Schuppen nicht weit davon gefunden, es scheint der Tatort zu sein. Zwei Kollegen schauen ihn sich schon an, eine Schubkarre, die zu der Spur passt, haben wir auch schon dort gefunden. Ebenso eine blutverschmierte Plane, die darin lag«, berichtete er.

»Hm, dann schau ich mir das mal näher an«, meinte Rose und wollte schon dem Kollegen folgen.

»Moment, Heide«, hielt Karl Kroog sie auf. »Zunächst noch kurz zurück zum Bürgermeister.«

»Laut der Papiere, die ich bei ihm fand, und Aussagen der Kollegen von vor Ort war er verheiratet«, berichtete Karl Kroog und sie schaute ihn mit hochgezogenen Augenbrauen an.

»Kannte einer von denen den Bürgermeister näher?« fragte sie Kroog.

»Nur aus der Lokalzeitung und so weiter, nicht persönlich, wie ich mitbekommen habe«, meinte Kroog.

»Na dann, frohes neues Jahr«, meinte sie, und »Euch übrigens auch« zu ihren Kollegen von der Spurensicherung, die nun die Leiche in einem schwarzen Sack verschwinden ließen und zum Abtransport eine Trage vorbereiteten.

Heide Rose gab Grahne ein Zeichen, ihr zu folgen, und lief hinter dem Beamten von der SpuSi her, der ihr die Spur zeigte sollte, die in den See führte.

Grahne eilte ihr nach, holte sie ein und ging dann neben ihr her. Er zeigte ihr seinen Fund. Es war ein Zettel, ein typischer Blockzettel von einem dicken Quader, mit der Mitteilung 22 Uhr.

»Hm, gut gemacht, Grahne. Steht nicht viel drauf, aber das kann ein wichtiger Hinweis sein«, lobte Rose und war angenehm überrascht, dass ihr neuer Kollege offensichtlich schon mit Handschuhen und Beweistütchen ausgestattet war.

»Das dachte ich auch, als ich ihn bei dem Grasbüschel liegen sah«, lächelte er, während er seinen Fund wieder in der Manteltasche verschwinden ließ.

Der Kollege von der SpuSi zeigte ihnen die Stelle, wo die Spur in den See führte, und sie folgten ihr ein Stück weiter um den Tillysee herum bis zu einem kleinen Schuppen.

Darin wimmelte es von Beamten in weißen Schutzanzügen, die alles fleißig fotografierten. Rose steckte ihre Nase durch die Tür.

»Na, das scheint wohl tatsächlich der Tatort zu sein«, stellte sie beim Anblick einiger dunkler Flecken auf dem Boden fest. Dann spürte sie, wie Grahne über ihr ebenfalls seinen Kopf zur Tür hereinsteckte, was sie zugegeben leicht irritierte.

»Rose, wie immer mit ihrem dornenspitzen Verstand«, lachte einer aus der Spurensicherungsgruppe, schaute auf und guckte erstaunt, als er Grahne sah.

Heide erkannte Freddys Stimme sofort und blickte in seine lachenden Augen.

»Ja, so was, der Freddy. Hallo! Oh, und der Riese hinter mir ist übrigens Peter Grahne, mein neuer Kollege«, informierte sie den Beamten von der Spurensicherung.

»Grahne, das sind die Spürnasen und Adleraugen, die alles an den Tatorten finden und eintüten«, erklärte sie ihrem neuen Ermittlungspartner.

Mit einem Hallo begrüßten sich alle kurz.

»Freddy, schön, dich zu sehen. Hoffe, deinen Augen entgeht wie immer nichts«, meinte sie zu ihm.

»Na, ich gebe mir die größte Mühe, alles zu finden, wie immer«, nickte der lachend.

»Danke euch, wir gehen dann mal wieder, damit wir nicht stören.« Sie winkte Freddy zum Abschied kurz zu und wandte sich zum Gehen.

»Oh, kann man schon sagen, ob wir einen oder mehrere Täter haben?«, wollte sie noch wissen und steckte ihren Kopf erneut durch die Schuppentür.

»Nun, es ist noch etwas früh, aber bis jetzt haben wir nur Spuren von einem Täter«, gab Freddy zurück.

»Wenn man das so überhaupt sagen kann, denn er selbst hat kaum Spuren hinterlassen«, fügte er noch hinzu.

»Er hatte scheinbar alles mit Folie und Plane ausgelegt, eine davon liegt in der Schubkarre da vorne. Darin wurde wohl auch die Leiche transportiert. Doch du weißt ja, Genaues kann ich dir erst nach Abschluss unserer Untersuchung sagen«, lachte Freddy Rose an und die nickte wissend.
»Okay, ich danke dir«, meinte die Kommissarin und machte sich mit Grahne auf den Weg zurück zum Auto.
»Nun müssen wir die Ehefrau über den Tod ihres Mannes informieren«, erklärte Rose, als sie in den Wagen stiegen.
»Okay«, meinte Grahne und sah sie leicht fragend an, was Rose auffiel.
»Nun, das ist im Prinzip immer das Gleiche, aber eigentlich immer wieder anders. Verstehen Sie«?, wollte sie von ihrem Beifahrer wissen.
»Ich denke schon«, meinte Grahne und holte tief Luft.
Die zwei mussten zurück zur Oldenburger Straße fahren und dann links durch den Ort, um zu der Adresse auf dem Zettel zu gelangen. Ein kurzes Stück weiter kam auf der linken Seite die Feuerwehr und gleich daneben die Polizeistation, die Rose ihrem neuen Kollegen bei der Gelegenheit im langsamen Vorbeifahren zeigte.
»Denke, dort werden wir uns morgen früh zur Arbeit treffen. Sicher wird eine Sonderkommission gegründet«, erklärte sie ihm, denn so wurde normalerweise verfahren.

Die Oldenburger Straße schlängelte sich weiter durch den Ort, vorbei an den vielen Geschäften, die keine Wünsche offenließen.

Bäckerei Jürgens erschien hellerleuchtet auf der rechten Seite. Dort würde die Kommissarin im Moment lieber einkehren. Sicher gab es dort eine schöne Tasse heißen Tee, dachte sie, als sie sah, dass durch die offene Tür Leute kamen, und glaubte, das Heißgetränk schon fast zu riechen.

Doch leider musste sie Frau Rösker mitteilen, dass sie Witwe war. Etwas, das trotz Routine immer wieder neu und unangenehm blieb. Sie war allerdings darauf gespannt, wie Grahne sich in solch einer Situation machte.

Sie bogen links ab, vorbei am Wardenburger Hof und einige Straßen weiter in eine schöne Siedlung mit vorbildlichen Vorgärten. Kurz darauf waren sie bei der Adresse angelangt und Heide Rose fuhr in die Auffahrt.

Sie überlegte, ob sie Grahne eine kurze Einweisung geben sollte, ließ es dann aber. Sie wollte sehen, wie er sich von sich aus verhielt, um ihn besser einschätzen zu können.

Eine adrette, schlanke Frau mit kurz geschnittenem blondem Haar öffnete auf ihr Klingeln hin die Tür.

»Silke Rösker?«, fragte die Kommissarin.

»Ja?« Die Dame schaute die zwei Kommissare in Zivil fragend an, als jedoch Grahne die Kommissarin und sich mit Mordkommission vorstellte, während sie ihre Ausweise zeigten, schwankte sie und fiel um.

Rose reagierte blitzschnell, machte einen Satz nach vorn und hatte sie aufgefangen.

Ein Hoch auf ihre Reflexe, die sie sicher ihrem Taekwondo-Training zu verdanken hatte, dachte sie.

Grahne schien derweil leicht hilflos, als die 1,59m große Heide Rose mit der Frau im Arm mitten in der Tür stand.

»Nehmen Sie sie mir ab oder wollen Sie erst mit dem Handy ein Foto machen?«, fragte sie ihren großen Partner leicht sarkastisch. Das brachte Grahne in Bewegung, er trat vor und nahm ihr Frau Rösker ab, was sie mit einem kurzen Nicken honorierte.

»Kein Wort darüber im Kommissariat, es werden schon genug Witze über mich gemacht«, meinte Rose mit erhobenem Finger, lachte dann aber und ging ins Haus.

»Und das mit der Vorstellung an der Tür einer frischen Witwe müssen wir noch üben«, stellte sie fest.

»Am besten tragen Sie die Frau ins Wohnzimmer und legen sie aufs Sofa, ich denke, da vorne ist es«, wies sie Grahne an und zeigte ans Ende des Flurs, während sie die Haustür hinter ihnen schloss.

»Witze«?, fragte Grahne und zog dabei seine Stirn in Falten, die Frau Bürgermeister aber brav ins Wohnzimmer tragend.

»Jetzt tun Sie nicht so, als hätten Sie noch keinen gehört!«, meinte seine neue Kollegin. »Im Kommissariat?«, hakte sie nach.

Grahne legte die Frau aufs Sofa und drehte sich zu Rose, um ihre Frage mit einem Kopfschütteln zu verneinen. Doch er sah gerade noch, wie sie zurück in den Flur ging und in ein Zimmer linker Hand verschwand.

Er schaute sich Frau Rösker an; sie war immer noch ohnmächtig und er deckte sie mit einer Decke, die er auf der Lehne des Sofas fand, zu.

Ein dickes Kissen legte er noch unter ihre Beine, damit sie höher waren und das Blut wieder zurücklaufen konnte. Dann ging er nachsehen, was seine Chefin machte.

Sie war in der Küche des Hauses, wo sie ein Glas Wasser für die Witwe holen wollte, doch sie suchte noch in den Schränken nach einem Glas.

»Ich war noch nicht auf dem Präsidium«, meinte er nun zu Rose und schaute sie fragend an.

»Wie bitte?« Er hatte sie offensichtlich aus ihren Gedanken gerissen.

»Ach so. Na, Sie werden sie noch alle hören«, meinte Heide Rose mit einem Augenzwinkern und schaute sich weiter in den Schränken nach einem Glas um.

»Aha?!«

»Ja, die Witze über mich, wegen meiner Größe, meiner Einsneunundfünfzig. Und Sie jetzt mit Ihren ...?« Sie schaute ihn prüfend an. »Wie groß sind Sie?«

»Ich bin 1,95m«, antwortete er brav.

»Sag ich ja, das gefundene Fressen für die lieben Kollegen«, lachte sie, doch wurde plötzlich ganz ernst. »Ich hoffe, Sie lassen sich davon nicht abschrecken?«

Doch Grahne hatte keine Zeit zu antworten.

Ein Stöhnen aus dem Wohnzimmer rief die beiden wieder auf den Plan und Grahne eilte zu Frau Rösker, die gerade zu sich kam. Heide Rose kam Sekunden später mit einem Glas Wasser in der Hand nach.

»Frau Rösker, wie geht es Ihnen? Sie sind uns gerade an der Haustür zusammengeklappt und da haben wir Sie hier hingelegt. Erinnern Sie sich? Wir sind von der Polizei.«, erklärte Rose und schaute kurz zu Grahne, dann reichte sie Frau Rösker das Glas mit dem Wasser.

»Möchten Sie einen Schluck nehmen?« Als ihr Gegenüber nicht reagierte und auch das Glas nicht nahm, fragte Rose weiter: »Sollen wir Ihnen einen Arzt rufen?«

Nun sah Frau Rösker sie an. »Nein, ich denke, es geht schon. Was ist denn passiert? Warum sind Sie hier? Ist es etwa wegen meinem Mann?«, wollte die Frau Bürgermeister wissen und setzte sich langsam aufrecht hin, während sie sich an die Stirn fasste.

»Seit wann vermissen Sie ihn?«, fragte die Kommissarin ruhig.

»Seit gestern Abend. Wir waren auf der Silvesterparty im Wardenburger Hof, mit Freunden und Bekannten. Er wollte noch mal kurz weg und kam nicht wieder«, berichtete Frau Rösker.

»Um welche Zeit ist er noch mal weg?«, hakte Grahne nach und zückte einen Notizblock. Prima, dachte Rose, der Mann denkt mit.

»So um 21.50 Uhr. Er kam gestern Nacht nicht nach Hause, das hat er noch nie gemacht, also nicht, ohne Bescheid zu sagen. Er wollte um Mitternacht wieder da sein, wie er gestern sagte. Ist ihm etwas passiert?«, fragte die Witwe abermals und ihre Augen hefteten sich abwechselnd an Grahnes und an Roses Lippen.

»Bitte, nehmen Sie doch erst einen Schluck Wasser«, forderte Heide Rose sie auf und hielt ihr das Glas hin. Mit sorgenvoller Miene kam sie der Bitte der Kommissarin nach und nahm ein paar Schlucke, bevor sie das Glas auf den Tisch vor sich stellte.
»Ist ihr Mann mit dem Auto weggefahren?«, wollte Grahne nun wissen.
»Ja, das ist er, nach der Feier habe ich noch geschaut, aber der Wagen war weg«, erzählte Silke Rösker.
„Wie sind sie denn nach Hause gekommen?", fragte Rose.
„Ich bin gelaufen, ist ja nicht weit", antwortete Frau Rösker.
»Haben Sie meinen Mann gefunden? Ist ihm etwas passiert?«, fragte sie nun energischer.
»Frau Rösker, wir haben Ihren Mann gefunden und müssen Ihnen leider mitteilen, dass er letzte Nacht ermordet wurde«, sagte Kommissarin Rose nun ohne Umschweife, Frau Rösker immer im Blick.
»Er... Ermordet?«

Die Witwe konnte es kaum aussprechen. Sie wusste, dass sie ihren Mann mit einer Geliebten teilen musste, vielleicht auch mit mehreren, aber tot? Ermordet?!
»Oh mein Gott, das gibt's doch nicht. Ulf ist ... tot?« Silke Rösker versuchte zu begreifen, sah sich mit wildem Blick um. Ihr wurde schwindelig und sie ließ sich an die Lehne des Sofas fallen, griff sich an die Stirn.

»Werden Sie uns nicht wieder ohnmächtig«, bat die Kommissarin und Silke Rösker schüttelte leicht den Kopf.
Sie konnte kaum schlucken, besann sich des Wassers und griff nach dem Glas, um noch einmal davon zu trinken. Sie tat es so stürmisch, dass sie einen Teil über sich verschüttete, aber alles war so unwirklich. Genau wie der Tod ihres Mannes. Wieso bloß und von wem? War das alles wahr oder schlief sie noch und hatte einen Albtraum? Ihr wurde wieder schwach zumute, sie nahm noch einen vorsichtigen Schluck, atmete tief ein und ließ sich wieder gegen die Sofalehne sinken.
Peter Grahne reichte ihr ein Papiertaschentuch und sie besann sich darauf, dass sie sich bekleckert hatte. Sie nahm es und trocknete sich fahrig ab, während ihr wie wild Gedanken durch den Kopf zogen.

»Hatte Ihr Mann Feinde?«, hörte sie wie aus der Ferne.
»Frau Rösker? Können Sie uns einige Fragen beantworten?«, wollte Rose nun etwas lauter wissen, als sie nicht reagierte.
»Äh, ja, ich ... entschuldigen Sie bitte, ich bin ein bisschen ...«, stammelte sie.
»Das ist verständlich, nur je eher wir einige Informationen bekommen, desto eher haben wir den Täter. Oder möchten Sie, dass wir einen Arzt anrufen? Fühlen Sie sich nicht gut? Brauchen Sie etwas zur Beruhigung?«, fragte die Kommissarin ruhig und verständnisvoll.

»Nein, es geht schon.« Silke Rösker schaute die Kommissarin fragend an.

»Also, hatte Ihr Mann irgendwelche Feinde? Oder gab es in letzter Zeit mit jemandem aus Ihrem Umfeld Streit?«, wiederholte sie ihre Fragen noch mal langsamer.

»Nein, ich wüsste nicht, mit wem.« Frau Rösker zuckte mit den Schultern und schaute dann peinlich berührt.

Das entging scheinbar Kommissar Grahne nicht.

»Da ist aber etwas, was Ihnen gerade im Kopf herumschwirrt. Sie sollten es uns sagen, damit die Ermittlungen zügig laufen können. Es kommt eh alles heraus, glauben Sie mir«, versicherte er ihr.

Frau Rösker holte tief Luft und überlegte kurz, bevor sie zu reden begann.

»Nun, er hatte immer mal wieder Affären mit anderen Frauen«, sagte sie zögerlich und einige Tränen rollten über ihre Wangen.

»Wissen Sie, mit welchen Frauen, kennen Sie die Namen und Anschrift«?, fragte Grahne mit beruhigender Stimme, während er die Witwe die ganze Zeit über genau beobachtete.

»Oh nein, die Namen oder gar Adressen habe ich nie erfahren.« Silke Rösker wischte sich die Tränen mit dem Taschentuch weg, das sie noch in der Hand hatte, und geriet etwas in Rage. »Das wollte ich auf keinen Fall, ich wollte nichts von seinen Affären wissen, er sollte mich damit in Ruhe lassen«, rief sie und begann erneut zu weinen.

»Können Sie uns bitte genau sagen, mit was für einem Wagen Ihr Mann gefahren ist? Kennzeichen,

Fabrikat usw.«, versuchte Grahne die Situation zu entspannen.
Nachdem Silke tief Luft geholt und sich etwas beruhigte hatte, gab sie Auskunft. Grahne notierte sich jedes Detail.

Ob die Tränen bedeuteten, dass sie ihren Mann trotz allem noch geliebt hatte, oder waren sie nicht echt gewesen? Dann war die Witwe aber eine gute Schauspielerin. Aber das würde sie noch rauskriegen, dachte Heide.
»Wissen Sie denn, wo er Silvester noch hin ist oder mit wem er sich treffen wollte?«, fragte Rose Silke Rösker. Wenn Rose ehrlich war, fragte sie sich, warum die Frau Bürgermeister trotz der Seitensprünge ihres Mannes bei ihm geblieben war.
»Nein, ich habe keine Ahnung, wo er hinwollte. Das hat er nicht gesagt«, antwortete Silke Rösker etwas forsch und fügte etwas kleinlauter hinzu, als Rose sie eindringlich ansah: »Die Kellnerin brachte ihm einen Umschlag mit einem Zettel drin. Nachdem er ihn gelesen hatte, steckte er ihn in seine Sakkotasche und stand auf. Dann sagte er, er sei gegen Mitternacht wieder da, und ist weg.«,
»Was, einfach so?«, wollte Rose wissen. »Hat er so was öfter gemacht?«
»Nein, einfach so nicht, bis dahin jedenfalls nicht. Wenn wir zusammen wo waren, ist er noch nie einfach gegangen«, sagte Silke Rösker überzeugend.
»Wissen Sie, ob es dieser Zettel war?«, fragte Grahne und zeigte ihr den eben eingetüteten Fund.

Sie warf einen flüchtigen Blick darauf. »Nun, ich habe ihn nur kurz gesehen, aber von der Form her könnte er es sein, ja.« »Wissen Sie wo der Umschlag geblieben ist? Hatte Ihr Mann den eingesteckt?«, fragte Rose nun.

»Nein, den hatte er auf dem Tisch liegen gelassen. Ich hatte ihn dann noch zerrissen, weil ich wütend war, dass er einfach so von der Silvesterparty verschwunden ist«, gestand Silke Rösker.

»War der Umschlag beschriftet?«, wollte Grahne wissen.

»Es stand mit Kugelschreiber *An den Herrn Bürgermeister* drauf«, wusste Silke Rösker.

»Können Sie uns sagen, wie die Kellnerin hieß oder beschreiben, wie sie aussah«?, fragte Rose.

»Nun, sie hatte blondes, etwas längeres Haar, das sie zu einem Pferdeschwanz gebunden hatte. Sie bediente uns den ganzen Abend. Den Namen weiß ich leider nicht.«

»Danke, das ist doch schon mal was, den Namen kriegen wir bestimmt auch noch raus«, stellte die Kommissarin fest und nickte Grahne zu, der sich alles notiert hatte. Dann bohrte sie nach: »Bitte überlegen Sie noch mal: Hatte Ihr Mann in den letzten Wochen oder Tagen mit jemandem Streit oder ähnliches?«

»Nein, nicht, dass ich wüsste, ich kann Ihnen da nicht weiterhelfen. Er hat zu mir nichts in der Richtung verlauten lassen und ich weiß auch nicht, ob er mir so etwas überhaupt erzählt hätte.« Silke Rösker zuckte mit den Schultern und schaute ratlos.

Rose war nicht sicher, ob die Witwe nichts sagen wollte oder tatsächlich nichts wusste.

Plötzlich zuckte Silke Rösker zusammen und wurde kreidebleich. Sie starrte geradeaus und sagte: »Emily Heine.« Dann hielt sie sich ihre rechte Hand mit dem Taschentuch vors Gesicht, als hätte sie ein Gespenst gesehen.
Rose und Grahne wechselten einen kurzen Blick.
»Wer ist Emily Heine? Seine Geliebte?«, schlug der junge Kommissar vor, und als Frau Rösker nicht darauf reagierte und ihr Blick weiterhin ins Leere ging , hakte er etwas lauter nach: »Frau Rösker? Wer ist diese Emily Heine, war sie die Geliebte von Ihrem Mann«?
Silke Rösker ließ ihre Hand wieder sinken und schaute Peter Grahne an. Sie hatte Tränen in den Augen und es schien, als mochte sie es kaum aussprechen. Die Witwe antwortete ganz leise.
»Emily Heine ist tot. Sie hat sich das Leben genommen, nachdem mein Mann die Beziehung mit ihr beendet hatte. Das dumme Ding dachte wohl ernsthaft, mein Mann würde sich von mir trennen, und als er es nicht tat ...« Frau Rösker sackte nun weinend in sich zusammen.
Grahne und Rose sahen sich an. Rose überlegte einen Moment lang, einen Arzt zu rufen, wollte dann aber noch einen vorsichtigen Versuch wagen, etwas mehr aus der Witwe herauszubekommen, und fragte behutsam: »Können Sie uns dazu noch Näheres sagen?«
Silke Rösker nickte, wischte sich die Tränen weg, holte tief Luft, schnaubte sich die Nase. Dann begann sie, stockend zu erzählen.

»Also …« Sie schaute sich um, suchte nach den richtigen Worten. »Er hatte ja immer mal wieder Verhältnisse mit unverheirateten jungen Frauen, und wenn er keine Lust mehr auf die Damen hatte …« – sie holte tief Luft, um gleich fortzufahren – »… dann beendete er die Beziehung.
Ich denke, mit der Begründung, dass er mich nicht alleine lassen könne oder dergleichen. Diese dummen Dinger haben das doch glatt geschluckt.« Sie schüttelte den Kopf und wischte sich fahrig einige Tränen von der Wange.
»Diese eine junge Dame, Emily Heine, hat das nicht verkraftet. Sie nahm sich das Leben mit reichlich Tabletten und Alkohol.« Bei diesen Worten füllten sich ihre Augen erneut mit Tränen. Sie griff schnell nach den Taschentüchern auf dem Tisch, fingerte eines heraus und schnaubte sich die Nase, danach tupfte sie sich die Wangen trocken.
»Den Namen werde ich nie vergessen. Ich las von ihrem Selbstmord in der Zeitung und erinnere mich, zu Ulf gesagt zu haben, wie schrecklich das doch wäre. Ein so junger Mensch wählt den Tod. Er wurde bei dem Namen ganz blass. Da wusste ich sofort, was los war. Als ich ihn darauf ansprach, tat er es ab. Was könne er denn dafür, dass sich die doofe Nuss gleich umbrächte, meinte er doch glatt. Wenig später erhielt Ulf von diesem Erik, Emilys Bruder, Drohungen. Der rief hier mittags an und sagte, dass er ihr Tagebuch gefunden und es gelesen hatte, um zu verstehen, wieso sie sich das Leben genommen hatte. Seine Schwester war in ihren Formulierungen zwar vorsichtig gewesen, aber sie hatte überall kleine

Andeutungen gemacht. So brauchte er nur eins und eins zusammenzuzählen und wusste, dass es sich bei der Affäre in dem Tagebuch um Ulf handeln musste. Doch mein Mann stritt alles ab, als ich ihm das Telefon reichte. Ulf meinte doch tatsächlich zu diesem Erik, Die junge Frau hätte eine rege Fantasie gehabt und Sicher war er ja wohl nicht der Einzige, mit dem sie was gehabt hatte, und legte einfach auf. Damit war die Sache für ihn erledigt, aber wohl nicht für Erik, denn der tauchte an dem Tag gegen Nachmittag im Rathaus auf. Er ging auf meinen Mann los und boxte ihm ins Gesicht, dabei hat er ihm die Nase gebrochen«, berichtete die Witwe.

Frau Rösker griff eilig nach dem Glas auf dem Tisch und nahm einen Schluck Wasser, dann fuhr sie fort. Es schien fast so, als müsse sie es sich von der Seele reden. »Ulf versuchte ihn wohl immer wieder davon zu überzeugen, dass er mit dem Tod seiner Schwester nichts zu tun habe. Erik wollte das nicht hören und drohte damit, zu einem Anwalt zu gehen, damit Ulf seine gerechte Strafe bekommen würde. Schließlich habe er ja das Tagebuch als Beweis für das Verhältnis.« »Waren Sie an dem Tag im Rathaus, oder woher wissen Sie das alles?«, unterbrach Rose die Witwe.

»Nein, Frau Müller hat es mir erzählt. Ihr Mann ist oder war ein Kollege vor Ulf und war dabei gewesen, so wie einige andere Kollegen vom Rathaus, als dieser Erik auf Ulf losging«, gab diese Auskunft. »Wir trafen uns zufällig einen Tag nach dem Vorfall beim Einkaufen und haben dann kurzentschlossen einen

Kaffee zusammen getrunken. Dabei erzählte sie mir die ganze Geschichte«.
»Wissen Sie zufällig, wo Emily Heine bzw. ihr Bruder wohnten?«, kam Grahne der Kommissarin zuvor.
»Ich glaube, der Bruder lebt in Oldenburg, und da kam auch Emily her, aber sie hatte sich hier in Wardenburg eine Wohnung genommen. Sie war erst kurz bevor sie sich das Leben nahm hergezogen.« Frau Rösker überlegte nochmals. »Oh, und Emilys Bruder war KFZ-Mechaniker bei Ford Horstmann. Mein Mann machte sich noch darüber lustig, dass er in seinem Arbeitsoverall bei ihm im Rathaus auftauchte«, fiel ihr wieder ein. »Daraufhin verlor Erik die Kontrolle, und wäre keiner der Anwesenden dazwischen gegangen, dann wäre Ulf nicht so glimpflich davongekommen, da bin ich mir sicher. Erik drohte meinem Mann auch damit, ihn zu töten, aber nach der Aktion kam er erst mal in Gewahrsam und musste Ulf Schmerzensgeld zahlen«, endete sie.
»Haben Sie danach noch einmal von diesem Erik Heine gehört«?, führte Grahne das Gespräch weiter. »Hat er Sie oder Ihren Mann erneut aufgesucht oder bedroht?«
»Nein, danach war es still.« Silke Rösker schaute den Kommissar offen an und der wusste, dass sie die Wahrheit sagte.
»Sprach Ihr Mann denn jemals davon, dass er sich von Ihnen trennen wollte«? fragte Heide Rose.
»Nein, er hat nie etwas dergleichen gesagt.«
»Sind Ihnen sonst noch einige Namen der Damen, mit denen sich Ihr Mann getroffen hat, bekannt?«, gab Rose nicht auf.

»Nein, wie ich schon sagte«, kam wie aus der Pistole geschossen, und Rose sah die Witwe erschrocken an.
»Ich wollte keine Namen hören. Sicher ist auch mal der ein oder andere Vorname gefallen, aber ich habe ihn bewusst verdrängt.«
Heide Rose glaubte Frau Rösker, aber andererseits ist der Mensch auch immer neugierig. Warum sollte es bei ihrem Gegenüber anders sein?
»Es hat Sie nie interessiert, mit wem Sie Ihr Mann gerade betrügt?«
»Am Anfang ja, aber dann ... Ich wollte nicht, dass ich an diesen Namen ständig denken muss. Daran, in wessen Armen er gerade liegt. Ich wollte einfach nur meine Ruhe, mein Leben leben. Verstehen Sie?« Silke Rösker sah die Kommissarin an, als erwarte sie eine Antwort.
»Hm, ja, ich denke schon«, nickte die.
Heide Roses Verlobter hatte sie damals auch betrogen, aber nur mit einer einzigen Frau. Bernd war noch mit Heide zusammen gewesen, als er seine Neue kennenlernte.
Zwei Monate nach der Begegnung erzählte er Heide von Britta, so hieß sie, und dass sie so viel besser zu ihm passen würde. Als Heide erfuhr, dass es schon zwei Monate lang mit den beiden ging, hatte sie ihm eine Ohrfeige verpasst. Zum Glück hatte sie sich einigermaßen unter Kontrolle, sonst wäre es nicht bei der einen Ohrfeige geblieben, aber Disziplin lernte man als Erstes beim Taekwondo. Bernd hatte daraufhin nichts gesagt, er wusste, dass er sie verdient hatte. Danach war Heide gegangen und hatte seine Sachen gepackt, sie wollte nicht, dass er

noch eine Nacht länger bei ihr schlief. Bernd hatte sich ja schon ein neues Nest gesucht, da konnte er hingehen, hatte Heide damals gedacht.

An der Haustür wollte Bernd sich noch verabschieden, doch die Tür schloss sich hinter ihm, sobald er und seine Taschen die Schwelle übertreten hatten. Heide sah keinen Sinn darin, auch nur ein Wort mit ihm zu wechseln. Er hatte sie betrogen, hintergangen, sie wollte ihn nie wiedersehen. Der Name Britta ging ihr nicht aus dem Kopf und ständig musste sie an Bernd und seine Britta denken.

Wenn sie es sich genau überlegte, dann konnte sie Silke Rösker sehr gut verstehen.

Die Befragung war damit erst mal beendet und Heide fragte die Witwe abermals, ob sie eine Freundin anrufen wollte. Für den Fall, dass sie noch mal einen Schwächeanfall bekam.

Frau Rösker stimmte zu und ging zum Telefon. Ella Meibach war ihre beste Freundin, sie machte sich sofort auf den Weg, als Silke Rösker ihr erzählte, was passiert war. Sie wurde von den Kommissaren empfangen und ebenfalls kurz befragt, als sie eintraf. Doch sie war genauso ratlos und geschockt wie die Witwe.

»Nein, ich habe keine Ahnung, wer Ulf nach dem Leben trachten könnte«, sagte sie. Die zwei Frauen saßen auf dem Sofa und hielten sich bei den Händen.

»Wussten Sie, dass Herr Rösker eine Affäre hatte?«, konfrontierte Rose die Freundin der Witwe ohne Umschweife.

»Eine?! Das Schwein hatte mehrere, wie ich von Silke weiß«, sagte diese geradeheraus. Sie schaute die Kommissarin mit großen Augen an und wartete auf eine Reaktion. Dann blickte Ella Meibach zu ihrer Freundin, der die Tränen in den Augen standen.
»Silke … Wie geht es dir?«, fragte sie sanft.
»Es geht schon«, beruhigte Silke ihre Freundin.
»Frau Meibach, wussten Sie, um welche Damen es sich handelte?«, fragte Rose.
»Nein, natürlich nicht«, entrüstete sich die Angesprochene. »Ich weiß es nur von Silke, und ich fand ihre Einstellung auch richtig, dass sie die Namen nicht wissen wollte, wozu auch.«
»Nun gut, wenn Ihnen noch etwas einfällt, melden Sie sich bitte bei uns.« Die Kommissarin reichte ihr eine Karte mit ihrer Telefonnummer.
Dann verabschiedeten sich die Ermittler und schritten draußen zügig auf Heide Roses Auto zu, um dem nasskalten Nieselregen zu entgehen.

»Puh, die arme Frau«, seufzte Grahne, sobald sie im Wagen saßen.
»Sie denken, sie ist unschuldig?«, meinte Rose.
»Es spricht alles dafür.«
»Was meinen Sie damit?« Sie sah ihn verwundert an.
»Nun, ihr Verhalten, ihre Körperhaltung …«, führte er aus und überlegte, ob er besser nichts gesagt hätte.
»Nun, ich möchte alles über Emily und ihren Bruder Erik Heine wissen. Schauen Sie morgen als Erstes, was Sie dazu im Polizeicomputer finden«, trug ihm die Kommissarin auf und startete den Wagen.

Peter Grahne nickte und notierte sich das in seinen Block.

»Und ich denke, ihre beste Freundin, diese Ella Meibach, sollten wir uns auch mal genauer ansehen«, fuhr Heide Rose fort. »Wir fahren jetzt zum Wardenburger Hof. Ich will wissen, wer alles auf der Silvesterparty war.« Mit diesen Worten bog sie aus der Röskerschen Einfahrt auf die Ortsstraße.

Es war kurz vor halb elf, als die beiden Kommissare auf dem Parkplatz hielten. Eine Gästeliste vom gestrigen Abend konnte das anwesende Reinigungspersonal nicht zur Verfügung stellen, der Chef war noch nicht im Hause. Man würde ihn aber gleich informieren, damit er die Liste an die Polizeistation mailte.

»Das ist sehr nett, ich muss allerdings den Chef persönlich noch was fragen. Wissen Sie, wann er heute kommt?« Rose hoffte, dass es bald sein würde.

»Nun, ich denke, in einer halben bis Dreiviertelstunde wird er da sein«, meinte die Dame.

Heide Rose bedankte sich und ging zurück zu ihrem RAV, gefolgt von Grahne.

Ihr Handy klingelte gerade als sie im Wagen saßen; ihr Chef, Oberkommissar Hund, war dran.

»Rose, sind Sie noch in Wardenburg?«, fragte er ohne Umschweife.

»Ja, wir sind gerade soweit fertig hier und wollten -« Hund fiel ihr ins Wort.

»Fahren Sie zur Polizeistation, richten Sie eine Soko ein. Sie und Grahne werden erwartet, ich habe die Leute dort informiert, Sie bekommen außerdem noch

zwei Beamte zugestellt. So sind Sie vor Ort bei den Befragungen, das ist besser, denn das Opfer ist immerhin der Bürgermeister«, endete Hund.
»Alles klar, wir sind auf dem Weg«, entgegnete Rose und legte auf.
»Na, dann wollen wir mal. Das war unser Chef. Wir werden schon in der Polizeistation erwartet. Man stellt uns zwei Beamte und einen Raum für eine Soko zur Verfügung«, informierte sie Grahne und startete den Wagen.
Heide Rose hatte Bedenken, ob sie es noch rechtzeitig zum Neujahrsessen bei den Eltern schaffen würde. Keine Ausrede wäre so gut gewesen wie die Wahrheit, aber die wollte sie ihren Eltern nun mal noch nicht verraten. Die sollten ruhig noch ein wenig glauben, dass ihre Tochter im Kommissariat an einem Schreibtisch saß und irgendwelche Akten bearbeitete.
»Gut, dann kann ich ja gleich mal die Datenbank nach den Geschwistern Heine checken«, meinte Peter Grahne.
»Ja, das ist eine gute Idee«, pflichtete ihm Rose bei.

Peter schaute aus dem Beifahrerfenster ins graue Nichts.
Willkommen im neuen Jahr, Peter Grahne, und willkommen in deinem neuen Leben bei der Polizei, dachte er und war gespannt, wie es wohl weitergehen würde. Bis jetzt gefiel es ihm.

Wenige Momente später stellte Rose den Wagen auf dem Parkplatz ab und die zwei betraten das Polizeigebäude. Sie wurden von einem Beamten empfangen, stellten sich vor und wiesen sich sogleich aus. Man begrüßte sie herzlich und zeigte Rose und Grahne die Räumlichkeiten so wie das Zimmer, das ihnen zur Verfügung stand. In Wardenburg war Heide Rose bisher noch nicht gewesen, sie und Harm hatten ihr Büro im Hauptgebäude in Oldenburg gehabt, von wo aus sie immer ermittelten. Es sei denn, es war ein Fall wie dieser, wo sie ganz vor Ort sein mussten.
Der Raum war eine Art Konferenzraum mit einer großen Tafel, die sie gut gebrauchen konnten. Grahne fragte nach einem PC, da er ja einiges zu überprüfen hatte, und der Kollege führte ihn in sein Büro weiter vorne im Gebäude.
Rose sah sich derweil genauer um, bis ein Kollege eintrat.
»Hallo«, begrüßte er sie. »Sie müssen Kommissarin Rose sein. Hier sind einige Unterlagen vom Tatort. Eine Karte, Fotos vom Opfer und vom Zeugen.« Damit drückte er Heide Rose den Papierstapel in die Hand.
»Ja, ich danke Ihnen«, sagte sie und drehte sich zur Tafel, um dort gleich einiges mit Magneten zu fixieren.
Ein weiterer Kollege kam mit einem Telefon herein, stellte es auf einen Schreibtisch in der Ecke und schob diesen weiter in den Raum. Von dem Lärm aufmerksam geworden, schaute Rose sich kurz um. Er platzierte auch den zweiten Schreibtisch aus der Ecke mittiger im Raum. Dem Kollegen fiel auf, dass er beobachtet wurde, er schaute Rose an und grinste.

»Meier mein Name, ich bin hier für die Technik und so weiter zuständig«, stellte er sich kurz vor.

»Heide Rose von der Mordkommission«, gab sie zurück, nickte und widmete sich wieder der Tafel.

»Schätze, das wird Ihr Arbeitsplatz für die nächste Zeit sein«, suchte er das Gespräch.

»Schätze, Sie haben recht«, meinte Heide Rose und sah ihn wieder an. »Danke, dass Sie das so schnell erledigen«, fügte sie noch hinzu.

»Kein Problem, es war eher ruhig bis jetzt«, lachte Meier sie an und machte sich daran, das Telefon anzuschließen.

»Ist schon ein starkes Stück mit unserem Herrn Bürgermeister«, stellte er noch fest.

»Ja, allerdings. Sie wohnen hier im Ort?«, fragte Rose nun den Kollegen interessiert.

»Ja, ich bin vor zwei Jahren hergezogen, als ich die Stelle hier bekam«, erklärte er.

»Haben Sie irgendetwas gehört über den Bürgermeister? Über einen Streit oder ähnliches? Vielleicht, ob er Feinde hatte?«, fragte Rose nun genauer.

»Nein, nichts dergleichen. Da kann ich Ihnen leider nicht weiterhelfen«, antwortete er und vollendete seine Arbeit, nachdem Rose ihm dankend zugenickt hatte.

Gerade als sie damit fertig war, die Unterlagen mit den Magneten am Board anzubringen, kam Grahne herein. Er hatte ebenfalls einige Zettel in der Hand und gesellte sich zu ihr.

»Dies hier war Emily Heine und das ist Erik, ihr Bruder«, erläuterte er und pinnte die Fotos an die Tafel.

Darunter kamen weitere Informationen wie Geburtsdatum, Adresse und Arbeitsplatz. »Die Unterlagen zu dem Fall Emily Heine sollen wir morgen bekommen.«

Als Grahne alles befestigt hatte, drehte er sich zu Rose.

»Es gab tatsächlich nie eine Anzeige von Erik Heine, dass Rösker in die Wohnung seiner Schwester einbrach, um das Tagebuch zu stehlen. Den Beweis für den Kontakt mit seiner Schwester. Nicht mal gegen Unbekannt«, meinte er nun.

»Gut, dann wollen wir mal morgen Herrn Heine fragen, warum er davon Abstand genommen hat, denn das möchte ich jetzt echt gerne wissen«, beschloss Rose. »Der junge Mann dort drüben, Herr Meier, richtet uns übrigens unseren Arbeitsplatz für diesen Fall her«, ergänzte sie und zeigte auf den Kollegen, der in der Ecke des Raumes vor sich hinarbeitete.

»Hallo«, grüßte Grahne den Kollegen, der kurz aufsah und die Hand hob.

»Ist dies noch die aktuelle Arbeitsstelle von Erik Heine?«, wollte Rose von Grahne wissen und deutete auf den Firmennamen am Board.

Der warf einen kurzen Blick darauf und bestätigte die Adresse, die unter dem Foto stand.

»Dann werden wir dort morgen Früh als Erstes hinfahren«, entschied sie.

Grahne und Rose gingen kurz die Zettel durch, dann sahen sie sich noch die Position der Schreibtische an, korrigierten sie und verließen die Wache. Rose wendete sich an Grahne.

»Ich denke, jetzt können wir noch mal zum Wardenburger Hof fahren, der Chef ist bestimmt da.«

Als sie wenige Momente später dem Geschäftsführer in einem seiner schönen Gästeräume gegenübersaßen, erklärte Rose ihm kurz, worum es ging, und fragte ihn dann: »Können Sie uns bitte eine Liste aller Gäste und des bedienenden Personals geben? Bei letzterem bitte auch die Adressen. Wir müssen eventuell alle zu dem Abend befragen. Ach, und eine Kellnerin mit blonden, zu einem Zopf gebundenen Haaren war auch dabei. Sie hat den Tisch bedient, an dem der Herr Bürgermeister mit seiner Frau saß. Können Sie uns sagen, wie sie heißt?«

Der Geschäftsführer überlegte kurz.

»Ja, natürlich, Sie meinen sicher die Susanne. Susanne Biel heißt sie, aber was wollen Sie denn von ihr wissen?«, fragte er zögerlich.

»Wir haben lediglich ein paar Fragen zu dem Abend an sie«, versicherte ihm die Kommissarin. »Ist es möglich, dass Sie uns die Listen jetzt fertig machen?«

»Aber selbstverständlich, ich gehe sie eben kopieren«, sagte der Geschäftsführer und stand auf. »Oh, möchten Sie vielleicht etwas trinken?«, fragte er die Ermittler dann noch, wartete allerdings nicht ihre Antwort ab, sondern gab einem jungen Mann hinterm Tresen ein Zeichen, sich um sie zu kümmern.

Dann verschwand er hinter einer Tür, die offenbar zu seinem Büro führte.

Rose und Grahne ließen sich gerne ein Glas Wasser geben.

Es war ein schöner heller Raum, wie für kleinere Familienfeiern. Alle waren noch am Aufräumen, denn der Gastronomiebereich war noch geschlossen.

»Waren Sie schon bei Mordermittlungen dabei?«, wendete sich Rose an Grahne.

»Nein, dies ist meine erste.«

»Dann machen Sie sich bisher ganz gut«, befand Rose.

»Danke, aber ... haben Sie keine Erkundigungen über mich eingeholt?«, erkundigte sich ihr Kollege erstaunt.

»Nein, ich bilde mir lieber selber ein Urteil. Was aber nicht heißt, dass ich mir Ihre Unterlagen nicht noch ansehe«, gab sie lächelnd zurück, und fügte dann noch an: »Oh, nur bei den Hinterbliebenen, die wir in Zukunft aufsuchen müssen, lassen Sie bitte das Wort Mord weg. Kommissar reicht völlig zur Vorstellung.«

Dann tranken sie erstmal schweigend.

Sie wollte Grahne gerade fragen, was sie denn in seinen Unterlagen zu lesen bekam, doch der Geschäftsführer erschien schon mit den gewünschten Kopien.

Man konnte ihm seine Betroffenheit anmerken, als er fragte: »Wer macht so was denn bloß? Ich meine, es ist mir schleierhaft, wer den Bürgermeister getötet haben könnte.«

»Tja, das werden wir hoffentlich rauskriegen«, antwortete Rose. »Sie wissen nicht zufällig von einem

Streit oder einer Auseinandersetzung, die jemand mit dem Herrn Bürgermeister hatte?«
»Nein, also beim besten Willen nicht. Ulf Rösker war niemand, der auf Streit aus war oder mit dem man einen haben konnte. Er war eher der Schlichter, wissen Sie?«
»Auch nicht irgendwelche Gerüchte über Streitigkeiten?«, bohrte Rose noch etwas weiter.
»Also, es soll ja immer böse Zungen geben, aber ... nein, über den Bürgermeister sind keine Gerüchte im Umlauf. Wie gesagt, er war ein anständiger Mensch«, schloss der Geschäftsführer überzeugt.
Rose und Grahne bedankten sich, auch für das Wasser, verabschiedeten sich und gingen.

»Also, ich finde es ganz schön komisch, dass es keine Gerüchte über den werten Herrn Bürgermeister geben soll, wo er doch so viele Affären hatte«, meinte Rose, und Grahne stimmte ihr zu.
»Vielleicht bekommen wir ja noch welche zu hören, wir sind ja erst am Anfang der Ermittlungen.«
Da die Kellnerin in der Nähe wohnte, wollte Rose noch zu ihr, aber es würde verdammt knapp werden mit der Zeit. Sie hoffte, dass nichts Unvorhergesehenes passieren und die Befragung schnell über die Bühne gehen würde, damit sie es rechtzeitig zum Essen bei ihren Eltern schaffte.
Tja, ansonsten musste sie es ihnen wohl endlich mal sagen, dachte Rose und holte tief Luft.

Etwas außerhalb im Ortsteil Apen war Susanne Biel zu Hause. Sie schien noch nicht lange auf zu sein, als die Ermittler bei ihr klingelten, schließlich hatte sie bis spät in die Nacht oder besser bis in den Morgen gearbeitet.
»Entschuldigen Sie bitte, wir sind von der Kripo und hätten ein paar Fragen an Sie. Sie haben doch gestern im Wardenburger Hof bedient, oder? Dürfen wir kurz reinkommen?«, begann Rose.
»Ja, aber was ist denn passiert?«, erkundigte sich Frau Biel.
»Ein Mord, nicht im Wardenburger Hof, aber das Opfer war einer der Partygäste«, erklärte Rose vorsichtig.
»Mord?! Machen Sie Witze?« Die junge Frau war sichtlich schockiert. Heide Rose schüttelte den Kopf und zeigte ihre Dienstmarke, Peter Grahne folgte ihrem Beispiel. Daraufhin machte Frau Biel einen großen Schritt beiseite und bat die zwei Ermittler herein. »Um Gottes Willen, wer ist denn ermordet worden?«, fragte sie entsetzt.
»Der Bürgermeister, Ulf Rösker. Sie sollen ihm kurz vor seinem Tod noch einen Umschlag gegeben haben. Wir wüssten gerne, von wem der war.«, teilte Heide Rose der erschrockenen Kellnerin mit.
»Unser Bürgermeister!«, rief die fassungslos aus. Frau Biel brauchte einen Moment, um sich wieder zu fangen, dann wiederholte sie: »Einen Umschlag?« Sie überlegte kurz. »Also, ich hatte ihm einen Umschlag gegeben mit der Aufschrift An den Herrn Bürgermeister persönlich. Daran erinnere ich mich noch«, berichtete sie.

»War der Umschlag hand- oder maschinenbeschrieben?«
»Das war mit Hand, ich denke Kugelschreiber.«
»Wer hatte Ihnen denn den Umschlag gegeben?«, meldete sich nun Grahne zu Wort.
»Das war die Heidi von der Rezeption. Sie meinte, dass er da plötzlich auf dem Tresen der Rezeption gelegen hatte. Da sie wusste, dass der Herr Rösker im Saal, wo ich bediente, gerade am Feiern war, hatte sie ihn mir für ihn mitgegeben«, fuhr Frau Biel fort.
»Diese Heidi weiß ganz bestimmt nicht, wer den Umschlag dort hingelegt hat?«, hakte Rose nach.
»Nein, wie sie sagte, war sie kurz raus, und als sie wiederkam, lag er da.«
»Eine Heidi steht nicht auf unserer Liste«, sagte Grahne zu Rose, nachdem er das Dokument überprüft hatte.
»Nicht?« Rose wollte selber nachsehen, besann sich dann aber und reichte Frau Biel die Liste.
»Wären Sie mal so freundlich? Ist Ihre Kollegin darauf zu finden?«
Die junge Frau sah die Namen durch.
»Nein, ich sehe sie hier auch nicht drauf, aber das ist auch nur Personal, welches an dem Abend im Saal bedient hatte. Heidi dagegen gehört zum Hotelpersonal«, vermutete Frau Biel, und Rose nickte.
»Wissen Sie, wann Heidi wieder Dienst hat? Und können Sie uns ihren ganzen Namen sagen?«, wandte sich Grahne an Susanne Biel.
»Heute hat sie frei, hatte sie mir gestern noch gesagt, aber morgen ist sie wieder ab zwölf Uhr mittags da.«

»Sie sagten, dass Sie den Tisch der Röskers bedienten. Haben Sie eine Ahnung, wo der Umschlag gelandet ist? Haben Sie ihn vielleicht noch mal an dem Abend gesehen?«, wollte Rose wissen.

»Ja, ich nahm am anderen Ende des Tisches noch Bestellungen auf, da habe ich gesehen, wie Frau Rösker den Umschlag untersuchte. Dann hat sie ihn in ganz kleine Fetzen gerissen und in den Aschenbecher gestopft, als ich gerade wieder an dem Tisch vorbei bin. Ich habe den Aschenbecher geleert, als ich wenig später die Bestellungen der anderen Tischgäste brachte, da Frau Rösker auch gerade nicht an ihrem Platz saß«, erzählte sie.

»Wann wird beim Wardenburger Hof der Müll abgeholt?«, fragte Rose die erstaunte Susanne Biel.

»Wegen des Feiertages erst morgen«, meinte die.

»Oh, brauchen Sie den Umschlag?« Rose nickte. »Der Müllbeutel passte nicht in die Tonne, ich habe ihn deshalb danebengestellt.«

»Das ist klasse, danke für den Hinweis, erspart uns eine Menge Arbeit«, meinte Rose und überlegte, ob sie noch Zeit hätten, sich um den Müll zu kümmern.

Grahne notierte sich den vollständigen Namen und die Adresse der Dame von der Rezeption und die zwei verabschiedeten sich wieder.

Zügig fuhr Rose zurück zum Wardenburger Hof, die riesigen Müllcontainer standen an der Straße. Rose hielt direkt davor an, sprang aus dem Wagen und sah auch schon den blauen Müllsack daran lehnen. Sie nahm ihn hoch, hielt dann aber inne.

»Das muss er sein, oder?« Grahne verstand nicht, warum sie stockte.

»Ja, das ist er wohl«, gab Rose nachdenklich von sich, als sie den Sack in Richtung Wagen brachte und im Kofferraum verstaute.
Sie hatten einfach keine Zeit mehr, ihn jetzt noch durchzusehen, was sie im Moment echt lieber getan hätte, als zum Neujahrsessen ihrer Eltern zu gehen. Sie wollte den Müllsack im Wagen lassen und hoffte, dass er den Kofferraum nicht allzu sehr vollstinken würde.
Ihrem Kollegen musste sie allerdings noch sagen, dass sie die Ermittlungen vorerst beenden würden und morgen Früh weitermachten. Klar, sie war seine Vorgesetzte, aber es war ihr trotzdem irgendwie unangenehm.
»Also, den Müllsack haben wir gesichert. Wir machen für heute Schluss. Morgen können wir dann mit den Befragungen und dem Müllsack weitermachen«, sagte sie zu Grahne.
»Aha«, meinte der kurz und sah sie an.
Sie wich seinem Blick aus und stieg ins Auto, er tat es ihr nach.
»Was haben Sie auf einmal?«, fragte er Rose.
»Irgendetwas beschäftigt Sie doch offensichtlich. Sie schauen ständig auf die Uhr, wenn ich das mal so sagen darf, und werden immer nervöser«, fuhr er fort.
»Offensichtlich?!«, wiederholte Rose irritiert und wägte ab, ob sie es ihm sagen sollte. Endlich beschloss sie, ihn einzuweihen.
»Also, meine Eltern denken, ich mache bei der Polizei einen Schreibtischjob. Sie halten die Arbeit als Kommissar und noch dazu bei der Mordkommission

für zu gefährlich für mich. Sie wissen nicht, dass ich vor ein paar Jahren in den Außendienst gewechselt habe. Ja, und heute Mittag bin ich bei ihnen zu unserem alljährlichen Essen am Neujahrstag eingeladen. Wenn ich jetzt aber noch diesen Sack durchsuche, schaffe ich es nicht mehr rechtzeitig und muss sagen, wieso, und das will ich im Moment nicht. Ich werde es irgendwann tun, aber heute nicht«, erklärte Rose und verdrehte die Augen.

»Reicht es nicht, wenn wir den Müllsack zur Wache bringen, einen Zettel schreiben wie z. B. beinhaltet Beweismaterial, bitte stehenlassen, und ihn dann morgen durchsuchen?«, schlug ihr Kollege vor.

»Ähm, ja, natürlich. Warum bin ich nicht darauf gekommen?«, meinte Rose und startete kopfschüttelnd den Wagen.

»Weil Sie total angespannt sind, wegen ihrer Eltern«, befand Grahne, als sie beide im Wagen auf dem Weg zur Wache waren.

Sie schaute ihn erschrocken an, musste aber gestehen, dass er Recht hatte, und nickte.

»Ja, da sagen Sie was ...«, gab sie zu.

Wenig später legten sie den blauen Sack im Konferenzraum ab und versahen ihn mit dem Zettel, den Grahne schon während der Fahrt geschrieben hatte.

Heide war froh, dass sie so schnell alles Wichtige und zu diesem Zeitpunkt Mögliche ermittelt hatten und sie rechtzeitig zum Essen bei ihren Eltern erscheinen konnte. Im Geiste war sie wieder einige Ausreden durchgegangen, die sie ihnen hätte präsentieren

wollen, aber keine hätten sie auch nur annähernd akzeptiert, jedenfalls nicht ihre Mutter.
Heide war es einfach leid und überlegte, ihnen die Wahrheit zu sagen, schließlich war es ihre Sache.
Schweigend fuhren sie zurück, über die Oldenburger Straße und wieder durch Tungeln in Richtung Oldenburg.
Rose und Grahne machten zwar den restlichen Neujahrstag frei, doch in Gedanken waren sie beide noch bei dem Mordfall.

Heide hatte ja schon einiges gesehen, aber so was? Nein, ein zerschossenes Gesicht war noch nicht dabei gewesen, und sie fragte sich, was den Täter dazu bewogen hatte.
Sie setzte ihren neuen Kollegen zu Hause ab und meinte zu ihm: »Sie haben sich gut gehalten heute«, und bevor er darauf antworten konnte: »Morgen um sieben Uhr bin ich wieder hier und hole Sie ab. Dann werden wir als Erstes dem Heine auf den Zahn fühlen. Schönen Nachmittag noch.«
»Das wünsche ich Ihnen auch, und ein schönes Essen bei Ihren Eltern«, entgegnete er freundlich und beobachtete, wie sich ihre Stirn augenblicklich in Falten legte. Sie bedankte sich aber und fuhr los.
Etwas Zeit blieb ihr noch, um sich für die Einladung zum Mittagessen umzuziehen und frisch zu machen. Aber den letzten Seiten ihres Buches würde sie sich erst heute Abend wieder widmen können. Hoffentlich wird es nicht wieder so anstrengend, dachte Heide beim Gedanken an ihre Mutter und eilte ins Bad.

Mit ein paar Minuten Verspätung klingelte Heide Rose an der Haustür ihrer Eltern. Sie war etwas abgekämpft und versuchte, ein Gähnen zu unterdrücken und sich zu sammeln, damit sie keinen blöden Kommentar von ihrer Mutter zu hören bekam.

»Da bist du ja endlich«, empfing ihre Mutter sie auch schon mit vorwurfsvoller Stimme. »Anne und Emma sind längst da. Warst du etwa bis spät auf einer Silvesterparty?«, fügte sich dann neugierig hinzu, während sie die Tür hinter ihrer Tochter schloss.

»Nein, ich hatte doch … noch so viel zu tun«, wehrte Heide ab und war froh, dass sie gerade noch die Kurve gekriegt und den heutigen Bereitschaftsdienst nicht erwähnt hatte. Sie musste echt aufpassen, dachte sie, während sie ins Wohnzimmer zu den anderen ging.

Wobei sie vorhin tatsächlich noch überlegt hatte, heute den Eltern von ihrer tollen Beförderung und dem Außendienst zu erzählen. Doch wieder einmal hatte sie sich im letzten Moment um entschlossen.

Heide blieb einen Moment in der Wohnzimmertür stehen und schaute sich um.

Da waren sie alle vereint: Anne und ihre Familie, zu der ja nun zwei Kinder zählten, Emma mit ihrem Mann, und natürlich Heides Vater, der liebevoll seinen Arm um sie legte, als sie in den Raum kam.

Kaum hatten alle einander begrüßt, da rief die Mutter sie auch schon ins Esszimmer. Heide und Emma folgten ihr in die Küche, um beim Auftragen zu helfen.

Anne kümmerte sich um ihre Kleinen; sie waren erst ein und vier Jahre alt und sie hatte noch alle Hände voll zu tun. Der Vierjährige saß bei seinem Papa auf dem Schoß und lachte über die Grimassen, die der für seinen kleinen Sohn schnitt.

Emma war heute so am Strahlen, befand Heide, als sie die Kartoffeln auf den Tisch stellte. Sie schien echt glücklich mit ihrem Mann zu sein, was Heide von Herzen freute.

Als sie dann endlich alle gemütlich beisammensaßen und zu essen begannen, fragte ihre Mutter plötzlich:

»Was hattest du denn alles zu tun, dass du nicht auf eine Silvesterparty gehen konntest?«

Heide blieb fast der Blumenkohl im Hals stecken. Konnte sie es nicht wenigstens heute lassen, dachte sie und versuchte, ruhig zu bleiben und zu tun, als hätte sie nicht gehört.

Die Rechnung hatte sie aber ohne ihre Mutter gemacht, denn die fragte abermals, und diesmal lauter:

»Heide, ich habe dich gefragt, was du denn alles zu tun hattest, dass du nicht auf eine Silvesterparty gehen konntest?«

Einfach unglaublich, diese Frau, dachte Heide und reagierte nun, bevor ihre Mutter es noch mal und so laut wiederholte, dass es noch die Nachbarn mitbekamen.

»Na, ich hab' ein bisschen umgeräumt und die Schränke mal durchgesehen«, log Heide und aß einfach weiter.

»Um Gottes Willen, Kind, das kannst du doch nach der Arbeit machen! Du musst unter Menschen, oder glaubst du etwa, dass du im Büro des Polizeipräsidiums einen Mann findest? Du wirst schließlich nicht jünger.« Heide blickte ihre Mutter geschockt an. »Wer sagt denn bitte schön, dass ich einen Mann will?!«, brauste sie auf. »Vielleicht fühle ich mich ja wohl, so ohne Mann.«

Plötzlich schepperte es. Der kleine Jan hatte, als er nach seinem Glas griff, den Teller hinuntergeschmissen. Da half es auch nicht, dass er neben Papa saß, das konnte dieser auch nicht verhindern.

Im Nu waren alle aufgesprungen, die Oma lief in die Küche, um einen Lappen zu holen, und Anne versuchte alles schnell vom Boden aufzuklauben.

So bemerkten sie nicht, dass Heide ihren Vater gequält ansah und er ihr liebevoll zuzwinkerte. Wie hielt dieser nette Mann es nur mit ihrer Mutter aus, dachte Heide einmal mehr und hoffte, dass das Thema für heute vom Tisch war.

Wenig später war der Schaden beseitigt, alle wieder entspannt und von Neuem am Essen.

Bevor sie mit dem Nachtisch beginnen konnten, meldete sich plötzlich Emma zu Wort. Sie stand auf und schaute in die Runde.

»Also, ich ... nein, wir wollten euch sagen, dass wir im Frühsommer ein Kind erwarten«, brach es plötzlich aus ihr heraus und lächelte überglücklich. Es gab ein großes Hallo und viele Glückwünsche.

Deshalb strahlt meine jüngste Schwester heute so, dachte Heide und versuchte den Blick ihrer Mutter zu übersehen, stand schnell auf und nahm ihre Schwester als Erste in den Arm.

»Ich gratuliere euch von ganzem Herzen, alles Gute wünsche ich dir«, sagte sie und drückte Emma. »Dir natürlich auch«, meinte sie an ihren Schwager gewandt und schloss auch ihn in ihre Arme.

»Tut uns echt leid«, wisperte er leise in Heides Ohr, »dass deine Mutter dich immer so ...«

Heide nickte ihm zu; sie wollte noch etwas sagen, aber nun war die restliche Familie an der Reihe und beglückwünschte ihn.

Heide setzte sich derweil wieder auf ihren Platz und machte sich an den leckeren Herrenpudding, den sie so liebte.

Aber ... was war das denn, da fehlte doch was.

Ihre Mutter sah Heides Blick und antwortete auf die nicht ausgesprochene Frage: »Natürlich ist da kein Rum drin, wir haben ja schließlich kleine Kinder am Tisch!«

Heide hoffte, der Tag würde nicht noch schlimmer werden, und zwinkerte ihrem kleinen Neffen zu, der sie frech anlachte, bevor er den Löffel mit Pudding unbeholfen in den Mund steckte.

***

Peter Grahne hatte es sich derweil auf seinem Sofa gemütlich gemacht, als das Telefon klingelte.

»Hallo Peter, Mama hier. Also, ich habe gerade einen schönen Kuchen in den Ofen geschoben und Papa meint, dass wir den nicht allein schaffen. Hast du nicht Lust, gegen 15 Uhr zum Kaffee zu kommen?«

»Aber ja, gerne komme ich und helfe euch dabei«, lachte ihr Sohn in den Hörer.

»Bist du denn schon wegen morgen aufgeregt?«, erkundigte sich seine Mutter.

»Nein, nicht wirklich. Weißt du, ich hatte heute schon meinen ersten Tag bei der Kripo. Ein Mord in Wardenburg. Bin gerade wieder nach Hause gekommen.«

»Du liebe Zeit, in Wardenburg, das ist ja gleich um die Ecke! Dann kennst du ja auch schon deinen Chef. Wie war denn dein erster Eindruck?«

»Ja, die Chefin, Kommissarin Rose, scheint ganz in Ordnung zu sein, aber ich kann euch das nachher ja genauer erzählen«, meinte er fröhlich zu seiner Mutter.

»Stimmt, ich freu' mich schon drauf, dann bis später«, rief diese und legte auf.

Peter Grahne lächelte immer noch, als er den Telefonhörer vom Ohr nahm. Das war typisch für seine Eltern. Bestimmt würde seine Mutter jetzt auch seine Schwester anrufen und ebenfalls einladen.

Er grinste beim Gedanken daran und freute sich auf den Nachmittag.

3

Am 2. Januar pünktlich um sieben Uhr morgens hielt Heide Roses Wagen vor Grahnes Doppelhaushälfte.
»Ich habe schon bei Ford Horstmann angerufen, um zu fragen, ob Erik Heine heute arbeitet, und wir haben Glück«, begrüßte sie Grahne, als er einstieg.
»Ich bin gespannt, was er zum Tod von Ulf Rösker zu sagen hat, oder besser, wie er darauf reagiert«, meinte Grahne und Rose nickte und fuhr los.
Kurz darauf folgte Erik Heine seinem Chef ahnungslos in eines der Büros des Autohauses und schaute verwundert, als die zwei Beamten ihre Kripo-Ausweise vorzeigten.
»Was wollen Sie von mir?« fragte er, noch bevor er sich zu ihnen an den Tisch setzte.
»Sie sind Erik Heine?«, wollte Rose bestätigt haben, und er nickte.
»Wann haben Sie das letzte Mal Ulf Rösker gesehen?«, fragte sie ihn ohne Umschweife.
»Dieses Schwein?! Na, vor fast einem halben Jahr, kurz nachdem ich ihn zur Rede gestellt hatte, weil er meine Schwester auf dem Gewissen hat, falls er so was überhaupt besitzt.«
Die alte Wut flammte von Neuem in ihm auf, sein Kopf lief rot an und Peter Grahne spürte deutlich die aggressive Spannung, die sich in ihm aufbaute.
Auch Rose bemerkte es.
»Na, nun regen Sie sich mal ab, dafür gab es keine Beweise«, wandte Heide Rose ein.
»Blödsinn!«, brüllte Erik Heine los und geriet völlig in Rage. »Dieser Dreckskerl hat nicht nur meine Schwester auf dem Gewissen, sondern auch sein

eigenes Kind!« Rose blieb ganz ruhig und sagte kein Wort.

»Ach, ich verstehe«, fuhr Heine plötzlich leiser und in ironischem Tonfall fort, »hat der Herr es weiter so bunt getrieben und mal kräftig eine aufs Maul bekommen?« Er zeigte den Kommissaren ein breites Grinsen. »Und da haben Sie sich gedacht, das kann nur der Erik Heine gewesen sein, oder? Der hat ihm ja auch schon mal die Nase gebrochen, dann hat er bestimmt dem Bürgermeister noch mal eine ins Fell gedrückt, das denken Sie doch, oder?«

»Nein, genauer gesagt hat er welche ins Gesicht bekommen«, erwiderte Rose trocken und fand die Unterhaltung schon sehr interessant. »Ulf Rösker wurde in der Silvesternacht ermordet. Wo waren Sie gestern um 24 Uhr?«, fragte sie dann den nun erstaunt dreinblickenden jungen Mann.

Erik Heine blickte entsetzt von Rose zu Grahne und wieder zu Rose. »Ach, jetzt werde ich natürlich verdächtigt, ist ja klar. Ich war aber auf einer Silvesterparty bei Freunden, können Sie gerne nachprüfen«, entgegnete er.

»Das werden wir auch. Nennen Sie mir bitte den Ort und die Namen und Adressen von den Personen, die ebenfalls anwesend waren«, forderte ihn Grahne auf und zückte seinen Notizblock.

Erik Heine nannte ihm alle gewünschten Daten und fragte dann patzig: »War's das jetzt?« Er stand auf und wollte schon zur Tür.

Grahne nickte ihm zu, aber Rose stellte sich dem jungen Mann in den Weg. »Eine Frage habe ich noch.

Stimmt das, dass Ihre Schwester schwanger war? Wusste Ulf Rösker, dass das Kind von ihm war?«
»Natürlich, sie hatte es ihm ja gesagt, und da hat er sie dann einfach abserviert. Keiner sollte doch von dem Verhältnis wissen, das wollte der liebe Herr Bürgermeister alles schön geheim halten. Aber meine Schwester wollte, dass er zu seinem Kind steht. Ist extra nach Wardenburg gezogen. Sie war so verliebt in ihn, dass sie dachte, er trennt sich von seiner Frau, um mit ihr das Kind großzuziehen. Unsere naive Emily ...« Er sah verbittert zu Boden.
»Er hat sie angeschrien, dass sie ihm das Kind anhängen wollte, von wem sie es denn wohl hätte und ... Es stand alles in ihrem Tagebuch«, endete er.
»Ja, das Tagebuch. Warum haben Sie damals den Rösker nicht angezeigt, wie Sie es vorhatten? Hatte Ihnen Ihr Anwalt davon abgeraten?«, hakte Rose nach.
»Na klar, nachdem das Tagebuch plötzlich verschwunden war. Es gab ja sonst keine Hinweise. Es wurde einfach als Selbstmord abgetan und vertuscht, was es zu vertuschen gab, da hatte ich keine Chance mehr.« Plötzlich ging Eriks Temperament wieder mit ihm durch und er schrie die kleine Kommissarin an: »Ja, ich habe ihn umgebracht! Unzählige Male habe ich dieses Schwein getötet, weil er meine kleine Schwester wie ein Flittchen dargestellt und sie so hat sitzen lassen. Und ich bin mir sicher, dass er bei ihrem Tod seine Finger im Spiel hatte, denn sie hätte sich und das Kind nie getötet! Nie!«

Der kräftige große Kerl fing an zu weinen und sackte auf dem Stuhl, von dem er kurz zuvor aufgesprungen war, in sich zusammen.

Heide Rose fingerte schnell ein Taschentuch aus der Packung in ihrer Jackentasche und reichte es dem Mann. Er griff danach und schien peinlich berührt, dass man ihn so sah; er wischte sich schnell das Gesicht trocken, während er versuchte, sich zu beruhigen.

»Ich hätte dem Herrn nur zu gerne mal eine mehr reingedrückt, ich habe es nur nicht getan, weil meine Eltern mich gebeten hatten, keine Dummheiten zu machen. Es würde unsere Emily nicht wieder zurückbringen und sie wollten mich nicht auch noch verlieren ... ans Gefängnis«, sagte er leise.

»Gut, dass Sie auf Ihre Eltern gehört haben«, meinte Grahne und ging zur Tür, die Rose bereits geöffnet hatte.

»Ach, wann genau ist das Tagebuch denn verschwunden – bevor oder nachdem Sie Rösker damit gedroht hatten?«, fragte die Kommissarin und wandte sich wieder zu Heine um.

Der überlegte kurz, bevor er antwortete. »Kurz danach. Ich hatte es in der Wohnung meiner Schwester gelassen, nachdem ich es dort gefunden und gelesen hatte. Ich wollte es nicht mitnehmen, fand das irgendwie falsch. Außerdem hatte ich so eine Wut, dass ich sofort zu diesem Schmierlappen wollte, um ihn zur Rede zu stellen.

Den Rest kennen Sie ja bestimmt, ich habe ihm die Nase gebrochen, deshalb musste ich kurz in Arrest. Aber ich weiß ganz genau, dass ich Emilys Wohnung hinter mir gut abgeschlossen habe. Als ich dann zwei Tage später wieder in die Wohnung bin, um das Tagebuch zu holen, war dort eingebrochen worden. Alles war durchwühlt worden, das Buch aber war das Einzige, was fehlte. Doch wie sollte ich das beweisen?! Sollte ich Anzeige erstatten, dass jemand in die Wohnung eingebrochen war und ein Tagebuch gestohlen hatte?« Erik Heine schaute die Kommissare fragend an. »Ich wette, dieser Rösker war es, aber ich hatte keinerlei Beweise für Nichts«, endete er aufgebracht und ließ seinen Kopf hängen.

»Das wäre aber ein weiteres Motiv für den Mord an ihm«, stellte Rose fest.

»Klar, aber wie gesagt, das wollte ich meinen Eltern nicht antun, und außerdem habe ich ein Alibi.« Erik Heine sah sie wieder an.

»Wenn es so ist. Ansonsten sehen wir uns wieder«, entgegnete Rose.

»Warten Sie«, meinte Grahne plötzlich. »Wer war dabei, als Sie Rösker im Rathaus zur Rede stellten?«
Erik Heine überlegte kurz.

»Nun, ich kenne ja nicht alle, eigentlich nur den Bürgermeister, weil ich den Hausmeister unten nach ihm gefragt hatte und er dann ja auch gerade die Treppe runterkam. Als ich auf ihn los bin, hat der Hausmeister versucht, mich aufzuhalten, und ein weiterer Mann ging dazwischen. Auch Frauen kamen aus ihren Büros und guckten, aber keine Ahnung, wer die waren.«

»Nun gut, wir werden das prüfen. Bleiben Sie weiterhin in Reichweite, also fahren Sie nicht in

Urlaub oder so«, belehrte ihn Rose noch und die beiden Ermittler verließen den Raum.

Vor ihrem Wagen fragte sie Grahne:
»Was halten Sie davon? Hat er seine Schwester und das Ungeborene gerächt und den Rösker getötet?«
»Gute Frage, ich weiß es nicht. Seine Tränen waren echt, die haben Sie auch gesehen, und so jemand Sensibles tötet nicht vorsätzlich. Allerdings war auch sein Hass echt. Er war ehrlich, denke ich, mit fast allem, was er uns sagte«, war sich Peter Grahne sicher.
»Nur fast allem?« Rose sah ihren Kollegen erstaunt an.
»Ja, bei dem Tagebuch und seinen Eltern stimmt was nicht, als wenn er nicht alles gesagt hätte«, versuchte Grahne zu erklären.
»Nun, dann schauen wir mal, was bei der Überprüfung seines Alibis rauskommt«, meinte Rose augenzwinkernd und stieg in ihren Toyota.
»Sie werden sehen.« Peter Grahne schwang sich Sekunden später in den Beifahrersitz.
Etwa fünf Minuten lang schwiegen die zwei auf der Fahrt zum ersten Zeugen, dann fragte Rose: »Finden Sie es nicht auch merkwürdig, dass ein Mann wie Erik Heine einerseits den Bürgermeister bedroht, dann aber den Einbruch in die Wohnung seiner Schwester nicht anzeigt?« Sie schaute zu ihrem Kollegen hinüber.
Peter sah nachdenklich aus, er schien sich alles noch mal durch den Kopf gehen zu lassen. »Stimmt, da

haben Sie recht, ist irgendwie komisch, passt nicht zusammen«, pflichtete er ihr schließlich bei.

»Denke, wir müssen ihn noch mal aufsuchen und noch tiefer bohren. Aber nun wollen wir erst mal sein Alibi überprüfen«, sagte Rose und sah, wie Grahne sich etwas notierte, fragte ihn aber nicht, was.

Zuerst fuhren sie zu dem Zeugen, bei dem die Party stattgefunden hatte.

Kevin Kühl hatte Urlaub, war aber nicht verreist, wie Erik Heine gesagt hatte, und öffnete auch gleich die Tür.

Rose stellte sich und Grahne vor und fragte, ob sie kurz reinkommen könnten.

»Aber ja«, bat er die zwei herein. »Worum geht es denn?«, fragte er die Ermittler, nachdem sie im Wohnzimmer Platz genommen hatten.

»Bei Ihnen hat Silvester eine Party stattgefunden, zu der auch Erik Heine gekommen ist, ist das richtig?«, kam Heide Rose gleich auf den Punkt.

»Der Erik, ja, klar war der hier. Ist ihm was passiert?«

»Nein, wir würden gerne wissen, ob er in der Zeit zwischen 22 und 24 Uhr hier war. Haben Sie ihn um die Zeit gesehen?«, fragte Rose.

»Boah, also wir waren hier an die dreißig Leute und haben natürlich auch was getrunken. Ich muss sagen, ich kann mich nicht genau erinnern, ob jetzt gerade der Erik um die Zeit hier oder woanders war«, lachte Kevin, denn er hatte ja keine Ahnung, wieso die Kommissarin das wissen wollte.

»Können Sie uns denn sagen, mit wem der Herr Heine die meiste Zeit hier so zusammen war?«, versuchte Grahne nun sein Glück.

Sein Gegenüber überlegte einen Moment.

»Puh, also im Moment fällt mir keiner ein, wenn ich ehrlich bin.« Kevin sah Grahne groß an.

»Aber er war die Nacht hier mit Ihnen schon am Feiern, oder?«, übernahm Rose nun wieder.

»Ja klar, aber ich kann jetzt nicht sagen, ob ich ihn gerade um zweiundzwanzig und vierundzwanzig Uhr gesehen habe. Wieso ist das denn so wichtig?« Kevin Kühl wurde seinerseits ungeduldig.

»Nun, wir ermitteln im Mordfall Ulf Rösker, und Erik Heine hatte ein Motiv, Herrn Rösker umzubringen. Deshalb überprüfen wir sein Alibi von der Silvesternacht«, erklärte Rose, und der junge Mann wurde ganz blass.

»Aber Sie glauben doch nicht ernsthaft, dass der Erik jemanden töten könnte?«

»Was wir glauben, spielt keine Rolle, wir suchen nach Fakten. Wenn Ihnen noch was zu der Nacht einfällt, das Herrn Heine entlastet, können Sie uns gerne anrufen«, Heide reichte dem jungen Mann ihre Karte und die zwei verabschiedeten sich.

Kevin stand nachdenklich mit der Karte in der Hand im Türrahmen und blickte den Ermittlern hinterher.

»Na, das war ja schon mal nicht so gut für Erik Heine«, meinte Grahne, als sie in den Wagen stiegen.

»Tja, mal schauen, was die anderen Zeugen sagen, die er uns genannt hat«, sagte Rose und steuerte die nächste Adresse an.

»Ich kaufe nichts und will auch zu keiner anderen Religion konvertieren«, ließ sich Tobias Tölke vernehmen und wollte die Tür wieder vor Rose und Grahne schließen.

Doch Rose hatte schnell ihren Fuß dazwischen geklemmt und zog ihren Ausweis hervor.

»Das ist ja klasse, geht uns genauso«, sagte sie, während sie ihm den Ausweis unter die Nase hielt. »Wir haben nur ein paar Fragen zu der Silvesterparty bei Kevin Kühl. Dürfen wir kurz reinkommen?«

»Oh, aber ja.« Tölke öffnete die Tür und ging einen Schritt zur Seite. »Ist denn etwas passiert bei der Party? Ich habe überhaupt nichts mitbekommen«, meinte er, als sie im Wohnzimmer standen.

»Auf der Party nicht, nein … Wir wüssten gerne, ob Sie Erik Heine auf der Party so zwischen 22 und 24 Uhr gesehen haben«, erklärte Grahne, nachdem ihn Rose auffordernd angesehen hatte.

»Hm, also wir waren nicht nur im Haus von Kevin, sondern auch draußen, wo er einen Feuerkorb aufgestellt hatte. Gegen neun war ich drinnen und ich habe kurz zuvor gesehen, dass Erik in den Garten zu dem Feuer gegangen ist, aber um zehn … keine Ahnung, wo er da war«, erzählte Tobias Tölke.

Dann überlegte er kurz und schien peinlich berührt.

»Also, gegen Mitternacht, da kann ich Ihnen sicher nicht sagen, wo er war«, fügte er dann hinzu.

»Heißt das, dass er weggegangen ist?«, wollte Grahne wissen.

»Nein, das heißt, dass ich weder im Garten noch im Haus bei der Party war und ihn deshalb nicht sehen konnte. Ich war mit jemand anderem zusammen«, gab er grinsend zu, und die Kommissare verstanden.

»Als Heine in den Garten ist, gegen neun, wer war da noch draußen, wissen Sie das?« Rose sah den jungen Mann eindringlich an.

»Nein, keine Ahnung, wer da noch rumhing, hab' halt nur gesehen, dass der Erik rausging«, gab der achselzuckend zurück.

»Das lief ja genauso schlecht«, meinte Grahne enttäuscht, als sie wieder auf dem Weg zum Wagen waren.

»Wie man es nimmt«, meinte Rose. »Wenn der nächste Zeuge uns ebenfalls nicht sagen kann, wo Erik Heine zu den angegebenen Zeiten war, dann holen wir ihn uns auf die Polizeistation zum Kreuzverhör.«

Der dritte Zeuge war dann allerdings noch nicht zu Hause und sie fuhren zur Wache in Wardenburg.

Ihre Schreibtische waren mittlerweile schon mit Computern und allem, was ein Schreibtisch sonst noch so brauchte, ausgestattet.

Grahne wollte nachsehen, ob die angeforderten Unterlagen schon angekommen waren, und verschwand in einem der vorderen Büros.

Rose ging in die kleine Küchenecke, die gleich neben dem Konferenzraum war, und schaltete den Wasserkocher an. Sie hatte sich von zu Hause Tee mitgebracht; bei diesem ekligen Wetter brauchte sie erst mal etwas Warmes.

Gerade als sie mit ihrer Tasse zu ihrem Arbeitsplatz ging, kam Grahne mit einem Stapel Unterlagen herein.

Heide Rose fand auf ihrem Schreibtisch bereits den Obduktionsbericht von Ulf Rösker vor und schaute ihn sich als Erstes an.

Sie überflog die Zeilen, las, was sie bereits vermutet hatte, nämlich, dass Ulf Rösker bereits tot gewesen war, als er in den See geschafft wurde. Die Mordwaffe war eine Beretta 92; das war neu und eine wichtige Information. Acht Schüsse hatten Ulf Rösker das Gesicht zerrissen und der neunte und letzte Schuss hatte ihn getötet. Die Wunde am Hinterkopf war aber der Anfang gewesen. Mit einem stumpfen Gegenstand war er bewusstlos geschlagen worden, sicher, damit man ihn fesseln konnte.

»Aber«, überlegte sie, »der stumpfe Gegenstand – wo ist der?« Rose durchsuchte die ganzen Unterlagen nach einem Hinweis dazu. Bis sie einen Vermerk fand: Die erste Tatwaffe, ein Knüppel mit rundem Ende, war nicht am Tatort gefunden worden.

»Grahne, die erste Tatwaffe, ein Knüppel, fehlt. Wir sollten später noch mal zum Schuppen und die Umgebung absuchen«, wandte Heide Rose sich an ihren Kollegen. »Mir ist klar, dass die Wahrscheinlichkeit, ihn zu finden, sehr gering ist, aber ich will es wenigstens versuchen. Von wegen blindes Huhn und so«, lachte sie, und er ließ sich davon anstecken.

»Okay, und ansonsten?«, fragte er interessiert und deutete auf die Unterlagen.

»Nichts Neues«, antwortete sie. »Wollen Sie sich einen Kaffee holen?«
Noch bevor er antworten konnte, wies sie auf den Durchgang zur Küchenecke, wo neben dem Wasserkocher eine Kaffeemaschine stand.
Grahne lehnte dankend ab, nahm sich einen Teil der Unterlagen und ging zu der Tafel, wo die bisherigen Ermittlungsergebnisse gesammelt wurden.

***

Grahne fragte sich, ob Erik Heines Liebe zu seiner Schwester so stark war, dass er dafür töten würde. Oder war er, allein schon seinen Eltern zuliebe, dazu nicht imstande? Der Kommissar war sich nicht hundertprozentig sicher, so gut konnte er Erik Heine zum jetzigen Zeitpunkt noch nicht einschätzen.
Die Tafel war bis auf die wenigen Fotos und die Angaben vom Vortag leer. Er heftete einen Zettel daran und zückte seinen Notizblock, sah sich sein Geschriebenes an. Sie hatten noch einigen Spuren nachzugehen, dachte er.

***

Heide Rose besann sich derweil auf den blauen Sack, den sie gestern gesichert hatten.
Er stand noch immer an seinem Platz. Sie öffnete vorsichtig den Knoten, und ein Blick hinein reichte ihr, um zu wissen, dass die Suche eine mittlere Schweinerei werden würde. Gerade, als sie den Raum mit den Reinigungsutensilien suchen wollte, kam ihr

Kollege Müller mit einem leeren blauen Sack entgegen und reichte ihn ihr.

»Denke, danach haben Sie gerade gesucht, stimmt's?«, sagte er schmunzelnd.

»Stimmt genau, ich danke Ihnen«, gab Rose freundlich zurück und wollte schon gehen, da rief der Kollege ihr nach. Heide drehte sich um und sah Müller mit einem Einmalhandschuh winken.

»Den würde ich auch noch mitnehmen.«

»Gute Idee, ich habe zwar noch einen in der Tasche, aber davon kann man ja nie genug haben, danke«, sagte Rose und nahm ihn an sich. »Sie möchten nicht zufällig bei meinem Suchspiel mitmachen?«, fügte sie dann mit einem zuckersüßen Lächeln hinzu.

»Hm, würde ich sehr gerne, aber da wartet ein Stapel wichtiger Unterlagen auf meinem Schreibtisch, den ich abarbeiten muss, leider. Ich wollte Sie lediglich, bevor Sie den Sack hier ausschütten, mit dem richtigen Arbeitsmaterial versehen, um den Schaden möglichst gering zu halten«, grinste er zurück.

»Ausschütten?!«, wiederholte Rose entsetzt. »Obwohl, das geht ja viel schneller, noch eine gute Idee!«

Müller sah leicht geschockt drein und wollte ihr schon nachgehen, da wandte Rose sich noch mal um und zwinkerte ihm zu.

Nun begriff er erst, dass die kleine Kommissarin ihn auf den Arm genommen hatte; er schüttelte seinen Kopf und ging amüsiert zurück zu seinem Büro.

Heide Rose hatte ihren Handschuh angezogen und holte nacheinander Papiertaschentücher, leere Zigarettenschachteln und anderen Kram aus dem vollen und warf es anschließend in den leeren Müllsack. Immer wieder hielt sie inne und schaute, ob sie nicht irgendwo einen zerrissenen Umschlag entdeckte. Doch keine Chance, die kleinen Papierschnipsel waren sicher bis unten durchgefallen, wo sie auf Rose warteten, dachte sie. Sie krempelte den Rand des blauen Sack immer weiter nach unten, um besser an den Inhalt kommen zu können, und machte weiter.

Grahne sah sich derweil die angeforderten Unterlagen zu Emily Heine genauer an. Besonders den Obduktionsbericht, aber auch alle Ergebnisse zu dem Vorfall bis hin zu der Ermittlungseinstellung.

Heide Rose musste wirklich bis zum bitteren Ende durchhalten, um den zerrissenen Umschlag zu finden. Sie gab die Fetzen sorgsam in eine Tüte und verschwand, nachdem sie den restlichen Müll entsorgt hatte, damit in einem der vorderen Büros.

»So, der Umschlag ist auf dem Weg zur SpuSi. Was haben Sie da?«, wollte Rose von Grahne wissen, als sie zurück an ihren Platz kam, und deutete auf seinen Schreibtisch.

Peter wurde aus seinen Gedanken gerissen und sah zu Heide hinüber. »Oh, das sind die Unterlagen zum Fall Emily Heine«, antwortete er.

»Und? Haben Sie schon was gefunden?«, fragte sie neugierig.

»Ich bin mir noch nicht sicher, ich habe noch nicht alles durch.«

»Na, dann geben Sie mir mal eines von den Dokumenten, die Sie noch nicht gesichtet haben«, forderte sie ihn auf, und er kam dem nur zu gerne nach.

Wenig später blätterten sie lautlos die Unterlagen durch, studierten jeden Absatz genau und versuchten irgendeinen Hinweis zu finden.

Nach zehn Minuten war Grahne mit der Akte durch.

»Die Aussage, dass seine Schwester schwanger gewesen war, hatte übrigens die Gerichtsmedizin damals bestätigt«, sagte Grahne leise, als wollte er Rose nicht stören, doch sie war gleich ganz Ohr.

»Aha, und was steht da genau, was sie genommen hat, um sich das Leben zu nehmen?«

»Also Todesursache? Moment … Hier steht Benzodiazepine, also ein sehr starkes Schlafmittel, und Wodka, und in Verbindung mit Alkohol hat es etwa die doppelte Wirkung.« Grahne sah sie an.

»Woher hatte sie das denn? So starke Tabletten sind doch verschreibungspflichtig«, überlegte Heide laut.

»Steht da was in den Unterlagen zu drin?«

»Ah, hier steht, sie war Krankenschwester«, klärte er sie einige Momente später auf und las weiter. »Okay, das ist jetzt aber …« Er suchte weiter.

»Was denn«?, fragte Heide Rose und sah ihn aufmerksam an.

»Es wurde überprüft, ob sie die Medikamente von ihrer Station entwendet hatte, aber da fehlte nichts, nicht eine Schachtel. Auch die Wochen davor war alles komplett«, endete er und lehnte sich in seinem Stuhl zurück.

»Hm, woher sollte sie es denn sonst haben? Wurde denn noch anderswo gesucht?«

Grahne beugte sich wieder über die Akten und sah noch mal nach. »Nö, hier steht nur ein Vermerk: Vielleicht von den Patienten abgezweigt, mehr nicht.«

»Die haben sich nicht mal die Mühe gemacht, das zu überprüfen?!« Heide war sauer.

Ihr Kollege starrte wieder in seine Unterlagen und sah sie dann plötzlich groß an. »Da muss sie aber lange abgezweigt haben, bei der Menge, die sie genommen hat«, stellte er fest. »Etwa dreißig Tabletten, die Packungen enthalten zehn Stück, heißt, sie muss drei volle Packungen zur Verfügung gehabt haben. Aber die Ärzte verschreiben höchstens eine, weil nach zwölf Tabletten die Gefahr der Abhängigkeit rapide ansteigt«, berichtete Grahne weiter.

Rose sprang auf und ging zu ihm hinüber. Er zeigte ihr die Menge und sie schüttelte den Kopf.

»Also, solche Mengen wären im Krankenhaus auf jeden Fall aufgefallen, hätte sie es von den Patienten abgezweigt, wie hier vermutet wird, dann hätten die sich doch beschwert. Das wäre doch aufgeflogen«, empörte sich Rose, und Grahne pflichtete ihr bei.

»Hier ist auch noch ein interessanter Vermerk: Erik Heine hatte ausgesagt, dass seine Schwester Alkohol verabscheute und niemals welchen zu Hause hatte, geschweige denn, ihn angerührt hätte.«

»Also, er konnte sich einen Selbstmord in dieser Form noch weniger vorstellen als einen Selbstmord an sich«, fasste Rose zusammen. »Wir sollten mal überprüfen, ob die Eltern der Heines Schlafstörungen hatten und so ein Medikament verschrieben bekamen. Ob sie also im privaten Umfeld überhaupt die Möglichkeit gehabt hätte, an das Zeug ranzukommen.«

»Moment, hier stand irgendwo die Adresse der Eltern«, meinte Peter eifrig und überflog die Unterlagen ein weiteres Mal. »Hier, ich hab' sie. Sie wohnen auch in Oldenburg.« Er nahm sein Notizbuch und notierte sich die Anschrift.

»Gut, sobald wir können, schauen wir mal bei den Eltern vorbei«, sagte Heide. Dann überlegte sie kurz und fragte: »Sagen Sie, der Tatort wurde doch bestimmt fotografiert. Sind da Fotos von den Tablettenschachteln bei?«

»Ja, hier, sogar eine Nahaufnahme.«

Heide Rose sah sich die Fotos genau an und seufzte dann enttäuscht. »Schade, kein Preisschild oder dergleichen, was einen Hinweis auf die Apotheke geben könnte«, stellte sie fest.

»Zu schade«, meinte auch ihr Kollege. »Aber ich kann mir beim besten Willen nicht vorstellen, dass sich eine Krankenschwester, die auch noch ein Kind erwartet, mit Tabletten und Alkohol, welchen sie vermeintlich verabscheut, umbringt. Das schreit doch zum Himmel!«

Der Ansicht war auch Heide Rose.

»Fragt sich nur, inwieweit der Mord des Bürgermeisters damit zu tun hat«, überlegte Grahne weiter.

»Genau, das müssen wir prüfen.«

»Wie meinen Sie das?«

»Sie haben doch notiert, wie viele bei der Aktion von Erik Heine im Rathaus anwesend waren bzw. die Drohung mit dem Tagebuch gehört haben. Wir müssen die Namen der Personen herauskriegen. Bei den Leuten sollten wir dann auch mal prüfen, wer Schlafstörungen hatte oder an solche Tabletten kam. Heißt also das ganze Umfeld durchleuchten«, erläuterte die Kommissarin ihrem jungen Kollegen. »Ich fürchte fast, Erik Heine hat recht und seine Schwester wurde zum Schweigen gebracht.«

»Ja, genau das denke ich auch«, stimmte Grahne ihr zu. Er hatte die ganze Zeit schon das Gefühl, dass der Selbstmord eher ein Mord war.

Sie gingen zur Tafel und ergänzten die Informationen, die sie aus der Rechtsmedizin und den anderen Unterlagen hatten. Was Emily Heines Fall betraf, notierten sie am äußeren Rand, denn der Hauptfall war ja immer noch der Mord am Bürgermeister.

Ein paar Minuten später bestellten sie die anderen Kollegen an der Tafel ein. Heide Rose informierte das Team über den aktuellen Stand der Ermittlungen und anschließend ging sie mit ihnen die Angaben durch und besprach die weitere Vorgehensweise.

Heinz Belding, der mit seinem Vierbeiner die Leiche gefunden hatte, war zwar schon gestern befragt worden, sollte aber später zur Durchsicht und Bestätigung seiner Aussage aufs Revier kommen, wie Grahne und Rose soeben erfuhren. Sie wollten beide dabei sein und baten darum, dass man ihnen Bescheid sagte, sobald Herr Belding da war.

Grahne sichtete schon mal die Listen nach den Leuten, die er mit Rose in Bezug auf Emily Heine befragen wollte. Ansonsten teilten sie die Befragungen eher zufällig zwischen den zwei Gruppen auf. Neben Rose und Grahne würden noch zwei Polizisten aus dem Revier die Liste mit den Befragungen durchgehen.

»Das wird ja eine schöne Arbeit, die alle zu befragen«, sagte Rose ironisch und stupste Grahne an der Schulter, als ein Kollege der Polizeiwache den beiden hinter Grahnes Rücken zuwinkte.

Offensichtlich war der Hundehalter eben erschienen und ging mit einem Beamten bereits seine Aussage durch.

Heinz Belding hatte auch sogleich einen Fehler im Aussageprotokoll bemerkt und machte den Polizisten darauf aufmerksam; er war gerade dabei, noch mal genau zu erklären, wie der Leichenfund abgelaufen war, als Rose und Grahne ebenfalls den Raum betraten. Heide stellte sich und ihren Kollegen vor, um Belding dann auch gleich etwas näher zu befragen. »Sagen Sie, gehen Sie immer diese Strecke mit Ihrem Hund?«

»Nein, nicht immer.« Er schaute sie erstaunt an.

»Warum an diesem Morgen? Hat das einen Grund?«, fragte sie weiter.

»Äh, ja«, antwortete er karg.

So was liebte Rose ja, Leute denen man alles einzeln aus der Nase ziehen musste.

»Und verraten Sie uns auch, welchen?« Sie blieb ruhig und lehnte sich leicht an den Schreibtisch des Kollegen.

»Na, Silvester wird doch überall rumgeböllert. Da liegen am nächsten Tag in den Seitenstraßen und auf den Rasenflächen Knaller rum, auch welche, die nicht explodiert sind. Das war mir zu riskant, dass Benny – also mein Hund – die ins Maul nimmt und womöglich noch frisst. So bin ich um den Tillysee gegangen, da ist ja eigentlich keiner am Böllern, und außerdem war es schön ruhig da gestern Morgen. Konnte ja nicht ahnen, dass wir eine Leiche finden, mit so was rechnet man ja nicht.« Heinz Belding warf seinen Kopf von links nach rechts, als wollte er sich die Erinnerung daran herausschütteln.

»War außer Ihnen noch jemand am See, als Sie die Leiche fanden?«, schaltete sich Grahne ein und wurde daraufhin groß angeschaut.

»Nein, keine Menschenseele. Ich hab' ja erst auch nur den blauen Sack gesehen und dachte, da hat jemand seinen Müll entsorgt. Aber der Benny hörte nicht auf zu bellen und wollte nicht weiter. Das ist total ungewöhnlich, normalerweise hört er gut auf mich. Dachte dann, dass da vielleicht jemand Welpen oder Katzenjunge loswerden wollte, der blaue Sack lag ja auch sehr tief im Wasser. Dann habe ich mit einem Ast versucht, ihn ans Ufer zu holen. Als es mir endlich gelang, fiel mir auf, dass da eine Person in dem Müllsack steckte. Ich bin fast rückwärts vor Schreck gestolpert ...« Herr Belding schaute die Ermittler abwechselnd an.

»Dann habe ich mich umgesehen, wollte um Hilfe rufen, aber wir waren dort ganz allein am See, also habe ich mein Handy rausgeholt und Sie angerufen«, endete er und sah sehr betroffen aus.

»Okay. Sollte Ihnen noch was einfallen, und scheint es noch so belanglos, melden Sie sich bitte bei mir«, sagte Rose und reichte dem Herrn eine Karte mit ihrer Handynummer.

Danach gingen Grahne und Rose zurück an ihre Schreibtische, wo Rose eine Schublade öffnete und einen kleinen Karton herausholte. Sie reichte ihn Grahne.

»Das sind meine Karten, mit Namen und meiner Handynummer, falls die Leute sich nachträglich noch an etwas erinnern. Damit es direkt und schnell bei uns ankommt und nicht bei einem Kollegen hier oder in einer anderen Polizeistation untergeht. Sie können sich für diesen Fall ja ein paar nehmen, falls Sie eine brauchen. Ihre sind ja noch im Hauptkommissariat zusammen mit Ihrem Handy und Ihren restlichen Sachen.« Dann überlegte die Kommissarin kurz. »Wir könnten allerdings heute gegen Abend, wenn wir bei den Eltern von Emily Heine waren, dort vorbeifahren und Ihre Sachen holen.« Grahne nickte zustimmend.

»Klasse, ich wollte Sie schon fragen, was es damit auf sich hat und woher man die bekommt«, sagte er und nahm sich ein paar Karten aus dem ihm dargebotenen Karton heraus, um eine in seiner Hemdtasche und den Rest in seiner Manteltasche verschwinden zu lassen.

Wenige Momente später kam ein Kollege mit weiteren Bildern von der Spurensicherung, diesmal vom Tatort.

Heide hatte den jungen Mann bisher noch nicht gesehen, er schien neu zu sein, das verriet auf jeden Fall seine Aufregung.

Man versammelte sich zügig um den Kollegen an Heides Schreibtisch und er begann sogleich, von seinen Ergebnissen zu berichten. Er schilderte den

Tathergang und legte dazu jeweils das entsprechende Foto auf den Tisch.

»Die Spur am Tillysee führte uns zu einem kleinen, alten Schuppen in der Nähe, er entpuppte sich als der Tatort. Wir haben dort einen alten Stuhl gefunden und blutige Fesseln am Boden. Auch das Brett, an dem der Kopf des Opfers fixiert war, damit es sich nicht bewegen oder nach vorne sacken konnte. Die Schüsse haben sein Gesicht gezielt entstellt. Wenn ich mal demonstrieren darf ...« Er griff plötzlich Rose an der Schulter, oder wollte es zumindest. Blitzschnell nahm sie seinen Arm am Handgelenk und wich mit einem Rückwärtsschritt zur Seite aus. Der junge Kollege erschrak und Rose wurde augenblicklich knallrot im Gesicht.

»Oh, sorry ... Sie wollten was demonstrieren, sagten Sie ja.« Sie ließ seinen Arm los und der vermeintliche Angreifer bewegte sich nun in Zeitlupe.

»Ja, wenn ich darf?«, fragte er unsicher.

»Nur zu, ich halte jetzt still«, ermutigte ihn Rose mit einem verlegenen Lächeln.

Der Kollege von der Spusi legte nun seine linke Hand auf ihre Schulter und mit der rechten Hand deutete er mit dem Zeigefinger eine Pistole an.

»Der Täter hat in diesen Winkeln geschossen«, fuhr er jetzt fort und machte dabei langsame Bewegungen. Heide Rose bemühte sich, ruhig zu bleiben, und konzentrierte sich auf die Schusswinkel des Täters. Acht Winkel, die schräg den Kopf streiften zeigte er seinen Kollegen.

»Der neunte Schuss hat dann mittig oberhalb der Augenbrauen das Opfer getötet. Zu diesem Zeitpunkt muss er allerdings schon ohnmächtig gewesen sein«, stellte er fest, nahm seine Hand wieder von Heides Schulter und ging einen Schritt zurück.

»Außerdem Blutspritzer überall an der Innenseite der Tür, sieht man hier«, sagte er und legte einige Fotos dazu auf den Schreibtisch. »Der Täter muss also in Richtung der Tür gestanden und geschossen haben. Das Opfer saß mit dem Rücken zur Tür. Eine Tatwaffe haben wir nicht gefunden«, endete er und hatte vor ihnen alle Fotos zu seinen Erläuterungen ausgebreitet.

»Sie haben die Schüsse mit rechts demonstriert, heißt das wir können davon ausgehen, dass der Täter Rechtshänder ist?«, wollte Rose wissen.

»Ja, das ist richtig«, antwortete der junge Kollege, seine Aufregung war mittlerweile verflogen.

»Und die Reifenspur«, fuhr sie fort, »war die Schubkarre dort im Schuppen tatsächlich die, mit der der Tote zum See transportiert wurde?«

»Ach ja …« Er kramte noch mal im Umschlag und holte zwei weitere Fotos hervor, die eine alte Schubkarre mit einer dunkelgrünen und wetterfesten Abdeckplane, die voller Blut war, zeigten.

»Diese hier, ja, es war definitiv die Schubkarre für den Transport der Leiche«, bestätigte er.

»Aha«, stellte Rose kurz fest und nickte gedankenverloren.

»Da müssen doch Spuren gewesen sein, der Täter musste doch an dem Toten vorbei, zur Schubkarre, zur Tür … Habt ihr den Boden genau abgesucht nach blutigen Schuhabdrücken?«, fragte Rose eindringlich.

»Natürlich haben wir, aber der Täter hatte wohl die Abdeckplane auf dem Boden hinter dem Opfer bis zur Tür ausgebreitet, und über seine Schuhe muss er wohl auch Tüten gezogen haben. Dem Toten hat er das Brett, an welchem der fixiert war, vom Hinterkopf entfernt und einen blauen Müllbeutel übergestülpt, bis zur Taille, und dort zugebunden. Dann hat er die Leiche rückwärts auf die Plane gekippt, nachdem er den Stuhl weggezogen und die Schubkarre darunter geschoben hatte. Anschließend muss er die Leiche in die Plane gewickelt haben; dabei sind keine brauchbaren Fuß- oder Fingerabdrücke entstanden.«

»Was ist mit den blutigen Fesseln, gab es daran irgendwelche Spuren, DNA? Oder in einem der Blutspritzer einen Fingerabdruck?«, bohrte Heide Rose weiter.

»Wie gesagt, keinerlei Fingerabdrücke oder dergleichen, der Täter muss Lederhandschuhe getragen haben. Die Dann-Analyse ist noch nicht abgeschlossen, es wurden Proben entnommen, die noch untersucht werden. Ich melde mich, sobald das Ergebnis da ist«, versprach der Kollege, und die Kommissarin nickte anerkennend, während ihre Augen an einem Foto hängenblieben.

»Sehe ich das richtig? Das sind einfache Baumwolltücher, die als Mundknebel und Augenbinde dienten«, fragte sie und zeigte auf das Foto, auf dem ein buntes Baumwolltuch mit einem dicken Knoten in der Mitte und ein weiteres, zur Binde gefaltetes, abgebildet war.

»Ja, das sehen Sie ganz richtig«, antwortete der Beamte von der Spusi, »das sind herkömmliche IKEA-

Geschirrtücher wie wir nun wissen. Für Hände und Füße hat der Täter dünne Seile genommen, und auch, um die Augenbinde an dem tragenden Pfosten zu befestigen«, schloss er.

»Okay«, meinte Heide. Sie ging alle Fotos ein weiteres Mal durch, betrachtete jedes einzelne genau. Da musste doch noch was sein, dachte sie und suchte die Fotos nach Hinweisen ab.

Dann ging sie enttäuscht zu ihrem Schreibtisch, sah, dass noch ein Schluck Tee in ihrer Tasse war, und leerte sie.

Es gab noch die ein oder andere Frage, aber mehr konnte der Kollege zum jetzigen Zeitpunkt nicht sagen.

»Alles wurde sichergestellt und natürlich nach Spuren untersucht, da müssen wir jetzt einfach noch etwas warten«, versicherte der Kollege noch mal.

»Ja«, meinte Rose plötzlich nachdenklich, »alles ist einfach liegen gelassen worden, die Fesseln, der blutige Stuhl, die blutige Karre, aber die Tatwaffe … Ich möchte, dass Sie den See genauer unter die Lupe nehmen«, trug sie dem Beamten von der Spusi auf.

»Im Ernst? Sie glauben, dass die Tatwaffe dort entsorgt wurde?« Er schaute sie fragend an.

»Warum sollte der Täter die Waffe mit sich rumschleppen, wenn er vor sich einen schönen See hat, um sie loszuwerden? Im Schuppen haben Sie sie ja nicht gefunden, und Hinweise, dass er sie dort in der Nähe vergraben hat, gibt es ja auch nicht, oder? Von der Stelle aus, wo er die Leiche ins Wasser geschmissen hat, hat er sicher auch die Tatwaffe in den See geworfen«, war Heide überzeugt.

»Nun, dann werde ich dem Taucherteam Bescheid geben«, versprach ihr der junge Beamte. »Da werden sich die Kollegen aber freuen, bei dem kalten Wetter tauchen zu gehen«, stellte er fest, bevor er sich auf den Weg zurück nach Oldenburg in seine Abteilung machte.

Heide Rose überlegte derweil, was für Spuren sie noch verfolgen konnten.
»Wir müssen herausfinden, woher die Baumwolltücher kommen, ob sie irgendwo fehlen. Vielleicht hat der Täter oder die Täterin sie jemandem entwendet. Wenn sie nicht dem Mörder selbst gehören bzw. er sie allein zu diesem Zweck gekauft hat, dann sieht es für uns natürlich schlecht aus«, führte sie den anderen Kollegen von der Soko aus, und die nickten.
»Also, überall auch fragen, ob Geschirrtücher abhandengekommen sind«, bat sie ihre Kollegen. »Wir müssen sämtlichen Spuren nachgehen, deshalb bitte ich Sie, alle zu Befragenden auf Emily Heines Todesumstände anzusprechen und genau zu notieren, was sie dazu zu sagen haben. Ich weiß, der Fall ist schon ein halbes Jahr her, aber wir haben Grund zu der Annahme, dass die junge Frau zum Schweigen gebracht worden ist und nicht Selbstmord begangen hat. Sagen Sie einfach, dass wir von dem Vorfall gehört hätten, und fragen Sie dann, was sie dazu wissen, oder lassen Sie die Leute erzählen, mehr nicht. Vergessen Sie auch Klatsch und Tratsch nicht. Und fragen Sie nach, ob jemand von denen vielleicht Schlaftabletten verschrieben bekommen hat in der

Zeit, die ganz starken, rezeptpflichtigen, oder von jemandem weiß, der sie benötigt und bekommt. Bitte alles notieren«, zählte die Kommissarin nachdrücklich auf, und Grahne konnte spüren, wie wichtig ihr diese Ermittlungen waren.

»Also dann, finden wir heraus, was wirklich passiert ist«, beendete Rose ihre Anweisungen und nickte den Kollegen aufmunternd zu.

Grahne gab der zweiten Gruppe die vorbereitete Liste an Zeugen, die sie abzuarbeiten hatten, und wollte gerade zurück an seinen Schreibtisch. Doch Rose hatte anderes vor.

»Grahne, kommen Sie?«, rief sie, während sie in ihre Jacke schlüpfte und ihm einen kurzen Blick zuwarf. Grahne wusste, dass das keine Frage an sich war, sondern eher ein Befehl.

Er griff schnell nach seinem Mantel, steckte seinen Notizblock ein, der noch auf dem Tisch lag, ebenso die Liste für die Befragung, und folgte der Kommissarin.

***

Ja, nun war er mittendrin im Geschehen, dachte er Momente später und sah lächelnd aus dem Beifahrerfenster. Bis jetzt, fand er, lief es eigentlich ganz gut.

Die Kommissarin hatte Humor, war clever und bis dato ganz umgänglich. Er war gespannt, wie es die nächsten Tage weiterging. Zum jetzigen Zeitpunkt konnte er sich jedenfalls nicht vorstellen, dass er seine Entscheidung bereuen würde, wie sein Vater meinte. Peter Grahne hatte nichts dagegen, einen Chef oder Chefin über sich zu haben anstatt selbstständiger Praxisinhaber zu sein. Nein, es gefiel ihm bis jetzt ganz gut. Er war lieber unterwegs, als in einem komfortablen Büro zu hocken und einen Termin nach dem anderen abzusitzen.

»Wie hieß die Straße noch, wo die Eltern von Erik Heine wohnen?«, riss Heide Rose ihn aus seinen Gedanken. Schnell sah er in seinem Notizbuch nach und nannte ihr die Anschrift.

Zehn Minuten später parkten sie vor dem Haus mit der angegebenen Hausnummer und klingelten an der Tür der Heines.

»Guten Tag, Kommissarin Rose und mein Kollege Grahne, wir würden Ihnen gerne ein paar Fragen stellen zum Tod Ihrer Tochter«, sagte Rose, als Herr Heine öffnete.

Er musterte die zwei und ließ sie dann eintreten. Er führte die Ermittler ins Wohnzimmer, wo seine Frau in einem Sessel saß.

»Was wollen Sie denn noch wissen? Der Fall ist doch zu den Akten gelegt worden, oder wird er wieder aufgerollt? Man war doch der Meinung, dass sich unsere Tochter das Leben genommen hatte«, fragte Frau Heine hoffnungsvoll.

»Nun, aufgerollt nicht unbedingt, aber wir ermitteln im Mordfall von Ulf Rösker und sehen da eventuelle Zusammenhänge. Offiziell ermitteln wir nur im Mordfall Ulf Rösker«, erklärte Rose eindringlich.

»Sagen Sie, Ihr Sohn hatte doch ein Tagebuch von Ihrer Tochter gefunden, das dann leider bei einem Einbruch in ihre Wohnung gestohlen wurde. Warum hat er das nicht angezeigt? Die Spurensicherung hätte dort vielleicht was gefunden.« Rose sah das Elternpaar fragend an. Die beiden tauschten Blicke und schwiegen.

»Sie sind doch auch der Meinung, dass Emily sich nicht das Leben genommen hat, oder?«, ergriff Grahne nun das Wort.

»Natürlich hat sie das nicht! Das hätte sie nie, und da sie ein Kind erwartete, schon gar nicht. Selbst nachdem der Herr Bürgermeister sie abserviert hatte, aber sie wollte Unterhalt für das Kind, das stände ihm auch zu, sagte sie«, sprudelte es nun aus der Mutter hervor.

»Wusste das der Herr Rösker? Wie hat er darauf reagiert?«

»Na, ausgerastet ist er, das solle sie erst mal beweisen, dass es sein Kind sei, hat er gesagt, und sie hat ihm geantwortet, das wäre kein Problem, wenn er darauf bestehe, wollte sie gerne einen Vaterschaftstest durchführen lassen. Sie hatte ihm dann noch mal gesagt, dass sie ihn lieben würde und sie doch nicht streiten müssten. Sie wollte gerne mit ihm das Kind gemeinsam aufziehen«, schilderte Frau Heine weiter. »Doch er sagte ihr ins Gesicht, dass er Kinder nicht ausstehen könnte und er sich auch unter keinen Umständen von seiner Frau trennen würde. Dann den Vaterschaftstest, hatte unsere Emily zu ihm gesagt, woraufhin er wütend abgehauen ist. Im Anschluss an diese Auseinandersetzung kam unsere Tochter hierher und erzählte uns alles. Wir sagten ihr, dass wir das schon irgendwie schaffen würden, denn sie wollte das Kind. Das war das letzte Mal, dass wir unsere Tochter lebend gesehen haben«, fing Frau Heine schließlich an zu weinen, und ihr Mann legte ihr beschwichtigend seine Hände auf die Schultern.

Rose gab ihnen einen Moment und fragte dann vorsichtig weiter: »Ihr Sohn Erik ist daraufhin zum Bürgermeister ins Rathaus, oder?«

»Ja, das war ein dummer Fehler, das wissen wir, und er weiß es nun auch«, erklärte Herr Heine.

»Er hatte also dem Bürgermeister die Nase gebrochen und kam in Polizeigewahrsam«, fuhr Rose fort.

»Als Erik erfuhr, dass Emily tot war, und man uns dann informierte, sie hätte sich das Leben genommen, konnte er es nicht glauben. Genauso wenig wie wir. Dann stellten sie die Ermittlungen auch noch ein, weil es angeblich Selbstmord war. Erik ist in ihre Wohnung, die dann wieder freigegeben war, und hat alles auf den Kopf gestellt. Er wusste, dass seine Schwester immer Tagebuch schrieb, und danach suchte er, und als er es fand, ist ihm der Kragen geplatzt. Er war überzeugt, dass der Bürgermeister sie umgebracht hatte«, versuchte Herr Heine seinen Sohn zu entschuldigen.

»Und als der den Mord an seiner Schwester nicht gestehen wollte, brach er ihm die Nase? Er wäre besser mit dem Beweis zum Ermittler gegangen«, meinte Rose und erntete nur Unverständnis.

»Erik hat dem Rösker die Nase gebrochen, weil er Emily verleugnet und beleidigt hatte. Und der Ermittler?! Der war doch froh, dass er es als Selbstmord abtun konnte. Der war doch eh im Begriff, zurück nach Bayern zu gehen, wo er herkam und wieder hinwollte. Der hat doch keinen Finger krumm gemacht, überhaupt die Wahrheit rauszukriegen«, wurde Herr Heine laut, und seine Frau nahm seine Hand, um ihn zu beruhigen, was er daraufhin auch tat.

»Erik musste uns versprechen, nicht noch mal so etwas Dummes zu tun, denn wir wollen nicht auch noch ihn verlieren«, erzählte Frau Heine.

»Haben Sie denn eine Ahnung, woher Emily die starken Tabletten hatte? Nimmt jemand aus Ihrer Familie solche?«, bohrte Rose nach.

»Aber nein, keiner von uns hat diese Tabletten genommen. Auch sonst niemand in der Familie, da bin ich mir sicher«, entgegnete Frau Heine.

Als Heide Rose und Peter Grahne sich verabschiedeten, sollten sie den Eltern versprechen, den Mörder ihrer Tochter zu finden.

»Es ist schon ein halbes Jahr her, aber wir versuchen es. Allerdings nicht offiziell, und darum bitte ich Sie, niemandem etwas davon zu sagen«, bat Heide Rose das Ehepaar. Beide nickten, während ein kleiner Hoffnungsschimmer in ihren Augen aufleuchtete.

***

Rose und Grahne fuhren dann noch rüber zum Hauptbüro in Oldenburg und holten Peters neue Dienstwaffe, Handy und Visitenkarten. Bei der Gelegenheit inspizierte er noch seinen Schreibtisch, bekam seine Zugangsdaten für den PC und das Intranet der Kriminalpolizei.

Auch den einen oder anderen Kollegen, der gerade vorbeikam, lernte er bei der Gelegenheit kennen.

Heide Rose lenkte den Wagen anschließend nicht, wie Grahne annahm, zur ersten Befragung in Wardenburg, sondern bog in den Iburgsweg.
Er schaute sie groß an, und als sie es nicht zu bemerken schien, sprach er sie an: »Darf man fragen, was Sie vorhaben?«
»Oh, natürlich!« Er schien sie aus ihren Gedanken gerissen zu haben. »Ich möchte mir den Tatort noch mal ansehen, wegen des Knüppels«, erklärte sie. Die Spurensicherung hatte ja ihre Untersuchung vor Ort beendet, und nun konnte sie sich dort in Ruhe umschauen, auch wenn der Tatort noch einen weiteren Tag versiegelt blieb. Sie wollte einfach sehen, ob sie noch was fand, etwas, das Freddys Adleraugen vielleicht doch entgangen war.
Wo der Weg zum Tillysee begann standen einige Leute und sahen die beiden Polizisten groß an, als diese mit dem Wagen direkt vor dem Absperrpoller hielten.
Heide hatte Grahne schon gezeigt, wo der Schlüssel für den Poller in ihrem Handschuhfach zu finden war, und kaum hielten sie, da stieg er aus, um ihn zu kippen.
Eine Frau mit sorgenvoller Miene kam aus der Gruppe auf sie zugelaufen. Heide hatte damit schon gerechnet, es war nicht das erste Mal, dass die Leute in der Nähe von Tatorten sich zu Gruppen fanden und sie bei Erscheinen befragten.
Heide ließ die Scheibe in der Fahrertür herunter.

»Moin«, sagte sie kurz.
»Sagen Sie, sind Sie von der Polizei?«, war wie immer die erste Frage.
Rose bejahte und blickte die Frau fragend an.
»Ist es wahr, dass der Bürgermeister ermordet im See gefunden wurde? Dass hier in der Gegend ein Mörder frei rumläuft?«, fragte sie verängstigt, fast schon etwas hysterisch.
Rose schaute Grahne an, der den Poller gerade geöffnet hatte und nun zum Wagen kam. Der riesige Rotschopf deutete ihren Blick als die Aufforderung, die er war, kam zur Fahrerseite und antwortete der Frau.
»Sie brauchen keine Angst zu haben, hier ist zwar ein Mann ermordet worden, aber es gibt keinen Grund zur Annahme, dass noch ein Mord passieren wird. Sie können also ganz beruhigt sein und nach Hause gehen«, sagte er mit seiner warmen Stimme und lächelte der Frau beruhigend zu.
»Sind Sie sicher?« Sie sah fragend Heide Rose an, die nur nickte. Sie hatte Gespräche dieser Art schon so oft geführt, dass sie einfach keine Lust hatte, es zum hundertsten Mal zu tun. Sie hatte ja einen Kollegen dabei, und der durfte sich gerne darin versuchen.
Grahne zog die Frau sanft am Arm beiseite, damit Rose mit dem Wagen über den Poller fahren konnte, und versicherte ihr abermals, dass kein Grund zur Sorge bestand.
»Der Tote ist doch unser Bürgermeister. Denken Sie, dass der Mord politisch motiviert war? Der Mann war zwar eigentlich überall beliebt und angesehen, aber

es gibt ja immer anders Denkende und Neider«, meinte die Frau plötzlich.

»Nun, haben Sie denn etwas beobachtet oder wissen etwas darüber?«, fragte Grahne die Frau.

»Nein, ich dachte nur …«, stammelte sie.

»Ich versichere Ihnen, dass hier kein Massenmörder frei rumläuft«, sagte Grahne.

Die Frau sah ihn groß an, war dann aber beruhigt und ging mit einem »Danke« zurück zu den anderen Leuten. Kaum dort berichtete sie, was Grahne ihr gesagt hatte, während der zu Heide Rose ging, die neben ihrem geparkten Wagen wartete. Die Kommissarin nickte ihm kurz anerkennend zu und sie machten sich auf den Weg.

Sie gingen zur Hütte, durch die kahlen Bäume und über vereinzelte Grasbüschel den Hügel hinunter.

Heide gefiel es, wie Grahne die Dinge anpackte. Er war stets überlegt und blieb ruhig. Sie fragte sich, ob es etwas gab, das in ihm Hektik auslösen könnte. Vielleicht würde sie ja noch dahinterkommen, dachte sie, auf jeden Fall war er bis jetzt ein ganz angenehmer Kollege. Blieb abzuwarten, wie sich das entwickelte.

Am Tillysee war kein Mensch zu sehen. Es schien sich bei dem grauen, nieseligen Wetter keiner hinauszutrauen.

Als sie beim Schuppen ankamen, sah Heide Rose einen Mann, der offensichtlich gerade dort hineinwollte und wegen des Siegels von der Spurensicherung, mit dem die Tür versehen war, zögerte.

»Hallo, was machen Sie da? Sie dürfen da nicht rein«, rief Heide, bevor der Mann auch nur einen weiteren Gedanken daran verschwenden konnte.
Er sah Rose und Grahne, erschrak und lief davon.
Rose rannte sofort hinterher und bekam den Mann nach einem kurzen Stück am Arm zu fassen. Längst hatte sie gesehen, dass es sich um einen Obdachlosen handelte, er hatte eine volle Plastiktüte bei sich, die scheinbar sein Hab und Gut beinhaltete, und seine Kleidung war über die Maßen zerschlissen.
»Warten Sie, wir tun Ihnen nichts. Ich bin Kommissarin Rose und das ist mein Kollege Grahne«, stellte sie sich etwas außer Atem vor, ließ den Arm des Mannes wieder los und zeigte auf ihren Kollegen.
»Sagen Sie mal, waren Sie zufällig in der Silvesternacht auch hier am Tillysee?«, wollte sie von dem Mann ohne Umschweife wissen. Anfangs hatte er die zwei misstrauisch angeschaut, aber nachdem sie ihm ihre Ausweise gezeigt hatten, antwortete er brav.
»Nein, da war ich in Oldenburg bei der Unterkunft im Sandweg«, sagte er und blickte die beiden Kommissare abwechselnd an.
»Das können die Leute da bezeugen, wir haben alle zusammen noch ein bisschen gefeiert. Man hat uns Früchtepunsch gemacht und wir haben viel geredet«, fügte er noch hinzu, als sie ihn skeptisch ansahen.
»Wie ist Ihr Name? Zeigen Sie uns bitte mal Ihren Ausweis«, forderte Rose ihn auf. Er nannte seinen Namen, während er in seiner Jackeninnentasche nach dem Ausweis suchte. Grahne sah sich den Ausweis an und notierte den Namen.

»Ich habe doch nichts gemacht. Ist es verboten, hier zu sein?«, fragte der Obdachlose verärgert.

»Es ist nur verboten, in einen von der Polizei versiegelten Schuppen einzudringen«, antwortete Rose.

»Bin ich ja nicht, das Siegel ist noch heile. Schauen Sie doch nach«, forderte er Rose auf. Doch sie ignorierte es.

»Warum sind Sie hier?«, fragte Grahne den Mann.

»Ich bin auf dem Weg nach Garrel, da habe ich einen Cousin, der hatte mir angeboten, den Winter über bei ihm zu wohnen. Ich wollte erst nicht, hab' versucht, Arbeit zu kriegen, aber haste keine Wohnung, kriegste keine Arbeit. Nun will ich doch erst mal zu ihm, vielleicht klappt es dann mit der Arbeit und ich kann mir dann wieder eine eigene Wohnung nehmen. Ich will ja nicht ewig auf der Straße leben«, erklärte er.

»Eine gute Idee, wie ich finde.«, lobte Grahne. Dann ließ er sich den Namen des Cousins nennen und notierte ihn, für alle Fälle.

»Dachte erst, in der Hütte hätte ich ein gutes Nachtlager, aber hab' ja gesehen, dass sie versiegelt ist«, stammelte der Obdachlose. »Aber gut, der Tag hat ja auch erst angefangen und ich kann noch ein gutes Stück schaffen.«

»Wollen Sie denn ganz nach Garrel laufen? Ihr Cousin würde Sie doch bestimmt auch abholen, wenn Sie ihn anrufen«, erkundigte sich Rose.

»Nein, der arbeitet den ganzen Tag, ich will ihm nicht unnötig zur Last fallen. Ist ja nicht weit, das schaffe ich schon, und Frost ist ja auch nicht angesagt«, befand er und schaute die Ermittler etwas gehetzt an, er wollte weiter.

»Moment.« Rose holte ihr Portemonnaie heraus und gab dem Obdachlosen zehn Euro.

»Da schließe ich mich doch gleich an«, meinte Grahne und steckte dem Obdachlosen ebenfalls zehn Euro zu.

»Aber wieso ...«, stammelte der verdutzt und sah die zwei Ermittler an.

»Falls Sie unterwegs einen wärmenden Kaffee brauchen oder den Rest doch lieber mit dem Taxi fahren wollen. Was auch immer, sehen Sie es einfach als kleine Unterstützung für Ihr neues Leben an«, schlug Rose ihm vor.

Der Mann war sichtlich gerührt. »Ich danke Ihnen«, meinte er und bekam wässerige Augen.

»Tja, alles Gute und enttäuschen Sie uns nicht«, sagte Rose und ging mit Grahne zum Schuppen, während der Mann mit seiner Plastiktüte weiter in Richtung Garrel zog.

Vorsichtig durchtrennte Heide das Siegel der Spurensicherung, öffnete die Tür und wollte gerade den Tatort betreten, als sie innehielt. Erstaunlich, dachte sie, dass so eine Schuppentür nicht quietschte. Sie sah sie sich näher an, aber wenn man sie geölt hatte, dann war es schon länger her, stellte sie fest und machte vorsichtig einen Schritt ins Innere. Die Spusi war hier zwar schon fertig, doch sie wollte trotzdem nichts von den Spuren beschädigen, falls sie noch mal hier hereinmüssten, um einem Hinweis nachzugehen. Rose sah sich nach allen Seiten

um. Grahne wollte ihr gerade in den Schuppen folgen und setzte einen Fuß in die Tür, als Rose etwas erspähte.
»Halt!«, rief sie auf einmal und machte plötzlich einen Schritt zu ihm zurück. Sie zeigte auf seinen Schuh in der Türschwelle. »Ihr Schnürsenkel ist auf!«
Er war etwas erschrocken, schaute dann erstaunt auf seinen Schuh und dann wieder Rose an. Da bückte sie sich auch schon mit den Worten: »Ach, bis Sie unten sind, mach' ich das schnell«.
Dieser Äußerung folgte ein undefinierbarer Gesichtsausdruck von Grahne, der wie angewurzelt stehen blieb und ein verdutztes »Danke« hervorbrachte.
»Alles gut, wir wollen ja nicht, dass Sie stürzen«, meinte die Kommissarin dann, drehte sich um und ging vorsichtig weiter. Grahne grinste, folgte ihr ebenso behutsam und wegen seiner Größe geduckt, und sah sich dabei im Schuppen um.
Ein ramponierter kleiner Tisch und zwei Stühle standen an einer Seite, eine alte, leere Dose auf dem Tisch, die offensichtlich als Aschenbecher genutzt wurde. Scheinbar trafen sich hier noch andere Leute oder der Schuppen diente Obdachlosen als Schlafstätte. Das würde auch die Begegnung von eben erklären, dachte Rose.
Fenster gab es nur ein längliches, aber sehr weit oben, quer unterhalb des Daches. Es kam etwas Licht hindurch, aber man konnte weder hinaus- noch hereinsehen. Der Schuppen bestand aus nur einem Raum, Stützbalken waren darin und man konnte bis zum Dachfirst sehen.

Kaum hatten sie die Mitte des Raumes erreicht, begann Heide damit, den Tathergang vor Ort durchzuexerzieren.

»Ganze zwei Stunden muss man ihn hier gefangen gehalten haben, denn er wurde ja erst um Mitternacht getötet. Aber gefoltert wurde er nicht, wenn ich es richtig gelesen habe in dem Bericht von Kollege Kroog. Gut, er hatte eine Wunde am Kopf, da er mit einem Knüppel niedergeschlagen wurde«, überlegte Rose laut.

»Stimmt, da stand nichts dergleichen drin, die Wunde war die einzige«, bestätigte Grahne. »Bis auf die Schüsse um Mitternacht, die sein Gesicht zerfetzten«, gab er dann zu bedenken.

»Ja, das stimmt.«

»Aber zwei Stunden hier in der Kälte, gefesselt auf diesen harten Stuhl, ich denke, das ist Folter genug, oder?«, stellte Grahne fest und zeigte auf einen der zwei Stühle, die noch da waren. Der Stuhl, auf dem das Opfer gesessen hatte, war von der Spusi mit ins Labor genommen worden, um gründlich untersucht zu werden.

»Ja, da haben Sie allerdings recht, es waren minus zwei Grad in der Nacht«, pflichtete Heide ihm bei, ging zu den Stühlen und zog sich vorsichtig heran.

»Er muss schon halberfrorene Hände und Füße gehabt haben. Man weiß natürlich nicht, ob er bei Bewusstsein war oder es erst kurz vor seinem Tod wiedererlangte.« Die Kommissarin ließ sich, nach gründlicher Untersuchung, auf dem Stuhl nieder.

»Nun, ich denke schon, dass er bei Bewusstsein war«, war Grahne sich sicher.

»Ja, das glaube ich auch, ich denke, der Täter wollte, dass er wusste, wer ihn tötet, und dass er vorher noch leidet. Oder sehen Sie das anders?«
»Nein, keinesfalls. Ich nehme an, das war alles sehr genau überlegt und gut geplant, um genüsslich Rache zu nehmen«, bestätigte ihr Kollege und die zwei nickten sich einig zu. Jeder verharrte an seinem Platz und versuchte, die Atmosphäre in sich aufzunehmen.
Was muss das für ein Mensch sein?, fragten sich die beiden in der Stille des Schuppens.
Was muss das Opfer durchgemacht haben? Gefesselt und geknebelt an so einem Ort, noch dazu bei der Kälte und Dunkelheit? Was lief vor den Schüssen ab?
»Da gehört schon eine Menge Hass zu, da muss jemand ungeheuer stark verletzt worden sein, um zu wollen, dass auch Rösker leidet. Jedenfalls bis man ihm endgültig das Leben nahm«, stellte Grahne fest.
»Ich denke, damit haben Sie vollkommen recht. Ich halte auch Rache für das Motiv«, sagte Rose und schaute ihn an.
»Da gibt es jemanden in seinem Umfeld, der einen unglaublichen Hass auf den Herrn Bürgermeister hatte, und den müssen wir finden.«
Dann aber lösten sie sich von ihren Überlegungen und schauten sich prüfend um nach etwas, das vielleicht übersehen worden war.
Die Blutspritzer am Boden und an der Decke ließen selbst den Ermittlern einen Schauer über den Rücken laufen. Trotzdem besahen sie sich alle ganz genau in der Hoffnung, einen Fingerabdruck oder ein Haar in dem längst getrockneten Blut zu entdecken. Rose hatte eine kleine Taschenlampe dabei und leuchtete

alle Spuren ab. Als sie an der Innenseite der Tür und dem Boden fertig war, bat Grahne sie um die Taschenlampe.

»Was denn, Sie haben keine Taschenlampe dabei?!«, unkte Rose und gab ihm ihre. »Dachte schon, Sie hätten ein ganzes Labor in Ihrem Mantel versteckt.«

»Stimmt, die Taschenlampe war das Einzige, was ich noch nicht habe, aber ich werde mir bis morgen eine besorgen«, meinte er so ernst, dass Rose erstaunt aufhörte zu lachen und ihn erschrocken ansah.

Da fing Grahne an zu grinsen, er hatte die Kommissarin mal eben auf dem Arm genommen.

»Ach«, begriff sie, stupste ihn am Arm und musste kichern.

Grahne ging zum Dachfirst und schaute sich im Taschenlampenlicht die Deckenbalken genau an, sollte sich der Täter dort mal abgestützt oder sonst wie festgehalten haben. Auch ein Haar wäre klasse gewesen, aber leider war nichts zu sehen.

Das bestätigte wieder einmal die Vermutung, dass der Täter Handschuhe getragen haben musste. Aber auch sonst war einfach nichts zu finden, kein Haar und kein Fusel, einfach nichts.

Rose glaubte mittlerweile, dass der Täter völlig vermummt gewesen war, eine Mütze hatte er auf jeden Fall auch aufgehabt.

Die dicke Abdeckplane hatte der Täter wohl tatsächlich hinter dem Opfer in Richtung zur Tür platziert, denn in den Spritzern waren keine Fußabdrücke oder dergleichen zu erkennen.

Auch war das Blut sehr schnell von dem trockenen Holzboden aufgesaugt worden, die Spritzer waren nur noch dunkle Schatten im Holz. An der Tür bargen die Ermittler auch keinerlei Abdrücke. Ihre Kollegen hatten offensichtlich ganze Arbeit geleistet. Die beiden verließen den Schuppen, um das Umfeld nach dem Knüppel abzusuchen, der ersten Tatwaffe in diesem Fall.

Im Umkreis von fünf Metern um den Schuppen suchten sie den Boden ab. Hinter jedem Busch und Baum sahen sie nach, doch sie fanden keinen Gegenstand, der infrage kam.

Am See war noch keine Spur von dem Taucherteam, das heute eigentlich den Grund nach der Schusswaffe absuchen sollte, und Rose zog ihr Handy hervor, um bei der Spurensicherung anzurufen.

Man versicherte ihr, dass das Team gerade unterwegs zum See war und gleich eintreffen würde. Schließlich mussten solche Tauchgänge gut vorbereitet werden, deshalb waren sie heute Morgen noch nicht da. Morgen früh sah es dann schon wieder anders aus, da würden sie direkt nach dem Sonnenaufgang loslegen, versicherte man ihr. Rose bedankte sich und gab die Informationen an Grahne weiter.

Dann fuhren die beiden noch mal zum Wardenburger Hof, in der Hoffnung, Heidi von der Rezeption anzutreffen, denn es war bereits dreizehn Uhr.

Die Frau schaute die Ermittler erstaunt an, als sie ihre Ausweise zeigten und sie fragten: »In der Silvesternacht sollen Sie gegen halb zehn einen Umschlag mit der Aufschrift An den Bürgermeister persönlich hier auf dem Tresen gefunden haben. Ist das richtig?«

»Äh, ja, das stimmt«, meinte Heidi etwas erstaunt.

»Können Sie sich erinnern, wer den Umschlag auf den Tresen gelegt hat?«

»Nein, ich habe nur gesehen, dass er auf einmal da lag. Ich habe mich noch gewundert, wo er plötzlich herkam, und dann sah ich, dass er an den Herrn Bürgermeister adressiert war«, berichtete sie.

»Sie haben auch niemanden kurz davor gehen sehen, der hier an dem Abend sonst gar nicht hingehörte?«, fragte Rose weiter. »Also eine Person, die kein Gast auf der Silvesterparty war?«, wurde sie noch genauer.

»Nein, tut mir wirklich leid. Ich musste mich kurz um einen älteren Gast kümmern und ihm hinaus zum Taxi helfen, da war der Tresen ein paar Minuten ohne Besetzung. Als ich wiederkam, lag der Umschlag dort«, versicherte Heidi den Ermittlern. »Aber was ist denn passiert, war es ein Drohbrief oder so was?«

»Nein, eher ein Lockbrief«, antwortete Rose. »Ulf Rösker wurde damit an einen bestimmten Ort gelockt und ermordet. Haben Sie noch gar nichts davon gehört?«

Die Angestellte riss entsetzt den Mund auf.

»Um Gottes Willen, das habe ich ja nicht geahnt!« Tränen schossen ihr in die Augen und sie hielt beide Hände vors Gesicht.

»Bitte, es ist nicht Ihre Schuld. Wenn nicht Sie, dann hätte jemand anderes dem Herrn Rösker den Brief gebracht«, versicherte ihr Peter Grahne.

»Genauso ist es, da brauchen Sie sich keine Vorwürfe zu machen. Wenn Ihnen doch noch eine Person einfällt, die den Brief hier hingelegt haben könnte, dann rufen Sie doch bitte an.« Heide reichte ihr eine ihrer Karten, bedankte sich und verschwand mit Grahne wieder nach draußen.

Am Nachmittag gingen Rose und Grahne nach einer kurzen Mittagspause beim Bäcker die Liste der Partygäste der Silvesterfeier im Wardenburger Hotel an. Nicht immer waren die Personen, die sie aufsuchten, zu Hause anzutreffen, da wieder ein ganz normaler Arbeitstag war.

Die Partygäste, die im Rathaus arbeiteten, stellten kein Problem dar, sie wurden an ihrem Arbeitsplatz aufgesucht. Beim Rest musste man einfach später noch mal sein Glück versuchen, wohl am besten gegen Abend, dachte Heide Rose, und sie fuhren die nächste Adresse auf der Liste an.

Rose und Grahne hatten bei Ratsherrn Müller Erfolg. Der hatte zwar Urlaub, war aber zu Hause anzutreffen; seine Ehefrau war Hausfrau und ebenfalls da.

Man bat sie in das hübsche Einfamilienhaus, um im Wohnzimmer auf dem Ledersofa vor einem prasselnden Kaminfeuer Platz zu nehmen.

Hier war es herrlich gemütlich, dachte Heide, als sie sich zwischen den dicken Kissen auf dem Sofa niederließ. Sie könnte glatt die Befragung vergessen und sehnte sich nach einem guten Buch und einer Tasse Tee.

Bei dem Gedanken musste sie lächeln.

»Schön, so ein Kaminfeuer, oder?«, fragte Frau Müller die Kommissarin.

»Oh ja, das kann man bei dem Wetter gut gebrauchen«, entgegnete die und genoss möglichst unauffällig die trockene, angenehme Wärme in dem Raum.

Peter Grahne zückte neben ihr seinen Notizblock und nickte Frau Müller zu. Scheinbar mochte er das Kaminfeuer ebenso. »Das ist ja ganz schön erschreckend, was Ulf Rösker passiert ist«, stellte Herr Müller fest, als er sich in einen Sessel neben dem Sofa setzte.

Herr Müller war ein wenig grobschlächtig in seiner Erscheinung, was nicht nur seiner untersetzten Figur, sondern sicher auch seiner Art zu reden zuzuschreiben war.

»Wann haben Sie Herrn Rösker am Silvesterabend zuletzt gesehen?«, begann Heide Rose die Befragung und schaute dabei Herrn Müller an.

»Na, ich hab' nicht auf die Uhr gesehen«, meinte er, und dachte schärfer nach, als die Kommissarin in weiterhin einfach nur ansah: »Also, das war so etwa ...« – er überlegte und sah zu seiner Frau hinüber, als hätte sie die Antwort auf der Stirn – »... bevor wir mit der Polonaise anfingen, gegen halb zehn, oder?« Er schaute seine Frau fragend an.

»Ja, so habe ich das auch in Erinnerung. Etwa halb zehn oder viertel vor zehn«, bestätigte die seine Aussage.

»Als wir uns nach der Polonaise wieder an unseren Tisch setzten, sah ich Silke, also Frau Rösker, alleine auf ihrem Platz. Sie stand dann allerdings bald auf und verließ den Saal«, fuhr Frau Müller fort.

Grahne machte sich nebenbei Notizen, wobei er sie kaum aus den Augen ließ.

»Haben Sie gesehen, dass der Bürgermeister einen Briefumschlag bekommen hatte?«, fragte er das Ehepaar.

»Nein«, kam es von beiden fast gleichzeitig.

»Nur, dass er auf einmal nicht mehr da war. Ich dachte, er wäre mal auf die Toilette oder so«, sagte Herr Müller.

»Wissen Sie, wie lange Frau Rösker weg war?«, fragte Heide Rose nun.

»Nun, nicht lange, vielleicht eine Viertel- oder halbe Stunde«, berichtete Frau Müller.

»Nein, das war länger, meine ich«, berichtigte ihr Mann sie. »Bestimmt eine Dreiviertelstunde.«

»Hat Frau Rösker denn später noch mal den Saal verlassen?«, wollte Rose von Frau Müller wissen.

»Hm, das kann ich nicht sagen. Ich hab' sie irgendwann noch mit Liese Lüschen reden sehen. Liese hatte was mit dem Bein oder Fuß und konnte deshalb nicht tanzen. Das war natürlich schade für die gute Frau, aber ich fand es klasse, dass sie trotzdem gekommen ist.«

Peter Grahne sah gleich auf der Gästeliste nach, ob Liese Lüschen darauf zu finden war, er nickte Rose zu, als sie ihn fragend ansah.

»Ist Ihnen sonst noch irgendetwas aufgefallen an diesem Abend? Vielleicht eine Person, die nicht zur Gesellschaft gehörte, oder ähnliches?«, fuhr Rose

fort. Das Ehepaar überlegte kurz, verneinte dann aber.
Die Ermittler hatten keine weiteren Fragen mehr und standen auf, um zu gehen.
Rose warf noch schnell einen sehnsüchtigen Blick auf den Kamin, was Frau Müller bemerkte, und sie lächelte die Kommissarin an.
»Wissen Sie zufällig, ob Frau Rösker in letzter Zeit Schlafstörungen hatte?«, fragte Rose noch.
»Nein, das glaube ich nicht«, meinte Frau Müller. »Sie hat mir gegenüber jedenfalls nie so etwas erwähnt.«
»Wir haben allerdings privat nicht wirklich Kontakt. Wir treffen uns nur ab und zu mal im Ort beim Einkaufen, da kann es vorkommen, dass wir einen Kaffee zusammen trinken.«
»War auch nur so ein Gedanke, da sie gestern davon sprach, dass sie die letzte Nacht nicht gleich einschlafen konnte, aber dann war das wohl eher eine einmalige Sache«, entgegnete die Kommissarin und genoss noch ein letztes Mal den Anblick des prasselnden Kaminfeuers.
Irgendwann möchte ich auch so einen schönen Kamin haben, dachte Heide Rose, als sie mit Grahne wieder raus in die Kälte ging.

»Na, das war ja wohl nichts«, entfuhr es Grahne, als sie wieder im Auto saßen und er noch einige Notizen machte. Heide Rose sah ihn erstaunt an.
»Was meinen Sie damit?«
Grahne wirkte beinahe ertappt.

»Nun, die zwei waren an dem Abend mit Feiern beschäftigt und haben nicht wirklich was gesehen«, meinte er.

Rose sah ihn fragend an.

»Das sind ganz normale Leute; ich denke, dass sie die Wahrheit gesagt haben. Das verriet ihre ganze Körperhaltung«, versuchte er zu erklären.

»Oh, das hat der Psychologe in Ihnen gleich erkannt?«, zog sie ihn lächelnd auf.

»Psychiater«, berichtigte er sie. »Da hat wohl jemand inzwischen meine Akte gelesen«, stellte er fest und lächelte ebenfalls. »Denken Sie das denn nicht auch?«

Rose sah ihn nachdenklich an, dann nickte sie und startete ihren RAV.

Grahne nannte ihr die nächste Adresse und da sie ihr unbekannt war, gaben sie sie ins Navigationsgerät ein.

Während der Fahrt dorthin fragte sich Heide, ob er öfter solche Analysen von sich geben würde.

Und tatsächlich – jedes Mal, wenn sie nach einer Befragung wieder zum Auto gingen, präsentierte er Rose ein genaues psychiatrisches Gutachten der soeben befragten Personen.

Ehepaar Jörgense zum Beispiel war zweifelsohne ein eingespieltes Team, sie beantworteten die Fragen abwechselnd und schienen völlig im Einklang miteinander zu sein. Die Wohnung strahlte Ruhe und Zufriedenheit aus, Grahne sah gleich, dass sie nach Feng-Shui eingerichtet war. Die Aussagen der beiden waren ebenfalls ruhig und geordnet.

Sie saßen an dem Abend ganz am anderen Ende des Saals und hatten das Ehepaar Rösker kaum zu Gesicht bekommen. Sie konnten keinerlei zeitliche Angaben machen, weder wann Herr Rösker noch wann Frau Rösker die Party verlassen hatte. Geschweige denn, dass sie gemerkt hätten, wann Frau Bürgermeister zurück an den Tisch kam oder dergleichen. Ebenso wenig hatten sie eine auffällige, fremde Person am Empfang oder vor dem Gasthaus wahrgenommen, als sie kurz draußen waren.

Sie waren sich so was von einig in jeder Aussage, jedem Satz, ja, jedem Wort, dass es Rose schon fast unheimlich war.

Grahne bestätigte im Auto die klaren Worte, die keinen Zweifel an ihrer Richtigkeit zuließen. Er musste aber dennoch zugeben, dass das Paar eher ungewöhnlich war.

Rose fand es hingegen beinahe erschreckend und war froh, als sie zur nächsten Person auf der Liste aufbrachen. Sie hatte ja keine Ahnung, was sie dort erwartete.

Der Junggeselle Torsten Tielmann etwa Ende vierzig, war der Nächste. Er schaute die Beamten etwas erstaunt an, als er die Tür öffnete. Als sie ihm erläuterten, dass sie routinemäßige Befragungen bei allen Personen aus dem Umfeld des Bürgermeisters machten, ließ er sie eintreten und führte sie in sein Wohnzimmer. Es war zweckmäßig und schnörkellos eingerichtet, genau wie der Flur, durch den sie gekommen waren.

»In welchem Verhältnis standen Sie zum Bürgermeister?«, fragte Grahne.

»Ich bin – oder besser war – sein Kollege. Nicht mehr und nicht weniger«, gab Tielmann mit lauter, gekünstelter Stimme wie ein Bühnenschauspieler Auskunft und bedachte Heide Rose mit einem genauen Blick.

Sie kam sich augenblicklich vor, als stände sie im Bikini vor ihm. So etwas konnte sie absolut nicht leiden, also versuchte sie, seinen Röntgenblick zu ignorieren.

Grahne erkannte sofort die Situation und versuchte die Aufmerksamkeit des Herrn wieder auf sich zu lenken.

»Haben Sie mal mitbekommen, dass Herr Rösker mit jemandem Streit oder sich gar mit jemandem angelegt hatte?«

Blitzschnell ging der Blick zu Grahne und musterte ihn. Dieser schaltete schnell und sah ihm, leicht nickend, eindringlich in die Augen, als wüsste er Bescheid und wollte es nur noch einmal von ihm hören.

Tielmann ließ sich täuschen.

»Ja, okay, mit mir hat er sich mal angelegt, auf der Silvesterparty vor einem Jahr«, grinste er prollig und schien seine Brust weiter rauszustrecken. Dabei schaute er Heide wieder intensiv an.

Hätte sie was im Magen gehabt, wäre es ihr hochgekommen, war sich die Kommissarin sicher. Sie versuchte dennoch, ruhig und bei der Sache zu bleiben.

»Wie kam es dazu, können Sie uns das genauer erzählen?«, fragte sie.

»Ach, ich hatte mit seiner Silke getanzt, unsere Körper schwangen im Einklang mit der Musik, als wären wir füreinander geschaffen. Wir tanzten wild und jeder Schritt saß. Als dann ein ruhigeres Lied kam, nahm ich sie in den Arm und wir haben geschwoft. Sie hat es genossen, sag' ich Ihnen, dann glitt meine Hand über ihren Po, ganz sanft.« Während Tielmann davon berichtete, machte er die Bewegungen nach und sah Rose dabei provozierend an. Sie hielt sich zurück, um keinen Kommentar abzugeben. Tielmann wurde plötzlich lauter.

»Da kam auf einmal Ulf und riss uns auseinander, der Idiot. Machte da einen Heidenaufstand und drohte mir mit Prügel. Als wenn er gegen mich eine Chance gehabt hätte«, lachte er hämisch und checkte wieder mit seinem Röntgenblick die Kommissarin.

»Was ist dann passiert?«, fragte Rose sachlich und möglichst gelangweilt.

»Dann zog er mit seiner Silke wieder an den Tisch.« Tielmann lachte plötzlich schrecklich laut und falsch, sodass Heide direkt die Nackenhaare zu Berge standen.

»Er hat vorher sogar noch gedroht, wenn ich nicht in Zukunft die Hände von seiner Frau ließe, könnte ich ihn mal richtig erleben. Hui!« Tielmann tippte sich mit dem Zeigefinger an die Stirn und schüttelte anschließend den Kopf.

»Wie hat Silke Rösker denn auf Ihre Hand an ihrem Po reagiert?«, interessierte Grahne.

»Sie hat gelacht und ihren Kopf an meine Schulter gelegt. Vielleicht war sie ja so viel Zärtlichkeit von ihrem Mann nicht gewohnt«, lachte Tielmann wieder selbstgefällig auf.
»Wie meinen Sie das genau?«, hakte Rose nach.
»Ja, nur so, könnte doch sein, oder?«, grinste er.
Heide drehte sich mit dem Rücken zu Tielmann, schaute Grahne an und verdrehte die Augen, was ihn flüchtig lächeln ließ.
»Sind Sie wegen dieser Szene später noch mal aneinandergeraten?« Rose ging im Wohnzimmer etwas umher, musterte alles eingehend.
»Nein, eigentlich nicht. Wir haben nie wieder darüber gesprochen. Allerdings hat er mich auch gemieden.«
»Was sind das alles für Pokale auf diesem Regal?«, fragte die Kommissarin und zeigte auf ein übervolles Regal, das unter den ganzen silbernen und goldenen Kelchen zusammenzubrechen drohte.
»Oh ja, nun, ich bin ein echter Tanzchampion, schon seit meiner frühesten Jugend mache ich bei Wettbewerben mit und bin immer auf den ersten Rängen zu finden«, sagte der Junggeselle voller Stolz.
»Wollen wir mal?«, fragte er dann doch tatsächlich und hielt Rose seine offenen Arme entgegen.
»Nein danke«, lehnte sie ab.
Plötzlich machte er einen Schritt auf sie zu und griff nach ihr. Sie wich blitzschnell aus, sodass seine Hand ins Leere griff, packte seinen Arm und drehte ihn auf den Rücken.
»Nein danke, sagte ich«, wiederholte sie sehr freundlich und ließ nach zwei Sekunden den völlig verdatterten Tielmann wieder los.

»Denken Sie, dass Silke Rösker ein Verhältnis hatte?«, fragte Rose dann.

»Keine Ahnung, ich habe nie dergleichen gehört. Aber die Szene mit mir hat ihr offensichtlich gefallen, vielleicht kommt sie ja zu kurz«, lachte er wieder von sich eingenommen, augenscheinlich, um seinen verletzten Stolz nach der eben erlittenen Abfuhr zu überspielen. »Vielleicht hat ihr Liebhaber sich ja auch den Weg zu ihrem Bett freigeschossen, kann man ja nicht wissen.«

„Woher wissen die denn, dass Rösker erschossen wurde?", fragte Rose ihn und er berichtete, dass es im Rathaus die Runde machte.

»Haben Sie einen Verdacht?«, fragte Rose ihn ernst, doch er verneinte.

»Dann lassen Sie solche Vermutungen besser«, wies sie ihn noch forscher an. Aber wenn sie einen Liebhaber hatte, werden wir es rauskriegen, dachte sie insgeheim.

»Waren Sie es, Tielmann?«, fragte sie dann direkt. Sie hasste es, um den heißen Brei herumzureden, genauso wie solche Typen, die davon überzeugt waren, dass keine Frau ihnen widerstehen konnte. Sie wollte das Ganze beschleunigen, und scheinbar gelang es ihr. Tielmann baute sich vor ihr auf und prustete los.

»Was?! Nein, bestimmt nicht, die ist nun wirklich nicht mein Typ«, tat er verächtlich und schüttelte seinen Kopf.

»Man kann gut mit ihr tanzen, aber das ist auch schon alles, sie ist nicht der Typ Frau, der mich anzieht«, meinte er, sah Rose wieder von oben bis unten an. »Ich steh' mehr auf Dunkelhaarige.« Er zwinkerte die Kommissarin herausfordernd an.

»Wo waren Sie um Mitternacht?«, fragte ihn Grahne nun und ging einen Schritt auf Tielmann zu. Er wollte die Lage entschärfen. Er hatte keine Ahnung, wie seine Vorgesetzte in so einer Situation reagieren würde, und er war sich auch nicht sicher, ob er das herauskriegen wollte. Auf jeden Fall kam Tielmann ihr zu nahe und das ging gar nicht, fand er.

»Na, im Saal, wir haben an unserem Tisch alle mit Sekt angestoßen!«, antwortete Tielmann brav und nahm nur zögerlich den Blick von Rose.

Er konnte sie nicht einschätzen, und das gefiel ihm offensichtlich gar nicht. Irgendwie wollte er sie aus der Reserve locken. Sein Blick sendete eine eindeutige Botschaft: Klar, du bist Kommissarin, aber du bist trotz allem eine Frau. Ich krieg' dich schon noch.

Innerlich konnte Heide über sein Machogehabe nur lachen. Nach außen blieb sie cool.

»Wer genau saß alles an Ihrem Tisch?« Grahne notierte sich die Namen, die Tielmann nannte.

»Waren all Ihre Tischnachbarn stets anwesend oder fehlte jemand? Vielleicht für eine Stunde oder so?« Rose sah ihn eindringlich an. Er überlegte kurz und verneinte, niemand an seinem Tisch hätte gefehlt.

»Sagen Sie, mussten Sie im Laufe des Abends mal an der Rezeption vorbei und ist Ihnen dort vielleicht jemand Fremder, nicht zur Gesellschaft Gehörender aufgefallen?«, fragte Rose ihn und ärgerte sich schon über diese Formulierung. Er machte sie doch etwas nervös, das musste sie zugeben, aber eher, weil sie damit rechnete, dass er ihr jeder Zeit wieder zu nahekommen könnte. Sie hatte Angst vor ihrer Reaktion darauf, denn sie würde es als Angriff deuten und wollte dem Herrn nicht wehtun, wenn er es auch verdient hätte. Doch es würde eine Menge Schreibkram bedeuten und darauf hatte sie nun wirklich keine Lust.

»An der Rezeption?«, wiederholte er. »Nein, da ist mir niemand aufgefallen, als ich rausging, beim besten Willen nicht. Ich bin da einmal dran vorbei, aber da war niemand, außer der Dame, die dort arbeitet.«

Rose und Grahne bedankten sich und gingen schließlich durch den Flur in Richtung Haustür.

Dort offenbarte Tielmann ihr noch, sie könnte jederzeit wieder bei ihm vorbeikommen, dann lachte er laut wie ein Opernstar. Sie musste ihren Würgereiz unterdrücken.

Rose eilte zum Auto, schüttelte sich, warf sich in den Fahrersitz und war froh, dass die Befragung zu Ende war.

Grahne nahm ruhig neben ihr Platz und sagte grinsend:

»Mann, der hat es aber nötig«!

»Wie meinen Sie das?«, wollte Rose wissen, während sie abermals schauderte.

»Na, Tielmann überspielt mit dem Getue eindeutig seinen Frust, dass er keine Frau abbekommen hat, die ihm brav die Pantoffeln bringt, ihn anhimmelt und seine Kinder großzieht«, lachte er Rose ins Gesicht.

»Hallo?!«, rief Rose aus. »In der Wohnung war nicht ohne Grund so wenig drin, die ist gerade groß genug für ihn und sein Ego.« Die beiden Ermittler schüttelten sich aus vor Lachen.

So konnte Rose wenigstens die plumpen Anmachversuche des Herrn Tielmann einigermaßen vergessen.

»Ansonsten war seine Wohnung ordentlich, wenn auch ein wenig steril, weil kaum Dekorationsmaterial zur Verschönerung des Heimes verwendet wurde«, meinte Grahne.

»Ja, eine echte Junggesellenbude halt«, stellte Rose heiter fest, bemerkte Grahnes Blick und erwartete Protest, aber es kam nichts.

»Findet man in Peter Grahnes Wohnung etwa Blumen und Dekoartikel?«, bohrte sie neugierig nach.

»Blumen nicht, aber Grünpflanzen sind doch was Schönes«, gab er preis und schmunzelte.

»Stimmt«, pflichtete Heide ihm bei und ließ sich von seinem Lachen anstecken.

Witwer Horst Brunte war der Nächste auf der Liste. Ein eher stiller und berechnender Mann. Der Witwer bestand darauf, an der Haustür befragt zu werden, antwortete kurz und knapp.

Bei ihm kamen sie nicht weiter, er hatte nichts gehört oder gesehen, verrichtete scheinbar nur seine Arbeit im Rathaus. Auf der Silvesterparty war er lediglich sehr kurz gewesen, weil man ihn drängte zu kommen. Auf so einen Hokuspokus hatte er ja eigentlich keine Lust, wie er sagte, aber die Kollegen bestanden halt darauf. So war er zum Essen dort gewesen, und als die Band aufspielte, ging er irgendwann.

Ein sehr merkwürdiger Kerl, fand Rose. Auf ihren Versuch, einen Blick in seine Wohnung zu erhaschen, zog er die Haustür noch etwas weiter zu.

Auch Grahne war sich diesmal sicher, dass der Witwer etwas zu verheimlichen hatte. Er wusste nur nicht, was. Doch sie konnten nichts machen außer ihre Routinefragen zu stellen.

»Entschuldigen Sie, aber seit wann sind Sie Witwer?«, erkundigte sich Rose plötzlich.

»Seit zwei Jahren«, antwortete er brav.

»Woran ist Ihre Frau denn gestorben?«, fragte Rose weiter und Herr Brunte schaute sie einen Moment lang böse an und überlegte scheinbar, ob er ihr antworten sollte.

»Sie hatte Krebs«, schrie er Rose fast ins Gesicht und sie nickte kurz.

»Das tut mir sehr leid, ich hoffe, sie hat nicht zu sehr gelitten.« Rose sah den Witwer neugierig an.

»Meine Elsa kam ins Krankenhaus, weil sie hier umgekippt ist. Dort hat man sie untersucht und festgestellt, dass sie voller Krebs war. Ihre Organe, einfach alles war befallen.« Herr Brunte senkte kurz traurig den Blick. »Sie muss schon länger Schmerzen gehabt haben, aber sie hat nie etwas gesagt«, versicherte er der Kommissarin, die nun betroffen wirkte.

»Sie erlitt dort dann einen weiteren Zusammenbruch, die Leberwerte wurden immer schlechter. Sie kam an den Tropf und ein paar Tage später starb sie.« Brunte stand mit Tränen in den Augen vor Rose und Grahne.

»Das tut mir sehr leid«, sagte Rose. »Dann ist sie nicht mal mehr nach Hause gekommen? Das muss schrecklich sein ... so ein plötzlicher Schnitt«, meinte sie mitfühlend.

»Ja, das ist es«, stimmte er ihr zu.

Rose bedankte sich bei dem Witwer, dass er sich die Zeit genommen hatte, um ihre Fragen zu beantworten.

Sie fanden keine Verbindung zwischen ihm und dem Bürgermeister, außer dass sie Kollegen waren, und so brachen sie kurze Zeit später auf.

Sie waren etwas mitgenommen von dem Gehörten und gingen nachdenklich zum Wagen. Dann fiel ihnen die krampfhaft geschlossen gehaltene Tür wieder ein und sie witzelten, was sie bei einer Hausdurchsuchung wohl finden würden.

»Berge von schmutzigem Geschirr«, meinte Rose, und Grahne übertrumpfte sie mit Vorschlägen von endlosen Sammlungen von Rätselheften, ausgestopften Tieren und ähnlichem.

Rose belächelte seine Ausführungen, fand sie aber nicht uninteressant.

»Scheinbar hatten Sie schon einige sehr erhellende Einblicke in die Psyche des Menschen«, stellte Rose fest und lächelte.

Doch Grahne blieb ernst, auch wenn sich für einen Moment lang ein leichtes Lächeln auf seinem Gesicht andeutete. Er hielt kurz inne und berichtete dann: »Die Körpersprache verrät viel, jeder einzelne angespannte Muskel erzählt etwas über die Person.«

Mehr verriet er nicht. Doch das brauchte er auch nicht, Rose verstand ihn auch so, und er hatte recht.

Beim Kampfsport lernte man auch, seinen Gegner einzuschätzen, indem man dessen Körpersprache las. Und je besser man darin war, desto besser war es für einen selbst. Konnte man abwägen, was sein Gegenüber als Nächstes tun würde, hatte man schon die Gegenwehr parat.

»Nun, wenigstens wissen wir, dass der Witwer keinen Zugang zu den starken Medikamenten hatte«, meinte Rose. »Aber überprüfen Sie das bitte noch mal, nur für den Fall, dass ...« Grahne notierte es sich bereits.

Wenig später lenkte Heide Rose ihren RAV in eine weitere Einfahrt, zur nächsten Befragung.

Das Ehepaar Tschirka war mit dem Ehepaar Rösker befreundet und hatte kurzfristig die Silvesterparty abgesagt.

Frau Tschirka bat die zwei Ermittler ins Wohnzimmer, wo ihr Mann mit einem Kopfverband und einem eingegipsten Bein saß.

»Ich hatte einen Arbeitsunfall«, teilte er den Kommissaren mit, als er in ihre fragenden Gesichter blickte.

»Was erklärt, warum Sie die Silvesterparty abgesagt haben«, stellte Grahne fest.

»Wo ist das genau passiert?«, fragte Heide interessiert.

»Nun, ich habe eine Baufirma am Rande von Wardenburg und als ich auf dem Bau hier um die Ecke war, hat der Lehrling von oben einen Sack runterrutschen lassen, der Idiot. Ich hab' ihn abbekommen und bin gestürzt. Dabei ist es passiert«, führte er aus. »Wobei ich großes Glück hatte, ich hätte mir genauso gut das Genick brechen können.«

Frau Tschirka bat Rose und Grahne, sich zu setzen, und fragte, ob sie etwas trinken wollten.

Doch die zwei lehnten dankend ab; sie wollten so schnell wie möglich weiter und hatten nur ein paar Fragen.

Da das Ehepaar schon vom Tod Ulf Röskers wusste, wie sich herausstellte, fragte Rose gleich nach dem Wichtigsten.

»Haben Sie von einem Streit gehört, den Herr Rösker mit jemandem hatte, oder kennen Sie jemanden, der ihn bedroht hat?«, begann Rose den Fragenkatalog und sah die Ehepartner abwechselnd an.

Die Tschirkas tauschten einen Blick und überlegten.

»Nein, eigentlich nicht«, meinte Frau Tschirka und ihr Mann nickte zur Bestätigung. Doch dann fiel ihm etwas ein: »Warte, da war doch der junge Mann, der Bruder von der jungen Frau, die sich das Leben genommen hatte!«

»Was wissen Sie darüber?«, fragte Rose und sah zu Grahne, der wieder seinen Notizblock zur Hand nahm und alles aufschrieb.

»Nun, Ulf hatte angeblich was mit der jungen Dame, keine Ahnung, ob das stimmte, aber als er das Verhältnis beendete, brachte sie sich um. Ich glaube, mit Tabletten, oder?« Frau Tschirka suchte den Blick ihres Mannes.

»Ja, Tabletten und Alkohol sollen es gewesen sein«, fügte der nickend hinzu.

»Wie kam man darauf, dass Ulf Rösker mit der Frau zu tun haben könnte?«, interessierte Rose.

»Ich habe keine Ahnung. Wir waren mit den Röskers zum Essen verabredet, natürlich rein privat. Da haben wir einen Ratskollegen von Ulf getroffen und der fragte ihn, was die Polizei denn um Himmelswillen am Morgen von ihm gewollt hätte. Es war Ulf etwas peinlich, aber dann erzählte er, dass man irgendwelche Hinweise bei der jungen Selbstmörderin gefunden hatte, die darauf schließen ließen, dass sie ihn kannte. Da musste die Polizei natürlich Ulf aufsuchen und fragen, was es damit auf sich hatte«, erzählte Herr Tschirka.

»Hatte er auch erwähnt, welcher Hinweis sie zu ihm geführt hatte?«, bohrte Rose weiter, und das Paar überlegte kurz.

»Nein, das hatte er nicht«, sagte Herr Tschirka. Bei dieser Erkenntnis wirkten er und seine Frau erstaunt.

»Haben wir auch gar nicht mehr nachgefragt. Er meinte noch, was die denn von ihm glaubten, dass er mit so einem jungen Ding Kontakt hätte?! Und dann hat er gelacht«, meinte Frau Tschirka.

»Ist ja auch wirklich absurd«, befand Herr Tschirka.

»Würden Sie denn die Ehe der Röskers als glücklich bezeichnen?«, fragte die Kommissarin nun beide.

»Hm, eigentlich schon. Ich denke nicht, dass Ulf was mit der jungen Frau hatte. Aber selbst wenn, dann hat sie ihn verführt«, antwortete Frau Tschirka überzeugt.

So gute Freunde könnt ihr gar nicht sein, es sei denn, ihr spielt uns absichtlich was vor, dachte Heide Rose und sah zu Grahne, ob er noch eine Frage hatte. Er schien den Blick zu verstehen.

»Wissen Sie, ob Frau Rösker auch mal so ein Ausrutscher passiert ist?«, wollte der Kommissar wissen.

»Silke?! Niemals, die war nur für ihren Ulf da. Sicher, er hat viel gearbeitet, aber trotzdem stand sie immer hinter ihm«, kam die klare Antwort von Frau Tschirka.

»Hatten Frau oder Herr Rösker denn Schlafprobleme?«

Herr Tschirka verneinte. »Also, Ulf sicher nicht.«

»Silke hat mir auch nie etwas dergleichen gesagt«, fügte Frau Tschirka hinzu.

»Tja, das war es dann auch schon, vielen Dank«, beendete Rose das Gespräch, gab Grahne ein Zeichen und sie gingen.

Als sie im Auto saßen, holte Rose erst mal tief Luft. Grahne studierte die Liste, die sie fleißig abarbeiteten.

»Der Hausmeister vom Rathaus ist dran«, beantwortete er die nicht ausgesprochene Frage und Rose startete den Wagen.

Während der ganzen Fahrt dorthin blieb ihr Kollege still.

Erst als sie vor dem Rathaus parkten, konnte Rose sich nicht mehr zurückhalten.

»Boah, nun sagen Sie es schon!«, forderte sie ihn ungeduldig auf.

Er grinste, aber auf eine nette Art, und legte sogleich los. Es folgte eine eingehende Analyse des befreundeten Ehepaares der Röskers. Rose war erstaunt, auf was für kleine Details Grahne geachtet hatte. Er konnte genau sagen, wann die Frau ihren

Mann fragend angesehen hatte und welche Fragen ihnen unangenehm gewesen waren. Sogar, wann die Eheleute gelogen hatten, denn sie hatten seiner Meinung nach, keine Ahnung, ob Herr oder Frau Rösker fremdgingen oder ob sie Schlaftabletten nahmen.
Sie kannten das Bürgermeisterpaar nämlich gar nicht so gut, wie sie es gerne getan hätten, und das konnte verschiedene Gründe haben.
»Sehr interessant«, befand Rose, nachdem sie kurz über seine Ausführungen nachgedacht hatte. »Vielleicht sollten wir Silke Rösker mal zu dem Ehepaar befragen? Würde mich interessieren, was sie über sie sagt«, meinte sie dann grinsend, während Grahne einen Vermerk in seinen Notizblock machte. »Mal sehen, inwieweit das hilfreich ist«, zwinkerte sie ihm wohlwollend zu und stieg aus dem Auto, um endlich den Hausmeister des Rathauses unter die Lupe zu nehmen.

Herr Helmes hatte ein eigenes Arbeitszimmer im Erdgeschoss mit angrenzender Werkstatt. Er trug einen grauen Kittel und eine Prinz-Heinrich-Mütze. Ein typischer Hausmeister, dachte Rose, da er sie sehr an den Hausmeister ihrer damaligen Grundschule erinnerte. Wenn auch sie leicht überrascht war, denn sie dachte, dass diese Art Mensch längst ausgestorben war. Wie man sich doch irren konnte, dachte sie und musste lächeln.
Sie schätzte Herrn Helmes auf etwa sechzig Jahre.
Ein ruhiger Typ war er auf den ersten Blick, grüßte entspannt, während er weiter an einer Tür arbeitete.

Diesmal stellte Grahne Rose und sich vor, gleichzeitig zeigten sie ihm ihre Ausweise und legten mit der Befragung los.

»Hatten Sie viel Kontakt mit dem Bürgermeister? Was war er für ein Mensch?«, begann Rose.

»Oh, das war ein feiner Kerl, wie man so sagt, immer nett und höflich. Mit jedem kam er gut zurecht«, erzählte Hausmeister Helmes bereitwillig. »Neulich war hier so ein junger Mann, der suchte irgendwas oder irgendwen in Wardenburg. Der Herr Rösker hörte das im Vorbeigehen, bat den jungen Mann kurzerhand in sein Büro und zeigte ihm auf seiner Stadtkarte, wo er langfahren musste. Ich mein', welcher Bürgermeister macht das schon?«, schwärmte der Mann und versuchte sogleich, noch eine Anekdote anzubringen.

Rose und Grahne wollten allerdings nur ihre Fragen beantwortet haben und lenkten den Hausmeister immer wieder dahin zurück, was manchmal etwas mühsam war.

»Hatte der Herr Rösker denn mal mit irgendjemandem Streit? Zum Beispiel hier im Hause?«, wollte nun Grahne wissen.

»Nee, mit wem sollte der Herr Rösker denn Streit haben?«, stellte Helmes nun eine Gegenfrage und wollte stattdessen mit seiner Geschichte fortfahren.

»Waren Sie denn hier, als vor etwa einem halben Jahr ein junger Mann den Herrn Rösker zur Rede stellte? Der Bruder von der jungen Frau, die sich das Leben genommen hatte«, ließ Rose ihm keine Chance.

Sie wusste ja, dass Herr Helmes bei dem Vorfall anwesend gewesen war.

»Der Automechaniker, ja, natürlich … Er hatte mich ja gefragt, wo der Bürgermeister zu finden sei, ich habe ihm dann auch sein Büro zeigen wollen, da kam Herr Rösker gerade angelaufen. Ich sagte dem Mann gesagt, dass das der Bürgermeister sei, und ging wieder zurück in meine Werkstatt. Die waren dann so laut auf einmal, da bin ich wieder raus und habe nachsehen wollen, was da los war. Dieser Bengel ist plötzlich auf den Bürgermeister los und beschimpfte ihn. Wie kam der junge Mann nur darauf, dass der Herr Bürgermeister mit der Sache was zu tun hätte? Geschweige denn, mit seiner Schwester ein Verhältnis gehabt hätte? Also wenn Sie mich fragen, hat ihm seine Schwester in ihrer Not einfach den Bürgermeister genannt«, war er sich sicher.
»Wer war denn noch bei dem Streit anwesend, wissen Sie das noch?«
»Ja, warten Sie«, überlegte er, »da war noch der Herr Müller, Frau Schmidt, die Sekretärin des Bürgermeisters, und Frau Segal, unsere Standesbeamtin. Herr Müller und ich sind ja noch dazwischengegangen, da der junge Mann den Bürgermeister richtig angriff, und ehe wir wussten, wie uns geschah, hatte er Herrn Rösker die Nase gebrochen. Er schrie wie verrückt herum und drohte unserem Bürgermeister sogar, ihn umzubringen … Das war vielleicht ein Tumult, kann ich Ihnen sagen«, endete er und schüttelte den Kopf. »Nun hat er es am Ende tatsächlich doch noch getan, oder?«
Heide antwortete nicht darauf, sondern schwieg einen Moment, dann hakte sie nach: »Hat der junge Mann außerdem noch etwas gesagt?« Nach kurzer

Überlegung antwortete Helmes: »Ach ja, dass er seinen Anwalt einschalten wollte, er hätte Beweise ...« Der Hausmeister winkte ab. »Ja, der hat die ganze Zeit geredet, aber nur wirres Zeug.«

»Haben Sie später noch mal etwas von dem Vorfall gehört?«, fragte Grahne.

»Ach was! Der Herr Bürgermeister und so ein junges Ding. Die hat ihrem Bruder sicher irgendeinen Blödsinn erzählt vor ihrem Tod und der hat es auch noch geglaubt.«

»Hatte er nicht noch ein Tagebuch erwähnt, wo alles drinstehen sollte?«, wollte Rose nun unumwunden wissen.

»Ja, das war ja sein Beweis, wie er sagte, aber das war alles nur Geschwätz, um sich wichtig zu machen, sage ich Ihnen«, erwiderte Herr Helmes im Brustton der Überzeugung.

Grahne fragte noch nach einigen Einzelheiten zu dem Vorfall und Rose sah sich derweil ein wenig in der Werkstatt um.

»Sagen Sie mal, Herr Helmes«, fragte sie plötzlich, »wissen Sie vielleicht zufällig, ob jemand im Rathaus unter Schlafstörungen litt oder leidet?«

»Hm, ja, die Frau Segal hat letzte Woche mal von sowas geredet«, erzählte er. Heide Rose wurde hellhörig. »Hat sie die schon länger?«

»Seit etwa einem Monat, meinte sie. Da hatte sie Fremde vor ihrem Haus erwischt, die wollten gerade bei ihr einbrechen. Sie war auch bei der Polizei gewesen deswegen und hat Anzeige erstattet. Muss man sich mal vorstellen, da kommt man im Dunkeln nach Hause und da stehen zwei Männer, die gerade die Terrassentür aufhebeln wollen. Da muss man ja schlecht schlafen«, entrüstete sich der Hausmeister.

»Wie kam denn der Herr Rösker mit den Kolleginnen im Rathaus klar?«, befragte Rose ihn weiter.

»Er hat seine Kolleginnen immer geachtet, den Damen immer zuvorkommend die Tür aufgehalten. Hat sie gefragt, wie es ihnen geht und dergleichen«, gab Herr Helmes bereitwillig Auskunft. »Bestimmt hat das junge Mädchen das falsch verstanden. Zumal er ja auch mit einer sehr netten und adretten Frau verheiratet ist. Naja, war.«

»Wie hat sich denn der Herr Bürgermeister mit seinen männlichen Kollegen verstanden?«, fragte nun Grahne.

»Ja … gut, er war immer äußerst korrekt und ein kameradschaftlicher Typ. Er wurde von allen Kollegen sehr geschätzt. Da können Sie jeden hier fragen.« Dabei sah Helmes Grahne leicht herausfordernd an.

»Hat er sich denn wirklich nie einer Kollegin genähert beziehungsweise ist etwas intimer mit ihr geworden?«, wurde Rose sehr direkt.

»Was soll denn die Frage? Aber nein, keinesfalls, wenn ich Ihnen das doch sage«, wehrte Herr Helmes abermals ab.

»Warum auch, er war doch glücklich verheiratet.«

Herr Rösker hatte es laut dem Hausmeister auch verstanden, Streit unter den Damen im Haus souverän zu schlichten. Letztens erst wieder hatte es Zank gegeben. Wieso die Damen stritten, wusste er allerdings nicht, das ginge ihn schließlich nichts an.

Nach einer halben Stunde hatten sie alle Antworten, und zwar auch auf eine Menge nichtgestellter Fragen.

Außerdem hatten sie erfahren, dass der Herr Bürgermeister sehr gut mit Frauen umgehen konnte und immer galant zu ihnen war, aber das wussten sie ja schon.
Die Kommissare bedankten sich bei Herrn Helmes und verließen das Rathaus.
Heide Rose fragte sich auf dem Weg zum Auto, worum es in dem letzten Streit wohl gegangen war. Sie wollte bei nächster Gelegenheit mal nachfragen, aber bei einer der Damen im Rathaus.
»Na, für den Herrn war der Bürgermeister ja so was wie ein Heiliger, oder wie sehen Sie das?«, unterbrach sie ihre Gedanken.
»Genau das habe ich auch gedacht«, lachte Grahne.
Aber er deutete den Hausmeister auch als ehrliche Haut, jedenfalls, was seine Äußerungen zu ihren Fragen betraf. Nein, er schien tatsächlich nichts von einem Verhältnis des Bürgermeisters innerhalb des Rathauses bemerkt zu haben. Was ja auch dem Bild entsprach, das alle von Ulf Rösker hatten.
Zumal der Bürgermeister schlau genug gewesen war, nur mit Frauen, die nicht aus dem Rathaus oder seinem Umfeld, ja, nicht einmal aus Wardenburg stammten, etwas anzufangen. So viel hatten sie schon herausgefunden.
Die Kommissare gingen zur nächsten Person auf ihrer Liste.

Die Standesbeamtin Frau Segal war in ihrem Büro und stellte sich bereitwillig den Fragen der Ermittler, da sie glücklicherweise keinen Termin hatte.

Zu der Anwesenheit bzw. Abwesenheit von Frau Rösker am Silvesterabend konnte sie nichts sagen. Sie hatte gar nicht auf das Bürgermeisterpaar geachtet, außerdem hatte sich ein Paar, das sich im neuen Jahr trauen lassen wollte, bei ihr über die möglichen Örtlichkeiten der Gemeinde erkundigt.

»Da gibt es einige hier, wissen Sie«, berichtete sie dann auch den Kommissaren. »Neben dem Rathaus selbst ist eine standesamtliche Trauung noch in der Wardenburger Wassermühle, dem Rauchhaus Wille in Achternmeer und dem Museum Alte Ziegelei Westerholt sowie dem Moor- und Bauernmuseum Benthullen möglich. Hängt natürlich davon ab, was für ein Ambiente man sich vorstellt, aber es sind alles wunderschöne Orte für eine Hochzeit«, versicherte sie freudig, als hätte sie ein heiratswilliges Paar vor sich. Dann erkannte sie aber an den Gesichtern der Kommissare, dass es sich um das falsche Publikum handelte.

»Die zwei hatten eine Menge Fragen, auch bezüglich unseres Hochzeitswaldes. So haben wir uns eine ganze Zeit lang über Trauungen und das ganze Drumherum unterhalten, bis auf einmal der Countdown zum neuen Jahr kam. Ich hatte gar nicht gemerkt, dass die Zeit so schnell rumging«, lachte die Standesbeamtin. »Da hieß es nur noch schnell ein Sektglas schnappen und anstoßen. Nein, auf Silke und Ulf hab' ich da echt nicht geachtet«, fügte sie noch hinzu.

»Was können Sie uns zu dem Vorfall vor etwa einem halben Jahr hier im Rathaus sagen, wo ein junger Mann auf Herr Rösker losgegangen ist?«, fragte Rose.

»Oh Gott, ja, das war schrecklich. Ich habe gehört, wie hier im Haus geschrien wurde und bin aus meinem Büro gestürzt, um nachzusehen, was los war«, erzählte sie aufgebracht. »Herr Rösker versuchte dem jungen Mann klarzumachen, wie absurd seine Verdächtigungen waren und dass er nicht alles glauben sollte, was seine jüngere Schwester ihm erzählte. Den genauen Wortlaut weiß ich nicht mehr, aber dann wurde der junge Mann erst recht wütend und ist auf den Bürgermeister los, hat ihm voll ins Gesicht geboxt. Ulfs Nase war gebrochen und er blutete stark. Unser Hausmeister und Herr Müller sind dann dazwischengegangen und haben den jungen Mann daran gehindert, weiter auf den Bürgermeister einzuschlagen. Ich bin los und habe einen Verbandskasten geholt«, berichtete Frau Segal, immer noch fassungslos über den Vorfall. »So etwas hat es bis dato noch nie gegeben hier im Rathaus und ich hoffe, so etwas muss ich nie wieder miterleben.«

»War außer Ihnen, Herrn Müller und dem Hausmeister sonst noch jemand dabei?«, wollte Rose auch von der Standesbeamtin wissen.

Sie überlegte kurz, wollte schon verneinen, als ihr plötzlich doch noch jemand einfiel. »Aber ja, die Sofia Schmidt«, rief sie aus.

»Was war mit Herrn Röskers Sekretärin? Was hat sie gemacht?«

»Oh, sie rief mir noch nach, ich solle die Polizei rufen. Das habe ich dann auch als Erstes gemacht, und dann bin ich mit dem Verbandskasten wieder hin«, erzählte Frau Segal.

»Frau Schmidt kam die Treppe runter. Als ich mit dem Verbandszeug hereilte, kam sie mir mit unserem Bürgermeister entgegen«, berichtete sie, bei dem Gedanken daran wurde sie wieder ganz aufgewühlt. »Die Polizeibeamten waren dann aber ganz schnell da und haben Herrn Müller und Herrn Helmes den jungen Mann abgenommen.«

»Wir haben gehört, dass Sie Schlafstörungen haben. Hatten Sie die schon öfter und nehmen Sie etwas dagegen«?, fragte Rose nun noch.

»Erst seit bei mir zwei Männer einbrechen wollten. Nein, ich nehme nichts mehr dagegen, ich habe jetzt eine Alarmanlage und zwei Kameras am Haus anbringen lassen. Die schalte ich abends ein, wenn es dunkel wird, wobei man mir gesagt hat, dass auch tagsüber Einbrüche passieren. Ich war ja völlig fertig vor Angst, dass da auf einmal jemand bei mir im Schlafzimmer stehen könnte. Seitdem ich die Alarmanlage und die Kameras installiert habe, kann ich auch wieder ruhiger schlafen. Ja, so ist das, wenn man alleine lebt.«

»Wissen Sie, ob sonst noch jemand hier im Hause Schlafstörungen hat?«, fragte Heide Rose, doch Frau Segal verneinte.

»Aber wieso fragen Sie denn? Der Herr Bürgermeister wurde doch erschossen, wie ich gehört habe.« Frau Segal war sichtlich irritiert.

»Wir überprüfen da nur einen etwaigen Zusammenhang«, erklärte Heide Rose vage.

Die Ermittler überreichten Frau Segal noch ihre Karte, dann gingen sie.

Heide wollte noch zu Erik Heines drittem Zeugen, er müsste jetzt wohl langsam Feierabend machen und zu Hause sein.

Es war bereits später Nachmittag und sie hatten tatsächlich Glück.

»Sagen Sie ruhig Marc, meinte der Kumpel des Automechanikers zu den Ermittlern, als er sie in seine Wohnung bat.

»Erik Heine war auch auf der Silvesterparty Ihres Freundes«, fing Rose an. »Haben Sie ihn zwischen 22 und 24 Uhr gesehen?«

»Erik?« Marc überlegte angestrengt. »Also, ich habe ja nicht ständig auf die Uhr gesehen, außer gegen Mitternacht, um den Jahreswechsel nicht zu verpassen, wissen Sie? Etwa zur Mitte des Abends, könnte so gegen 22 Uhr gewesen sein, da hab ich ihn mit ein paar Leuten auf dem Sofa gesehen. Gegen Mitternacht hatte ich schon einen sitzen, da hab' ich nicht mehr viel mitbekommen, muss ich gestehen«, lachte er. »Ist es denn wichtig, ist was passiert?«, erkundigte er sich dann.

Rose reagierte nicht auf seine Frage und wollte es genauer wissen: »Wie sicher sind Sie, dass Sie Erik Heine gegen 22 Uhr gesehen haben an diesem Abend?«

»Puh, also es könnte auch um 23 Uhr gewesen sein, ich habe echt nicht drauf geachtet. Aber wieso ist das denn so wichtig?«, fragte er wieder.

»Erik Heine steht unter Mordverdacht, deshalb überprüfen wir sein Alibi«, erklärte Rose.

»Ach du meine Güte, bin das Alibi etwa ich?! Oh Mann, ich wollte, ich könnte mich besser erinnern«, meinte Marc und war sichtlich erschüttert.
»Sollte Ihnen noch was einfallen zu dem Abend, dann können Sie uns unter dieser Nummer erreichen.« Grahne gab Marc eine Karte und die zwei verabschiedeten sich.

»Wir fahren jetzt zu Erik Heine und bringen ihn aufs Revier«, entschied Rose, als sie den Wagen startete.
Peter Grahne schaute erstaunt, was ihr nicht entging.
»Nun, keiner seiner Zeugen konnte sagen, ob er zu den Zeiten tatsächlich anwesend war, also müssen wir ihn auf der Wache verhören. Genug Hass empfand er für den Bürgermeister allemal, er hat das beste Motiv.«
»Glauben Sie wirklich?«
»Was ich glaube, zählt hier nicht, es ist die übliche Vorgehensweise und daran müssen wir uns in erster Linie halten«, erklärte Rose und lenkte den Wagen zur Wohnung von Erik Heine.
Herr Heine ließ sich ohne Widerstand in seiner Wohnung festnehmen und aufs Revier bringen.

Im Verhörraum ließen sie ihn erst mal warten.
Rose fragte Grahne, ob er schon mal bei einem Verhör dabei gewesen war und er verneinte. Sie erklärte ihm, wie es vonstattenging, und riet ihm, zunächst nur zuzusehen und zu lernen. Dann begaben sie sich in den Verhörraum zu Erik Heine und begannen.

»Herr Heine, keiner Ihrer Zeugen konnte mit Sicherheit sagen, dass Sie zur Tatzeit auf der Silvesterparty waren. Wollen Sie uns dazu etwas sagen?«, fragte Rose ihn und sah ihm in die Augen. Er schüttelte den Kopf und sagte kein Wort.
»Wollen Sie einen Anwalt anrufen?«
Aber er schüttelte wieder nur den Kopf.
»Mensch, Heine, Ihre Zeugen sind keine Zeugen, also sagen Sie uns, wo Sie an Silvester waren«, forderte sie ihn energisch auf.
»Auf der Party, das habe ich Ihnen gesagt und das stimmt auch«, beharrte er auf seiner Aussage.
»So viele Gäste und keiner will Sie gesehen haben«, provozierte Rose ihn.
»Klar haben die mich gesehen, das kann doch gar nicht sein«, schrie er plötzlich. »Mit Marc hab' ich draußen noch im Garten bei dem Feuerkorb rumgeblödelt!«
»Wann war das?«, fragte sie ihn.
»Na, das war kurz vor Mitternacht, später haben wir draußen mit Sekt angestoßen. Allerdings ging es ihm eine Viertelstunde später echt schlecht und er hat sich übergeben. Kein Wunder, bei dem, was er schon alles intus hatte«, bemerkte Erik.
»Tja, das stimmt wohl, denn er kann sich nicht mehr daran erinnern, dass Sie gegen Mitternacht draußen waren«, entgegnete Rose und er sah sie erschrocken mit großen Augen an.
»Wer war denn noch dabei? Überlegen Sie. Sie waren doch sicher nicht allein da am Feuerkorb, oder?«
Rose sah nun vor sich einen angestrengt nachdenkenden Heine.

»Tanja!«, rief er plötzlich aus.

»Klar, Tanja war noch da und sie hatte ihre Cousine dabei, die kannte ich aber nicht bzw. ihren Namen kenne ich nicht. Sie standen etwas abseits, aber die zwei haben über uns gelacht, als wir da so rumgeblödelt haben.« Er war offensichtlich erleichtert, dass ihm doch noch jemand eingefallen war.

»Sie sagten was von Sekt um Mitternacht. Hat den jemand von Ihrer Gruppe nach draußen geholt oder ging jemand damit herum?«, fragte Rose weiter.

»Ach«, Erik Heine klatschte sich mit der Hand an den Kopf, »ja klar, den hat uns Jonas gebracht, das ist der Bruder von Kevin, dem Gastgeber der Party. Er hatte uns draußen gesehen und ist dann mit dem Tablett zu uns rausgekommen. Gerade noch rechtzeitig, denn Sekunden später lief der Countdown und es war Mitternacht.«

Mensch, was hast du nur für ein Gedächtnis, dachte Rose bei sich. Oder hatte er vorher die Frage nach dem Alibi nicht so ernst genommen? Aber gut, sie mussten die Richtigkeit seiner Aussage ohnehin erst überprüfen.

»Geben Sie meinem Kollegen bitte Name und Anschrift von Tanja und diesem Jonas. Bis wir das überprüft haben, bleiben Sie hier«, sagte Heide und verließ den Verhörraum.

Sie nahm gerade den letzten Schluck Tee, als Grahne mit den nötigen Informationen dazukam.

»Okay, gegen 22 Uhr hat dieser Marc ihn auf dem Sofa gesehen. Wenn seine Zeugen bestätigen können, dass er um Mitternacht da draußen am Feuerkorb war, ist er raus«, erklärte Heide.

»Bringen wir ihn jetzt wieder nach Hause?« wollte ihr Kollege wissen.

»Nein, erst wenn dieser Jonas und diese Tanja seine Aussage bestätigen, kann er wieder gehen«, erklärte sie Grahne.

»Am besten fahren wir dort gleich mal vorbei und hören uns an, was sie zu sagen haben.« Heide stellte ihren leeren Becher auf den Schreibtisch und nahm ihre Jacke.

Wenig später saßen die Kommissare im Auto auf dem Weg zu dem ersten Zeugen auf dem Zettel.

»Polizei?!« Jonas war überrascht, als Rose und Grahne vor seiner Tür standen und ihre Ausweise zeigten.

»Ja, wir haben ein paar Fragen zu Ihrer Silvesterparty bezüglich Erik Heine. Dürfen wir kurz reinkommen?«

»Ja klar, kommen Sie.« Jonas führte die Ermittler in die Küche, wo er gerade am Kochen war.

»Wenn es Sie nicht stört, ich mache mir gerade mein Abendessen«, erklärte er.

»Aber nein, es dauert auch nicht lange, wir haben nur ein paar Fragen. Und zwar, ob Sie Erik Heine am Silvesterabend zwischen 22 und 24 Uhr gesehen haben?«, legte Rose auch gleich los.

»Also gegen 22 Uhr, das war nach dem Essen«, überlegte er laut. »Ja, da saßen wir auf dem Sofa und haben gefachsimpelt, über Fernseher, und später auch noch über Autos. Um Mitternacht alberte Erik draußen mit Marc rum, die waren betrunken, jedenfalls hatte Marc ganz ordentlich einen sitzen.

Tanja stand etwas abseits, gesellte sich dann aber später mit ihrer Cousine zu den beiden und kringelte sich vor Lachen. Ich hatte den vieren Sekt nach draußen gebracht, als ich sah, dass sie dort noch eisern in der Kälte ausharrten«, berichtete Jonas und musste beim Gedanken daran grinsen.

»Tanja hat von den beiden auch Fotos mit ihrem Handy gemacht«, fiel ihm noch ein und Grahne notierte sich das.

»Alles klar, dass war es dann auch schon.« Die Kommissarin wandte sich zum Gehen.

»Erik ist doch nichts passiert, oder?«, fragte Jonas die Ermittler.

»Nein, das nicht, wir ermitteln in einem Mordfall, wo er verdächtigt wird, da er mit dem Opfer mal aneinandergeraten ist«, erklärte Heide Rose.

»Erik?! Also der ermordet doch niemanden. Er ist zwar manchmal etwas aufbrausend, aber er könnte keinem was antun«, war sich Jonas sicher.

»Vielen Dank«, meinte die Kommissarin lächelnd und sie ließen Jonas mit seinem Essen wieder alleine.

»Nun hat er seinen ersten Zeugen«, sagte sie, als sie sich ins Auto setzte.

»Fahren wir noch zu dieser Tanja?«, fragte Grahne.

»Ja, auf jeden Fall, ich möchte hören, was sie zu sagen hat und ob sie das Ganze bezeugen kann. Fotos soll sie ja auch gemacht haben, also schauen wir mal bei der jungen Frau vorbei.« Heide Rose startete den Wagen und sie fuhren zu der Zeugin.

Glück muss man haben, dachte die Kommissarin, als die junge Frau die Tür öffnete. Diesmal ließ sie Grahne mal machen.

»Guten Abend, wir sind von der Kripo Oldenburg und haben ein paar Fragen zum Silvesterabend bei Kevin Kühl. Dürfen wir vielleicht kurz reinkommen?«, fragte er höflich und Tanja führte die Ermittler in ihr Wohnzimmer.

»Es ist doch nichts passiert an dem Abend, oder?«, fragte sie erstaunt, nachdem sich alle auf die Sofalandschaft verstreut gesetzt hatten.

»Auf der Party nicht, nein. Wir möchten gerne wissen, ob Sie Erik Heine an dem Abend zwischen etwa 22 und 24 Uhr gesehen haben«, fuhr Grahne fort und wartete erst mal ab.

»Erik? Ja klar, wir waren beim Jahreswechsel draußen mit ihm und Marc Meier. Die haben lauter Blödsinn gemacht, die Blues Brothers und so was nachgeahmt. Wobei Marc eher nur Erik nachmachte, er hatte schon echt einen sitzen, wie man so sagt. Ich habe auch noch Fotos davon, wenn Sie sie sehen wollen?«

Als Grahne zustimmend nickte, holte sie ihr Handy.

Er schaute sich die Bilder kurz an und reichte das Handy dann zu Rose hinüber, die sie ebenfalls überflog, bevor sie der jungen Frau ihr Handy zurückgab.

»Was war noch die andere Uhrzeit?«, fragte sie dann Grahne und er nannte sie ihr.

»Ja, da fingen wir im Wohnzimmer an zu tanzen und haben die Jungs, die auf dem Sofa fläzten, aufgefordert. Aber die waren so mit Quatschen beschäftigt, dass sie nicht zu bewegen waren. Erik

war einer von ihnen, und Jonas«, fiel ihr noch ein.
»Da habe ich aber kein Foto von«, lachte sie und Grahne ließ sich anstecken.
»Tja, das war es dann auch schon. Sie haben uns sehr geholfen, oder besser gesagt, Erik Heine«, meinte Grahne.
»Wieso?«, fragte sie daraufhin.
»Ach, alles gut«, erwiderte Grahne nur und die Kommissare verabschiedeten sich.

Sie fuhren zurück zur Polizeistation, um Erik Heine wieder freizulassen.
Der junge Mann war sichtlich erleichtert, als sie ihm mitteilten, dass die letzten zwei Zeugen seine Aussage bestätigten und er gehen könne.
»Hab' ich Ihnen doch gesagt, dass ich es nicht war«, meinte er noch, bevor er die Wache verließ. Grahne und Rose nickten nur und kehrten an ihre Schreibtische zurück.
Es war schon kurz vor Dienstschluss, die Kollegen kamen in den Raum zur Besprechung.
An der Tafel gab es augenscheinlich nichts Neues. Man fand sich aber davor zusammen und tauschte sich darüber aus, was bei den Befragungen herausgekommen war.
Die zwei Kollegen vom anderen Team gaben ihre Ergebnisse von den Befragungen an Rose und Grahne weiter, erzählten von ihren Erlebnissen.
»Da ist ein Unternehmer, der ist gar nicht gut zu sprechen auf den Herrn Bürgermeister. Er beschuldigte ihn, bei Vergabe der Bauplätze nach

Sympathie zu gehen. Um es mal nett zu sagen«, berichtete der Kollege Knaup.
»Wie meinen Sie das genau?«, fragte Rose ihn.
»Nun, genau genommen hatte er eine Sauwut auf ihn, da er sich bei einigen Projekten übergangen fühlte, und er beschuldigte Rösker auch, dass er käuflich gewesen sei«, führte der Kollege weiter aus.
»Okay, dann werden wir ihn genauer befragen zu den Vorfällen, die er konkret meint, und herauskriegen, wie weit seine Wut auf Rösker ging«, beschloss Rose.
»Dazu sollten wir ihn herbestellen, dann können wir ihn gemeinsam befragen. Vielleicht gleich für morgen«, schlug sie vor und Kollege Knaup nickte.
Plötzlich kam ein Beamter eilig mit einer Meldung dazu.
»Der Wagen des Bürgermeisters wurde am Wegesrand einer Seitenstraße gefunden. Die Spurensicherung hat ihn, nach ersten Analysen vor Ort, abgeschleppt und untersucht ihn nochmal gründlich«, endete er und reichte ein Blatt mit allen Informationen und Fotos über den Fundort und Zustand des Wagens in die Runde. Grahne nahm es entgegen und pinnte eine Zusammenfassung an die Tafel zu den anderen Informationen.
»Gibt es denn auf den ersten Blick Hinweise darauf, dass er irgendwo jemanden abgeholt und mitgenommen hatte?«, fragte Rose ihn.
»Also, ganz ehrlich, nein! Der Wagen ist picobello sauber, keine schmutzigen Fußabdrücke auf der Beifahrerseite oder so. Aber hundertprozentig ausschließen können die Kollegen das natürlich erst nach der Untersuchung.«

Man überlegte, inwieweit es überhaupt in Betracht kam, dass er seinen Mörder mitgenommen hatte, und kam schnell zu dem Entschluss, dass es eher unwahrscheinlich war. Schließlich wies die Nachricht, die Rösker kurz vorher bekommen hatte, auf ein Treffen hin.

Zudem ließ die Wunde am Hinterkopf darauf schließen, dass der Bürgermeister im Schuppen überwältigt worden war.

»Es stand ja nur eine Uhrzeit auf dem Zettel, kein Ort. Also ist naheliegend, dass Rösker den Schuppen schon öfter oder mindestens einmal als Treffpunkt mit einer Person vereinbart hatte und dachte, dass diese Person ihn dort wieder treffen wollte«, überlegte Rose.

»Ja, er nahm sicher an, es wäre seine Affäre, oder? Dann müssen wir herauskriegen, wer das gerade war. Außer, jemand hat davon gewusst und es für sich ausgenutzt«, schlussfolgerte Grahne.

»Wir müssen also herauskriegen, wer von seinem jetzigen Verhältnis wusste und/oder von den Treffen im Schuppen«, fuhr Rose fort und beobachtete die Kollegen, die verstohlen auf ihre Armbanduhren sahen.

»Ja, aber erst morgen, wir haben zunächst mal Feierabend«, sagte sie mit einem Lächeln und schaute in die erleichterten Gesichter um sich herum. Sie nickte Grahne zu und die beiden gingen zurück an ihre Schreibtische.

Rose sah noch flüchtig einige Unterlagen durch und suchte dann alles zusammen, um nach Hause zu fahren. Es war ein langer Tag und sie wollte morgen fit sein. Denn eine Spur gab es bestimmt, jeder hinterließ Spuren. Sie mussten sie nur finden.

Grahne war noch am Schreiben, als sie an seinen Tisch herantrat.

»Ich habe hier mal einige Personen notiert, von denen ich denke, sie könnten etwas von seiner Affäre gewusst haben«, wandte er sich an Rose.

Sie warf einen Blick auf die Liste, die aus vier Namen bestand.

»Ja, da könnten Sie recht haben, das ist auf jeden Fall ein guter Anfang. Die müssen wir genauer befragen. aber jetzt kommen Sie, wir haben auch Feierabend.«

***

Heide Rose musste ihren Kollegen Grahne wieder zu Hause abliefern und fuhr gerade auf der Oldenburger Straße dahin. Sie fragte sich, was sie heute Abend essen könnte, als ihr das Schild vom Landhaus Südheide ins Auge stach. Das Landhaus lag auf der linken Seite gleich hinter einer Tankstelle, und Rose verspürte den Wunsch, dort einzukehren.

Sie wollte nicht erst zu Hause kochen müssen, dazu war der Tag zu lang gewesen. Eine Scheibe Brot essen würde ihr auch nicht reichen, so eine hatte sie heute schon mehrfach gehabt.

»Grahne, was halten Sie davon, wenn wir dort einkehren und etwas Warmes essen? Oder möchten Sie lieber nach Hause, wartet jemand auf Sie?«, fragte sie kurzerhand ihren Beifahrer.

»Auf mich wartet niemand, ich bin solo«, antwortete er und lächelte. »Und ich halte das für eine sehr gute

Idee, in meinem Kühlschrank ist gähnende Leere und etwas Warmes wäre heute Abend echt klasse«, stimmte er ihr freudig zu.
Ein Blick auf ihre Tankanzeige ließ Heide jedoch zunächst an einer der Zapfsäulen der nahegelegenen Tankstelle halten.
Als sie wenig später die Räumlichkeiten des Lokals betraten, wurden sie freundlich begrüßt und man wies mit einer Handbewegung auf einige freie Plätze. Sekunden später reichte man ihnen eine Speisekarte und fragte die zwei, was sie trinken wollten. Sie bestellten jeder ein Wasser und schlugen die Karten auf.
»Da hatten wir ja wohl den gleichen Gedanken«, meinte Heide Rose zu Grahne.
»Wenn es der ist, kein Brot, sondern was Leckeres, Warmes zu essen, dann ja, auf jeden Fall«, lachte er.
Als die Getränke kamen, bestellten sie auch gleich ihr Essen. Die Gerichte waren vielfältig, das Passende schnell gefunden.
Der Kellner eilte mit der Bestellung von dannen und Rose fragte Grahne, wie ihm seine erste Zeit in der Mordkommission bis jetzt gefiel. Einfach nur ein bisschen Small Talk, bis das Essen kam, dachte Rose.
»Gut, es ist genau das, was ich wollte«, meinte Peter Grahne und erzählte, wie er über welche Wege zur Polizei gelangte. Ein abgeschlossenes Arztstudium, dann Facharzt für Psychiatrie und Psychotherapie, ehrenamtliche Tätigkeiten im Gefängnis während dieser Zeit und viele Erfahrungen mit Insassen, die schuldig und auch unschuldig waren. Peter Grahne gab Beispiele von einigen Fällen, doch dann stockte

er auf einmal. Heide wollte gerade nachfragen, aber der Kellner kam mit dem Essen und sie beschloss zu warten, ob Peter Grahne weitererzählen mochte.

Doch er wünschte ihr einen guten Appetit und widmete sich seinem Steak mit Pommes und viel Salat.

»Haben Sie gerne im Gefängnis gearbeitet?«, wollte Rose nach einiger Zeit von ihm wissen.

»Oh ja, es war unheimlich interessant und bereichernd«, sagte er und nahm einen Schluck von seinem Wasser.

»Da sind Menschen mit echten Problemen, wenn ich das so sagen darf. Ein Häftling machte sich ernsthafte Sorgen wegen seiner Kinder, ob sie ihn, wenn er rauskäme, wiedererkennen und noch Papa zu ihm sagen würden. Außerdem befürchtete er, dass sie in der Schule Nachteile durch ihn hatten, da er saß. Auch dass seine Frau nun mit den Kindern alles allein schaffen musste, bedrückte ihn sehr. Aber das sind nur einige Probleme von vielen, welche die Insassen haben«, endete er.

Natürlich wurde auch über die Arbeit und insbesondere den aktuellen Fall diskutiert und gefachsimpelt. Sie besprachen noch einmal die nächsten Schritte, natürlich sehr leise. Allerdings saßen sie ziemlich abseits und es war an diesem Abend unter der Woche nicht viel los in dem Restaurant.

Nach einiger Zeit sprach Grahne Heide Rose dann plötzlich darauf an, was es mit den Witzen über sie auf sich hatte. Seine Kollegin verschluckte sich fast am Salatdressing und er schaute leicht erschrocken.

Nach ein paar Sekunden, einem Räuspern und einem Schluck Wasser begann Rose zögerlich zu erzählen.

»Nun, wie Sie sicher schon festgestellt haben, bin ich nicht die Größte mit meinen 1,59m, aber ich bin Verteidigungssportlerin, ich mache Taekwondo. Was die Verdächtigen natürlich nicht wissen und deshalb meinen sie, hätten leichtes Spiel mit mir … Bis ich sie mit ein paar Handgriffen außer Gefecht gesetzt und in Handschellen gelegt habe.« Rose wiegte ihren Kopf hin und her. Grahne musste lachen.

»So hat es bei einigen Einsätzen schon komische Situationen gegeben, vor allem, als ich noch bei der Streife war und ein paar Flüchtige meinten, sie könnten mir entkommen oder mich gar umrennen. Meine Kollegen damals ließen mich dann gerne machen. Einmal habe ich sie sogar beim Wetten erwischt, wie lange ich brauche. Da haben sie dann Ärger mit unserem Chef, Herrn Hund, bekommen, keine Ahnung, wie der es rausbekommen hatte, aber die Kollegen konnten sich eine schöne Standpauke anhören. Es gab aber auch ähnliche Erlebnisse wie das mit der Witwe gestern«, endete sie und war selbst am Lachen.

»Dank meiner Reflexe bin ich halt immer gleich zur Stelle.«

»Ah, ich verstehe«, meinte Grahne, »wie mit meinen Schnürsenkeln. Gibt es von diesen Vorfällen zufällig Fotos?«

»Vorsicht, Kollege.« Rose hob mit ernster Stimme plötzlich ihren Zeigefinger, fing aber nach einem Moment wieder an zu lachen. »Zum Glück nicht.«

Etwas später zahlten sie ihre Rechnungen, danach gingen die Kollegen raus in den kalten Nieselregen und fuhren in den wohlverdienten Feierabend.

***

Heide war froh, als sie wenig später zu Hause ihre Schuhe ausziehen konnte. Es war ein langer, aber nicht uninteressanter Tag gewesen, dachte sie und schlüpfte in ihre Lammfellpuschen.
Wegen ihres niedrigen Blutdrucks hatte sie einfach immer gleich kalte Füße, und mit kalten Füßen konnte sie nicht schlafen.
Sie ging ins Wohnzimmer und warf einen Blick auf den Anrufbeantworter, es waren keine Nachrichten darauf. Sie sah aus dem Fenster und ließ den Tag Revue passieren.
Ihr neuer Kollege schien in Ordnung zu sein und sie war heilfroh, dass ihre Befürchtungen sich nicht bewahrheitet hatten. Er war freundlich, dachte mit und wusste, was er fragen musste. Auch erkannte er Situationen sofort und handelte, eine Eigenschaft, die ihr sehr gefiel und die sie zu einem Team werden ließ.
Sie brauchte nicht lange zu erklären und zu zeigen, es war bei Weitem nicht so schlimm, wie sie erwartet hatte. Ihr alter Kollege hatte es da mit ihr sicher schwerer gehabt, lachte Heide in sich hinein.
Sie wollte sich gerade auf dem Sofa niederlassen, als sie bemerkte, dass das gute Essen sie ein wenig drückte.
Ach, dachte sie, eigentlich kann ich mir einen Schluck Rotwein zum Abschluss gönnen. Sie holte sich ein

Glas aus dem Schrank, öffnete eine Flasche aus ihrem kleinen Weinregal und setzte sich kurze Zeit später auf ihr kuscheliges Sofa. Das tut gut, dachte sie und machte den Fernseher an, um noch etwas abzuschalten.

Plötzlich ging das Telefon. Rose überlegte einen Moment lang, ob sie überhaupt rangehen sollte, tat es aber dann.

»Hallo, Liebes, sag mal, wo warst du denn vorhin? Ich hab' mir schon Sorgen gemacht, dein Dienst im Büro muss doch längst zu Ende gewesen sein?«, trällerte die Stimme ihrer Mutter aus dem Hörer.

Das hat mir gerade noch gefehlt, dachte Heide und bereute augenblicklich, das Gespräch angenommen zu haben. Ihr fiel ein, dass sie das Telefon schon lange so einrichten wollte, dass es die Telefonnummern des Anrufers anzeigt. Warum hatte sie sich nur noch nicht die Zeit dafür genommen?

»Ja, ich war Essen heute Abend. Darf ja wohl mal ausgehen, oder?«, konterte sie.

»Allein oder hast du jemanden kennengelernt?«, nervte ihre Mutter natürlich weiter. Hätte Heide sich ja auch denken können. Sie klatschte sich mit der Hand gegen die Stirn.

Nein, mit einem netten jungen Mann, und ich werde ihn trotzdem nicht heiraten, hätte sie ihr am liebsten gesagt. Doch stattdessen antwortete sie nur: »Mit einer Freundin war ich essen. Mama, es war ein langer Tag, sei mir bitte nicht böse, aber ich will mich noch ein bisschen ausruhen. Oder ist etwas Wichtiges?«

»Nein, alles gut, wollte nur mal hören, wie es dir geht und was du so machst«, meinte ihre Mutter. »Dein Vater hat seinen Männerabend, da telefoniere ich halt gerne ein bisschen rum. Na dann hab noch einen schönen Abend«, verabschiedete sie sich von Heide und legte auf, bevor die ihrer Mutter das Gleiche wünschen konnte. Aber gut, nun hatte sie wenigstens wieder ihre Ruhe. Heide Rose holte sich die Anleitung von ihrem fast neuen Telefon, um es endlich richtig einzustellen.
Erst danach konnte sie ihr Glas Wein genießen und den Abend ruhig ausklingen lassen.

***

Peter Grahne hätte sich nach diesem langen Tag nur zu gerne auf dem Sofa niedergelassen, doch er musste noch ein Hemd für den morgigen Tag bügeln. Während er wartete, dass das Bügeleisen heiß wurde, hörte er seinen Anrufbeantworter ab. Es war nur eine Nachricht von einem seiner Freunde. Sie wollten am Wochenende Billard spielen gehen und ließen anfragen, ob Peter mitkommen wolle. Peter rief schnell zurück und sagte zu.
Dann machte er sich an seine Hemden, um es schnell hinter sich zu kriegen. Bügeln war nicht so sein Ding, aber es musste ja sein, dachte er, während er die Hemden plättete. Zur Unterhaltung hatte er eine CD aufgelegt und so rutschte das heiße Eisen fast wie von selbst über den Stoff und die Arbeit war schnell getan.

***

Endlich Feierabend, dachte Frau Segal. Dass einige Leute aber auch immer erst auf den letzten Drücker anriefen, um Informationen für ihre Trauung einzuholen. Sie packte ihre Sachen zusammen und verließ schon wenig später ihr Büro.
Das Rathaus war fast leer, nur der Hausmeister war noch da.
»Schönen Feierabend wünsche ich Ihnen, Herr Helmes«, rief Frau Segal ihm zu.
»Danke, das wünsche ich Ihnen auch«, erwiderte er und verriegelte die wuchtige Rathaustür hinter ihr, dann nahm er seinen großen Schlüsselbund, um die Büros zu kontrollieren und abzuschließen.
Draußen empfingen Frau Segal Dunkelheit und kalter Wind, sodass sie schnell ihren Wollschal etwas höher zog. Ihre große Handtasche trug sie über der Schulter und so ging sie schnellen Schrittes nach Hause. Sie hatte es nicht weit, nur ein paar Straßen wohnte sie vom Rathaus entfernt, was sie immer wieder als angenehm empfand.
Auf dem Heimweg dachte sie noch mal über den Tag nach, über den letzten Anruf, der ihren Feierabend verzögerte, aber auch das Gespräch mit den Kommissaren.
Die Frage nach den starken Schlaftabletten fand sie schon komisch, was hatten die denn mit dem Mord an Ulf Rösker zu tun, fragte sie sich.
Aber sie suchten offenbar jemanden, der Zugang zu verschreibungspflichtigen Schlaftabletten hatte. Ach,

da weiß ich doch jemanden, fiel ihr plötzlich wieder ein.

Sie war bereits vor ihrem Haus und nahm ihre Tasche von der Schulter, um den Hausschlüssel aus deren tiefen Gefilden zu fischen.

»Wo bist du denn?«, sagte sie bei sich. Sie blieb vor ihrem Gartentor stehen, um im schwachen Laternenlicht von der anderen Straßenseite danach zu suchen. Da, sie sah ihn in der Ecke ihrer Tasche blitzen und nahm ihn heraus. Dann öffnete sie die Gartenpforte mit der einen Hand, während sie die Tasche nun locker über dem anderen Arm baumeln ließ, den Schlüssel fest in der Hand.

Natürlich schloss sie das Tor wieder hinter sich, sie wollte ja nicht, dass Hunde in ihren Vorgarten kamen, um ihr Geschäft zu erledigen, was leider schon vorgekommen war. Dann drehte sie sich um und ging den kleinen Weg zu ihrem Haus entlang.

»Frau Segal?«, wurde sie plötzlich angesprochen. Sie erschrak leicht und drehte sich zu der Person, die in ihrem Vorgarten auf sie gewartet hatte. Doch bevor sie antworten konnte, spürte sie einen heftigen Schmerz an ihrem Kopf und es wurde stockfinster um sie herum.

4

Plötzlich klingelte das Telefon und riss Heide Rose aus dem Schlaf.
Ein Blick auf den Wecker sagte ihr, dass es kurz vor halb sechs Uhr morgens war.
»Ja«, sprach sie müde in den Hörer.
Was sie dann hörte, ließ sie in Sekunden wach werden.
Frau Segal war tot in ihrem Vorgarten aufgefunden worden.
Nachdem Heide das Gespräch beendet hatte, rief sie Grahne an, informierte ihn ebenfalls darüber und kündigte an, dass sie ihn in fünfzehn Minuten abholen würde.
Danach sprang sie aus dem Bett und machte sich in Windeseile fertig, trank ein Glas Wasser und aß noch eine Banane, als sie bereits auf dem Weg zu Grahne war. Ohne etwas im Magen würde ihr schlecht werden.
Grahne ging es wohl ebenso, er stieg kauend ein und hatte noch einen Rest Brot in der Hand.
»Guden Morjen«, grüßte er mit vollem Mund.
»Guten Morgen«, erwiderte sie grinsend und gab auch schon Gas. »Frau Segal wohnte in Wardenburg, nicht weit vom Rathaus entfernt.«

Als sie beim Haus des Opfers ankamen, war die Spurensicherung schon da.
Das Grundstück war weiträumig abgesperrt, starke Scheinwerfer fluteten den Vorgarten mit Licht und

Rose konnte erkennen, dass auch einige andere Kollegen verschlafen aussahen.

»Wer war der erste Polizist vor Ort?«, fragte sie den jungen Beamten an der Absperrung, den sie noch nicht kannte.

»Das war ich«, antwortete er und auf seinen fragenden Blick hin zeigte sie ihren Ausweis vor.

»Heide Rose, von der Kripo, das ist der Kollege Grahne. Wer hat die Tote gefunden?«

»Das war die Zeitungszustellerin, sie steht da drüben, ihre Aussage haben wir bereits aufgenommen«, informierte der junge Mann Rose.

»Sehr schön. Wenn sie die unterschrieben hat, senden Sie mir bitte eine Kopie an diese Mailadresse«, bat Rose und gab ihm ihre Karte, er nickte zur Bestätigung.

»Hat sie denn etwas Verdächtiges gesehen oder gehört?«, fragte Rose den Kollegen dann.

»Nein, es war alles wie immer, außer dass Frau Segal tot im Vorgarten lag«, meinte er.

»Gut, dann kann die Dame ihre Zeitungen weiter austragen, wenn Sie nichts mehr haben.«

Rose und Grahne duckten sich unter den Absperrbändern durch.

Der Vorgarten war hinter einer dichten Hecke von etwa anderthalb Metern Höhe gelegen, durch die ein kleines Gartentor hindurchführte.

Rose öffnete es und sie legten den schmalen Weg durch den Vorgarten zurück, der etwa drei bis vier Meter breit war. Auf der Hälfte des Weges blieben sie stehen und sahen zu Kroog, der neben der Toten im

Gras hockte und sich ihren Kopf besah. Er war bereits mitten in der Untersuchung.

»Da seid ihr ja, habt ihr ausgeschlafen?«, scherzte er, als er die Kommissare erblickte.

»Wohl kaum«, meinte Rose gähnend und Grahne brummte etwas Unverständliches vor sich hin.

Hinter der Hecke kam ein etwa zweieinhalb Meter breiter Rasenstreifen, der von einem Beet abgelöst wurde, das mit dickeren Feldsteinen eingefasst war. Rose fiel gleich auf, dass einer der Steine locker war. Ja, er war ganz offensichtlich bewegt worden, auch wenn man ihn wieder an seinen Platz gelegt hatte.

Kroog folgte Roses Blick, er hatte sie genau beobachtet.

Nun musterte sie ihrerseits die Tote, sie beugte sich über sie und schaute sich die Wunde am Kopf genau an. Sie versuchte es jedenfalls so gut es ging; alles war voller Blut.

Rose sah wieder zu dem Stein hinüber, der für sie aus der Reihe stach.

»Und? Was haben wir hier, Kroog?«, fragte sie ihren Kollegen von der Spusi.

»Ach, ich glaube, du hast es schon ganz gut erkannt«, meinte der und stellte ein kleines Schild mit einer Nummer an den Stein.

Plötzlich vernahm man lautes Magenknurren, Rose und Grahne sahen sich erstaunt an.

»Oh, sorry«, stammelte Kroog und holte einen Müsliriegel aus seiner Jackentasche unter dem weißen Overall hervor, nachdem er einen Handschuh ausgezogen hatte. »Bin so schnell los, als ich den Anruf bekam.« Da biss er auch schon in den Riegel.

»Kein Problem«, sagte Rose. »Dann sag' ich jetzt mal, was ich gesehen habe«, meinte sie und zwinkerte Grahne zu.

»Offensichtlich ist Frau Segal in ihrem Vorgarten von jemandem überwältigt oder besser gesagt überrascht worden. Mit dem Stein aus ihrem Beet hat man ihr den Schädel eingeschlagen. Das scheint mir als Tathergang recht offensichtlich zu sein. Haben Sie schon eine Ahnung, wann es in etwa passiert ist?«

Kroog beeilte sich daraufhin, schneller zu kauen und den Bissen rasch hinunterzuschlucken.

»Hm, ja, so etwa achtzehn bis neunzehn Uhr gestern Abend.«

»Dann ist sie heute Morgen erst gefunden worden?«

»Ja, das Gartentor war zu und hinter der dichten Hecke hat sie sicher keiner gesehen, sodass das der Zeitungszustellerin heute in der Früh vorbehalten war«, antwortete Kroog, bevor er wieder von seinem Müsliriegel abbiss.

Ein Kollege von der Spusi kam näher und fotografierte den Stein mit dem Schild aus verschiedenen Perspektiven.

»Ist sonst noch etwas Auffälliges an der Toten?«

»Du meinst, außer dass sie den Schädel eingeschlagen bekommen hat? Nein, eigentlich nicht, jedenfalls nicht zum jetzigen Zeitpunkt«, gab Kroog zurück.

Grahne sah eine Tasche neben der Toten liegen, der Reißverschluss war offen und einige Dinge wie Handy, Lippenstift und Brillenetui waren herausgerutscht.

Eine Zahl war davor aufgebaut und Grahne sah Kroog an und suchte dann den Kollegen mit der Kamera. Kroog bemerkte das und nickte ihm zu.

»Ja, ist schon erledigt, Sie können sie nehmen«, meinte er und Grahne holte seine Handschuhe aus der Manteltasche, um die herausgefallenen Gegenstände wieder in die Tasche zu schieben und sie aufzuheben.

Grahne sah sich den Inhalt näher an, holte dazu einige Teile heraus und ließ sie anschließend wieder zurückgleiten.

Dann drehte er sich um und blickte zur Haustür; sie war geschlossen und von außen steckte kein Schlüssel.

Rose beobachtet Grahne und ließ ihn die nächste Frage stellen.

»Sagen Sie, kann es sein, dass die Tote ihre Hausschlüssel in der anderen Hand hat? Auf der sie draufliegt?«

Kroog und Rose sahen sich an und Kroog nickte ihr anerkennend zu.

»Da hast du einen cleveren Kollegen bekommen, Heide«, sagte er und grinste Grahne an.

»Ich schätze, sie hat gerade die Schlüssel aus der Tasche gefingert, als man sie ansprach, sie sich umdrehte und – boing! – bekam sie auch schon den Stein an den Schädel. Sie scheint vor Schreck oder Schmerz die Fäuste geballt zu haben, schaut mal«, sagte Kroog und deutete auf die sichtbare Hand. Dann winkte er die zwei auf seine Seite und hob die Leiche seitlich leicht an, sodass die andere Faust unter ihr zu sehen war. Darin war der Schlüssel zu erkennen, der zwischen ihren Fingern herausragte.

»Hm, also einen Blick in ihr Haus werfen ist dann ja nicht, oder?«, bemerkte Rose enttäuscht. Denn bei Frau Segal hatte bereits die Leichenstarre eingesetzt, wie sie sah.

»Hm, es ist ja ziemlich kalt. Schauen wir mal«, meinte Karl Kroog.

Er ertastete mit seinen handschuhbekleideten Fingern die Faust der Toten und versuchte, die Schlüssel herauszubekommen, während Rose und Grahne – beide ebenfalls mit Einmalhandschuhen angetan – die Leiche leicht gekippt zu halten versuchten.

Karl Kroog hatte Glück, durch die Kälte war die Hand noch nicht gänzlich starr und er konnte den Schlüssel mit einigem Geschick aus der Faust hinausmanövrieren.

Er reichte ihn Grahne, der ihn mit einer Hand entgegennahm, während er mit der anderen immer noch die Leiche mit Rose stützte. Dann ließen sie sie langsam wieder zu Boden sinken.

»Danke, dann können wir uns ja gleich mal umschauen«, freute sich Heide Rose und folgte Grahne zur Haustür.

Sie entdeckten eine Kamera, die direkt auf die Tür gerichtet war, ganz wie Frau Segal es ihnen beschrieben hatte. Die andere hatte sie bei der Balkontür installieren lassen, wo der versuchte Einbruch stattgefunden hatte. Leider stand die Kamera bei der Haustür in einem solchen Winkel, dass sie nichts von dem Überfall auf Frau Segal aufgezeichnet haben konnte. Es sei denn, der Mörder war zuvor an der Haustür vorbeigegangen, dachte Heide Rose und betrat das Haus nach Grahne.

Sie sahen sich drinnen kurz um, die Räume schienen unberührt, alles war ordentlich. Wie sie sich schon dachten, handelte es sich nicht um einen Raubüberfall, sondern einen gezielten Angriff auf Frau Segal.

Sie sahen noch die Post der Vortage auf der Kommode im Flur durch, die gleich neben dem Anrufbeantworter lag. Es war nichts Besonderes dabei und auch der Anrufbeantworter enthielt keine Nachrichten. Frau Segal musste über Informationen zum Mord am Bürgermeister verfügt haben, da war sich Heide Rose sicher.

»Was wusste sie, dass dem Mörder von Ulf Rösker gefährlich werden konnte?«, überlegte Rose laut und Grahne sah sie an.

»Gute Frage, aber warum hat sie uns, wenn sie was wusste, nicht angerufen?«, konterte er.

»Genau, oder …« Rose dachte kurz nach. »Oder sie ahnte gar nicht, dass sie etwas wusste beziehungsweise ausgeplappert hatte. Der Mörder aber befürchtete, dass sie noch draufkommen würde, und tötete sie, bevor sie mit der Information zu uns kommen konnte.«

»Ja, das hört sich zwar etwas konfus, aber dennoch logisch an«, meinte Grahne lächelnd.

»Dann muss der Mörder eine Person aus ihrem Umfeld sein, und sie hatte ihn nach unserem Besuch noch gesehen oder gesprochen, bevor sie den Heimweg antrat«, meinte Rose.

»Also gilt es herauszukriegen, mit wem Frau Segal nach uns noch gesprochen hat. Was Telefonate einschließt«, schlussfolgerte Grahne.

Nachdem er die Tür wieder verschlossen hatte, steckte er die Schlüssel in Frau Segals Handtasche, welche er dann in eine Tüte gab.

Im Vorgarten schloss man gerade den Leichensack und machte die Tote fertig zum Abtransport.

Grahne reichte Freddy, der gerade dazukam, die Tasche zur weiteren Spurensicherung.

»Freddy, Frau Segal hat an ihrem Haus zwei Kameras. Überprüft ihr bitte, ob da jemand zur Tatzeit drauf zu sehen ist, und sei es nur ein Schatten? Ich habe keine große Hoffnung, aber du weißt ja, auch der beste Mörder macht mal Fehler«, wandte Rose sich an den Beamten von der Spusi. »Ach und das Handy – ich brauche die letzten Verbindungen.«

»Alles klar, ist so gut wie erledigt«, erwiderte Freddy eifrig.

Sie nickten Kroog noch mal zu, der gerade einräumte, während er weiter an seinem Müsliriegel kaute, und gingen zum Wagen.

Auch am 3. Januar blieb ihnen der kalte Nieselregen erhalten. Rose lenkte ihren RAV auf den Weg zum Wardenburger Polizeirevier über die Oldenburger Straße.

Als die beiden Kommissare dort ankamen, versammelte man sich vorerst wieder zu einer Besprechung an der Beweistafel.

Rose informierte die Kollegen über den weiteren Mordfall und ihre Vermutung, dass ein Zusammenhang mit dem Fall Rösker bestand.

»Ich denke, Frau Segal wurde ermordet, weil sie etwas wusste oder herausgefunden hatte. Wir müssen herausbekommen, was, dann haben wir den Täter«, schloss Rose.

»Knaup, könnt ihr Frau Segals Büro im Rathaus gleich mal genauer unter die Lupe nehmen?«, wandte sie sich an das andere Ermittlerteam. Die Kollegen nickten.

Die Spurensicherung hatte einige weitere Untersuchungen im Fall Ulf Rösker abgeschlossen und man ging die Ergebnisse gemeinsam durch. An den Fesseln und Tüchern waren keinerlei Spuren des Täters zu finden. Auch in dem Wagen des Opfers wurde nichts gefunden, was Rose sich aber schon gedacht hatte. Wenn auch ein wenig Hoffnung bestanden hatte, dass wenigstens an den Fesseln ein Hinweis auf den Mörder gefunden würde.

Auch der Umschlag, den das Opfer am Silvesterabend erhalten hatte, brachte keine neuen Erkenntnisse. Offensichtlich hatte der Überbringer, höchstwahrscheinlich identisch mit dem Täter, auch da schon Handschuhe getragen.

Heide Rose fragte sich, ob Frau Segals Mörder auch so vorsichtig gewesen war oder ob Kollege Kroog etwas auf dem Stein finden würde. Doch diese Ergebnisse würden noch etwas auf sich warten lassen, sie musste Geduld haben.

Man ging noch mal alle Informationen, alt wie neu, durch, dann bekam jeder seinen nächsten Schritt zugeteilt.

Schließlich machten sich die zwei Ermittlerteams frisch ans Werk, in der Hoffnung, dass sie heute ein gutes Stück weiterkommen würden.

Das Taucherteam wollte gegen neun Uhr am See eintreffen, wie Rose von der Spusi erfahren hatte, da es vorher zu dunkel war. Heide Rose hoffte sehr, dass sie etwas finden würden, und auch, dass die Tatwaffe mehr über den Täter preisgeben würde, wie in den meisten Fällen, und das, obwohl sie im Wasser lag. Doch dazu müsste man sie erst mal haben.

Gegen Mittag sollten sich die dünnen Wolken laut Vorhersage verziehen und endlich die Sonne rauskommen, der Wetterfrosch versprach heute sogar ganze 5°C.

Rose dachte vor allem an die Taucher, die ihren Auftrag bei solchen Lichtverhältnissen sicher leichter durchführen konnten. Sie hatten zwar einen Unterwasser-Metalldetektor, aber Sonnenlicht konnte bestimmt nicht schaden.

Rose hatte vorab mit dem Zuständigen der Tauchergruppe gesprochen, um den Radius des potenziellen Fundortes der Tatwaffe möglichst einzugrenzen. Allerdings war das Gebiet immer noch ganz schön groß und es würde nicht leicht werden, das wusste auch Rose.

Hochwertige Neoprenanzüge schützten die Männer und Frauen vor der Kälte des Wassers und Thermoskannen mit heißem Tee und Kaffee standen an Land bereit, um sie von Zeit zu Zeit von innen zu wärmen.

Rose wandte sich Grahne zu und warf einen Blick auf die Unterlagen, die er nach der Besprechung weiter durchsah.

Er schien völlig darin versunken und erschrak leicht, als sie plötzlich neben ihm stand und ihn ansprach:
»Was schauen Sie sich denn da an?«

»Oh, äh … das ist die Akte von Emily Heine. Ich habe mir alles noch mal genau durchgelesen und …« Er sah sie an, als wüsste er nicht, ob er ihr das sagen könnte.

»Und? Na, raus mit der Sprache, Grahne, wir wollen doch den Fall lösen«, bestärkte sie ihn, woraufhin er sich umsah und dann sehr leise fortfuhr.

»Die Ermittlungen waren echt schlampig, wenn ich das mal so direkt sagen darf. Da wurde Beweismaterial einfach ignoriert bzw. ist man Spuren nicht nachgegangen«, sagte er nun offen. Rose sah ihn wie in Trance an.

»Also hatte Vater Heine recht. Ich habe so was schon befürchtet«, antwortete sie nachdenklich. »Haben Sie etwas Handfestes, dass man den Fall wiederaufrollen kann? Eine Verbindung zu Ulf Rösker zum Beispiel?«, fragte sie dann hoffnungsvoll.

»Nein, leider nicht«, musste er zugeben. »Das Tagebuch ist ja leider verschwunden. Wenn wir das hätten, wäre es kein Problem, oder?«

»Stimmt, dann wäre es kein Problem, wenn wir den Worten ihres Bruders glauben könnten, was den Inhalt betrifft. Wer war der verantwortliche Ermittler und wo ist er heute?«

»Geben Sie mir fünf Minuten«, sagte Grahne und verschwand mit der Akte in einem der vorderen Büros. Rose schaute ihm erstaunt hinterher.
Als er wiederkam, stand Rose gedankenversunken an der Tafel. Er stellte sich neben sie und räusperte sich, als sie sich nicht rührte.
»Grahne, entschuldigen Sie bitte, ich war gerade … Haben Sie was rausfinden können?«
»Ja, der Ermittler ist zwei Monate danach auf eigenen Wunsch nach Bayern versetzt worden. Genau wie Herr Heine sagte«, berichtete er.
»Nun gut, es war ein Kollege von dieser Wache und es war für ihn kein Fall, da er es als Selbstmord eingestuft hatte. Wir brauchen ihn dazu nicht zu befragen, wir haben die Akte und können parallel zu unserem Fall ermitteln. Sollte doch noch eine Frage aufkommen, können wir ihn immer noch in Bayern anrufen, oder wie sehen Sie das?«
Nachdem Grahne seine Zustimmung gegeben hatte, fuhr Rose fort. »Okay, dann können wir zurzeit nur eines tun. Alle Personen zu dem Fall Emily Heine von vor einem halben Jahr erneut befragen und schauen, wie die Leute reagieren und was sie sagen.«
Er nickte ihr abermals zu und sie ging zu ihrem Schreibtisch und nahm ihre Jacke.
»Kommen Sie, wir fahren noch mal zum Rathaus. Vielleicht weiß jemand, wer alles Frau Segal noch gesehen oder gesprochen hat. Wir müssen außerdem noch unsere Zeugenliste weiter abarbeiten.«

Heide fand die Befragungen im Rathaus nicht sehr aufschlussreich, dafür langwierig wie ein Puzzlespiel.

Jeden fragten sie, ob er Frau Segal gestern Nachmittag noch gesehen hatte. Man war geschockt, dass ein weiterer Kollege ermordet worden war. Ja, einige fragten sich sogar, ob jemand einen Groll gegen das Rathaus hatte und wer der Nächste war. Rose und Grahne mussten erst mal die Gemüter beruhigen, bevor sie Antworten auf ihre Fragen bekamen. Doch niemand hatte an Frau Segal oder sie betreffend etwas Auffälliges bemerkt.

Rose wollte sich dann mit Grahne im Büro des Bürgermeisters selbst mal einen Überblick verschaffen und den einen oder anderen Mitarbeiter, der ihnen über den Weg lief, spontan zu Frau Segal befragen. Was für ein Mensch war Herr Rösker gewesen, was verriet das Büro über ihn? Eigentlich erledigte sie so was normalerweise schon früher, aber sie hatten mit Erik Heine eine Spur gehabt, der sie zunächst nachgehen mussten.

Auch den Grund für den letzten Streit wollte Heide noch aus einer der Damen herauskitzeln. Sie würde sich schon sehr wundern, wenn sich keine dazu etwas entlocken ließe.

Im Vorraum saß Sofia Schmidt, die Sekretärin des Bürgermeisters, und sah Rose und Grahne fragend an, als sie eintraten.

»Guten Tag, Kommissarin Rose und mein Kollege Grahne. Sie waren die Sekretärin des Bürgermeister Rösker?«

»Ja, das ist richtig, ja.« Die Frau fing augenblicklich an zu schluchzen und fingerte schnell ein Taschentuch aus einer ihrer Schreibtischschubladen hervor.

»Oh Gott, entschuldigen Sie bitte, ich ...« Geräuschvoll schnaubte sie hinein und versuchte dann möglichst ruhig zu fragen: »Wie kann ich Ihnen helfen?«

»Nun, wir ermitteln in dem Mordfall und wollen uns das Büro des Bürgermeisters einmal in Ruhe ansehen«, erklärte Rose.

»Ja, also, da waren schon Beamte«, meinte die Sekretärin erstaunt und zeigte auf die Tür seines Büros, die versiegelt war.

Heide Rose fiel eine etwa hüfthohe Kommode links neben der Tür auf. Sie war mit unzähligen Blumensträußen vollgestellt, die um ein Bild von Ulf Rösker gruppiert waren. Der Rahmen war an einer Ecke mit einem schwarzen Band versehen. Auch stach ihr eine Beileidkarte mit vielen Unterschriften ins Auge, als sie zur Bürotür des Bürgermeisters gingen.

»Die Spurensicherung, ich weiß, aber wir sind die Ermittler und werden auch einen Blick reinwerfen«, stellte Heide Rose klar und sah zu der Sekretärin.

»Oh, ja, natürlich«, sagte Frau Schmidt und schnaubte abermals in ihr Taschentuch. Auf dem Schreibtisch vor der Sekretärin lag ein Bild von Frau Segal, sie wollte es wohl gerade ebenfalls mit einem schwarzen Band an der Ecke versehen. Das Band lag noch daneben.

»Sagen Sie, wie lange waren Sie für den Herrn Bürgermeister tätig?«, fragte Rose die Sekretärin.

»Also, das müssten jetzt ... ja, drei Jahre waren es«, fing die wieder an zu schluchzen.

Heide wartete einen Moment, bevor sie weiter fragte:
»Haben Sie zufällig gestern Nachmittag noch Frau Segal gesehen?«
»Nein«, kam es sofort, »leider nicht.« Die Sekretärin nahm sich ein weiteres Taschentuch, um darin ihr Gesicht zu verbergen.
Rose öffnete das Siegel und bedankte sich bei Frau Schmidt, bevor sie mit Grahne im Büro des Bürgermeisters verschwand. Heide holte tief Luft, sie mochte solche Gefühlsausbrüche nicht, sammelte sich eine Sekunde und sah sich dann in dem Raum um.
Das Büro war sehr ordentlich. Auf dem Schreibtisch ein schönes Porträtfoto von Röskers Frau, ein edles Schreibset aus schwarzem Leder und daneben ein Telefon. Auf der Fensterbank ein paar Orchideen und daneben eine schöngeformte Gießkanne aus Messing, die offenbar auch benutzt wurde, es war Wasser darin.
Alles ganz normal, nichts Auffälliges, kein Hinweis. Aber gut, was hatte sie erwartet? Wenn sie was finden wollte, musste sie schon suchen.
Rose sah sich die Ablage auf dem Schreibtisch näher an, ob die Dokumente darin einen Hinweis auf ein Mordmotiv enthielten. Doch es waren alles eher belanglose Sachen, die nicht im Entferntesten dergleichen hergaben.
In einer riesigen Schrankwand, die die komplette Wand einnahm, waren Bücher und Akten verstaut.
Grahne nahm ab und zu eines der Bücher heraus, blätterte es durch und stellte es wieder zurück. Auch

die Akten sah er sich alle einzeln an, überflog die Unterlagen darin, stieß jedoch auf nichts Besonderes. Hinter einer Tür war eine kleine Bar mit je einer Flasche Sekt, Rotwein und Whiskey versteckt, außerdem ein paar Salzstangen und Pralinen, aber ansonsten waren keine Geheimnisse zu finden. Auch die Schreibtischschubladen gaben nichts her, was Rose sehr bedauerlich fand, allerdings waren sie auch nicht verschlossen.

In einer Ecke des Schrankes lag ein Stapel Papier. Grahne sah ihn durch, ohne Erfolg.

Rose seufzte, sie war sich sicher, dass sie etwas übersahen, aber was?

Sie bückte sich und tastete unter der Schreibtischplatte entlang, schließlich legte sie sich darunter und schaute ihn sich ganz genau an. Aber nichts, kein geheimer Riegel oder Fach, absolut nichts. Dann öffnete sie abermals die Schreibtischschubladen und tastete die Fächer von innen ab, aber dort war genauso wenig zu finden wie hinter der kleinen Tür an einer Seite des Schreibtisches.

Grahne hatte sie beobachtet, sie schüttelte verneinend den Kopf und er zuckte nach kurzem Nachdenken mit den Schultern.

Er wiederum nahm noch einmal die Bar unter die Lupe, suchte eine weitere Tür oder etwas Ähnliches, aber auch seine Mühen waren umsonst.

»Muss ein Bürgermeister nicht einen Safe haben?«, meinte Grahne plötzlich.

»Genau!« Das war es, was Heide die ganze Zeit vermisst hatte, einen Tresor. Sie sah sich genauer um.

Auch Grahne ließ seine Augen durch das Büro schweifen und gleichzeitig fiel ihnen das Bild von Wardenburg aus der Vogelperspektive auf. Sie stürzten sich darauf und untersuchten es. Grahne löste an einer Seite einen Schalter aus und es machte „klack".

Treffer! Dahinter verbarg sich ein Tresor.

Grahne rief die Sekretärin herein.

Frau Schmidt schloss nach anfänglichem Protest den Safe auf und beobachtete, wie die Ermittler alles durchsahen.

Darin waren einige Papiere, bei denen es sich um wichtige Verträge und Unterlagen handelte, die den Ort Wardenburg betrafen.

Sie blätterten den Stapel gleich zweimal durch, doch leider umsonst.

Keinerlei private Unterlagen mit einem brauchbaren Hinweis waren dabei und auch keine abgelehnten Bauanträge oder ähnliche Dokumente, die jemanden auf Rache sinnen lassen könnten.

Anschließend räumten sie alles zurück in den Tresor und bedankten sich bei der Sekretärin, die ihn verschloss. Sie sah die Ermittler verständnislos an und ging dann wieder in ihr Vorzimmer. Heide Rose und Peter Grahne blieben noch einen Moment im Büro des Bürgermeisters und ließen den Raum auf sich wirken. Hatten sie irgendetwas vergessen? fragte Heide Rose sich. Doch sie hatten jeden Winkel genau abgesucht, und so verließen auch sie das Büro und versiegelten es von Neuem.

Plötzlich fiel Heide Rose etwas auf und sie wandte sich an die Sekretärin: »Sagen Sie mal, Frau Schmidt,

Sie stehen nicht auf der Gästeliste von der Silvesterparty. Waren Sie nicht dort?«
Die Sekretärin blickte die Kommissarin verwundert an. »Nein, ich hatte keine Lust auf die Feier. Bin lieber zu Hause geblieben und habe es mir gemütlich gemacht.«
»Waren Sie alleine oder gibt es jemanden, der das bezeugen kann?«, fragte Rose.
»Ich war allein, ich wohne allein«, antwortete Frau Schmidt. »Allerdings habe ich auch eine Zeit lang mit meiner Freundin telefoniert«, erzählte sie weiter.
»Wie heißt Ihre Freundin?«, fragte Grahne und holte wieder seinen Notizblock heraus.
»Aurelia Weißa, sie wohnt in Augsburg. Ihre Telefonnummer ist …« Die Sekretärin suchte nach dem Adressbüchlein in ihrer Handtasche und nannte ihm dann die Nummer. Peter notierte alles.
»Gut, das wäre es fürs Erste«, meinte er und Rose nickte zustimmend.

Nachdem sie die Tür von Frau Schmidts Büro hinter sich geschlossen hatten, machte Rose einige Schritte in Richtung des nächsten Büros, bevor sie sich zu Grahne umdrehte.
»Wir fragen hier noch ein bisschen herum, ich will wissen, worum es beim letzten Streit ging und ob jemand die Kollegin Segal gestern noch gesehen hat.«
Im benachbarten Büro saß eine sehr junge Frau hinter einem Schreibtisch und blickte überrascht auf, als Rose und Grahne eintraten. Sie erklärten ihr kurz, wer sie waren, und zeigten ihre Ausweise. Rose erkundigte sich dann nach einem Streit zwischen

Kolleginnen, der in letzter Zeit stattgefunden haben soll.

Die Dame erinnerte sich, es war um ein Formular gegangen, welches nicht korrekt benutzt worden war; der Bürgermeister hatte die Meinungsverschiedenheit sehr schnell klären können, den Zank geschlichtet, und alles war wieder gut. Grahne fragte trotzdem nach den Namen der Damen und notierte sie sich.

»Wie war denn der Herr Bürgermeister so?«

»Nett, er war eigentlich immer höflich und nett«, antwortete die junge Frau.

»Hat es nie einen Streit gegeben oder gab es jemanden, der den Bürgermeister nicht leiden konnte?«, übernahm Grahne nun die Befragung.

»So sehr, dass er ihn töten würde? Nein, ich wüsste nicht, wer. Ich kann mir beim besten Willen nicht vorstellen, dass ihm jemand nach dem Leben trachtete. Es hatte auch niemand einen Streit mit ihm, jedenfalls nicht, dass ich wüsste.«

»Haben Sie Frau Segal gestern Nachmittag noch gesehen?«

Die Dame überlegte einen Moment lang.

»Ja, im Materialraum, wir haben uns beide etwas Kopierpapier geholt. Das war kurz vor Feierabend«, erinnerte sie sich. »Ich sprach sie an, wünschte ihr dann einen schönen Feierabend, aber sie nickte nur kurz, war irgendwie ganz nachdenklich. Ich habe aber keine Ahnung, warum.«

Grahne schrieb wieder mit, aber er war dabei nicht minder aufmerksam. Rose fiel im Vorbeigehen auf, dass er seine Notizen mit Zeichen versah. Sie wollte ihn bei nächster Gelegenheit fragen, was es damit auf sich hatte.

Die Kommissare bedankten sich bei der jungen Frau und verließen das Büro; sie hatten, was sie wollten.

Im Rathaus hatten fast alle von dem Vorfall zwischen Ulf Rösker und Erik Heine gehört, aber sie brachten den Bürgermeister nicht mit dem Tod von Emily Heine in Verbindung, keiner von ihnen. Sie waren eher der Auffassung des Hausmeisters, dass der Bruder der Selbstmörderin fehlgeleitet war, einen Sündenbock für den Tod seiner Schwester suchte. Jeder, den sie befragten, war geschockt über die Todesfälle Rösker und Segal.

Ulf Rösker genoss bei den Kollegen offenbar höchstes Ansehen, ebenso wie Frau Segal. Alle sprachen nur in den höchsten Tönen von der Toten und waren völlig ratlos, was die Morde und insbesondere potenzielle Motive anging.

Die Gespräche waren ermüdend, fand Rose, sie und Grahne waren froh, als sie alle Personen durchhatten. Allerdings auch etwas enttäuscht, dass ihre ganze Mühe nichts gebracht hatte.

Zum Schluss kehrten sie noch einmal zu Frau Schmidt zurück; sie hofften, dass sie sich mittlerweile etwas beruhigt hatte und ihnen noch einige Fragen beantworten konnte.

Die Sekretärin hatte inzwischen das Bild von Frau Segal mit der schwarzen Schleife versehen und ebenfalls auf die Kommode gestellt. Allerdings auf die andere Seite, sodass man davor auch eine

Trauerkarte legen und ein paar Blumen danebenstellen konnte.

»Sagen Sie, haben Sie als Sekretärin nie Streitgespräche des Bürgermeisters gehört? Hier muss doch auch mal jemand nicht so zufrieden mit ihm gewesen und laut geworden sein?«, fragte Rose Frau Schmidt und wartete.

»Ja, also einen solchen Fall hatten wir hier mal, da ist ein junger Mann auf den Bürgermeister losgegangen«, erzählte die Sekretärin schließlich.

»Sie meinen Erik Heine, der dem Bürgermeister die Nase gebrochen hat?«

»Ach, davon haben Sie schon gehört?«, wunderte sich die Frau, doch Rose ging nicht darauf ein.

»Wo waren Sie, als das passierte?«, fragte die Kommissarin stattdessen.

»Äh, also, ich war hier, und als ich den Krach hörte, dieses laute Geschrei, da bin ich zur Treppe und habe von oben geschaut, was los war«, berichtete sie.

»Sie sind nicht runtergelaufen und haben geholfen?«, hakte Rose nach.

»Oh Gott, nein, ich verabscheue Gewalt. Ich war wie gelähmt, ich konnte da nicht runtergehen«, wehrte Frau Schmidt ab. »Erst als es Herrn Helmes und Herrn Müller gelungen war, die zwei zu trennen und den jungen Mann festzuhalten, konnte ich mich aus meiner Starre lösen und nach dem Bürgermeister schauen. Bin dann mit ihm in Richtung Frau Segal gegangen, sie war das Verbandszeug holen.«

Rose fragte noch nach dem letzten Streit, den es im Hause gegeben hatte.

»Den der Herr Bürgermeister geschlichtet hatte? Das war etwas Belangloses, wegen eines Formulars, das falsch verwendet wurde. Die Kolleginnen waren zunächst aufgebracht, aber dann kam er und hatte im Nu den Frieden wiederhergestellt. Er war einfach unglaublich, wissen Sie?«

Wieder kamen ihr die Tränen und Rose fragte sich, welches wasserfeste Make-up sie wohl verwendete, drehte sich zu Grahne und schaute ihn genervt an.

Sie musste zugeben, dass diese Frau Schmidt sie ein bisschen an ihre eigene Mutter erinnerte. Wegen ihrer grellen Stimme und dem Getue.

Die Sekretärin ließ das Taschentuch sinken und betonte abermals, wie korrekt der Herr Bürgermeister immer gewesen war und wie gerne sie für ihn gearbeitet hatte, er wäre ein äußerst umgänglicher, wenn auch strenger Chef gewesen.

»Natürlich gingen im Rathaus die Meinungen nicht immer gleicher Wege, aber deshalb war man nicht gleich verfeindet, geschweige denn hätte jemanden ermordet«, versicherte sie mit leicht hysterischer Stimme, die wieder mal von Tränen begleitet wurde.

»Vielen Dank, Frau Schmidt«, beendete Rose das Gespräch. Sie fand die Sekretärin in ihrem ganzen Gebaren leicht überdreht und Grahne pflichtete ihr bei, während sie die Treppe ins Erdgeschoß hinuntergingen.

Als die zwei Ermittler gerade das Gebäude verließen, um zurück ins Büro zu fahren, drehte Heide plötzlich auf dem Absatz um und stürmte zurück ins Rathaus.

»Ich will Frau Schmidt noch eine Frage stellen, so von Frau zu Frau«, rief sie Grahne zu und verschwand.

Peter Grahne blieb verdutzt stehen und überlegte, was er derweil machen sollte. Ihre Autoschlüssel hatte Rose auch nicht dagelassen, also folgte er ihr ganz gemächlich ins Rathaus. So hatte Rose genug Zeit für ihr Von-Frau-zu-Frau-Gespräch und er war in der Nähe, wenn sie ihn brauchte.

Heide Rose lief zügig die Treppe wieder hoch zum Büro der Sekretärin.
Ja, eine ganz direkte Frage zu dem Thema, das du ganz offensichtlich meidest, dachte Heide bei sich und war schon gespannt auf die Reaktion der Sekretärin.
Frau Schmidt schaute von ihren Akten auf, als die Kommissarin plötzlich wieder in ihrem Büro stand. Doch bevor sie etwas sagen konnte, stellte Rose ihr auch schon die Frage.
»Sagen Sie mal, Frau Schmidt, hatten Sie und der Herr Bürgermeister ein Verhältnis?«
Das saß, Sofia Schmidt rang nach Luft. Einen Moment lang dachte Rose glatt, sie würde in Ohnmacht fallen.
»Das ist doch ... also ... Was fällt Ihnen ein? Das ist ja wohl die Höhe!« Sie versuchte Worte zu finden, die ihrer Empörung Ausdruck verliehen, und schnappte immer wieder nach Luft.
Kommissarin Rose aber hatte verstanden und nickte Grahne zu, der ihr gefolgt war und in der Tür des Büros stehenblieb.
»Nun ich dachte, weil einiges dafürspricht, dass er eine Affäre hatte«, erklärte Heide Rose. »Da Sie eine schöne junge Frau sind und ja auch viel Zeit mit dem

Bürgermeister verbrachten, dachte ich, dass Sie es vielleicht waren.«

»Also wissen Sie …« Frau Schmidt hielt kurz inne, sie fühlte sich geschmeichelt, keine Frage. Dann schüttelte den Kopf leicht und wurde ganz gesprächig.

»Ja, also, er hatte wohl ein Verhältnis mit einer Jüngeren«, flüsterte sie. »Aber doch nicht mit mir!«, stellte sie nun etwas lauter, energischer klar und schaute Grahne an, der jetzt einen Schritt näherkam und nach seinem Notizblock in der Manteltasche griff.

»Können Sie uns sagen, mit wem er diese Affäre hatte?«, meldete sich nun Grahne.

Die Sekretärin überlegte etwas lange, sodass Rose schon nachhaken wollte, doch dann begann sie zu reden.

»Also, irgendeine junge Dame aus Oldenburg, den Namen weiß ich nicht mehr.«

»Woher wissen Sie denn dann, dass sie aus Oldenburg ist?«

»Na, sie rief mal an und da der Herr Rösker gerade nicht im Büro war, bin ich ans Telefon. Sie meldete sich mit ihrem Namen und wiederholte ihn etwas unsicher und dann sagte sie aus Oldenburg. So, als ob ich sie kennen müsste, aber woher sollte ich. Mir fällt doch jetzt tatsächlich der Name nicht ein …« Frau Schmidt überlegte angestrengt.

»Wie sieht es mit seinen Ex-Freundinnen aus? Er hatte doch sicher mehrere. Können Sie uns die Namen nennen?«, fragte Rose.

»Na hören Sie mal«, empörte sich die Sekretärin wieder, »glauben Sie, ich habe mit Herrn Rösker über seine Affären geplaudert?«

»Nun, aber als seine Sekretärin haben Sie doch sicherlich mal hier und da was gehört, natürlich nur rein zufällig«, meinte Rose.

»Ja, aber wirklich nur durch Zufall am Telefon, wenn er nicht da war, oder wenn er ganz laut sprach und lachte, wenn er mit den Damen telefonierte. Aber Namen oder dergleichen habe ich nie gehört, außer von der jetzigen Dame.«

»Was sagen Sie denn zu Emily Heine? Hatte Ulf Rösker ein Verhältnis mit ihr?«, wollte Grahne wissen.

»Ach, das dumme Ding. Dachte, sie kann dem Herrn Rösker ein Kind andrehen, und als es nicht geklappt hat, bringt sie sich einfach um.« Frau Schmidt wurde allmählich gesprächig.

»Ihr Bruder, Erik Heine, war doch der junge Mann, der ins Rathaus gekommen war und den Bürgermeister zur Rede stellte. Da sagte er auch was von einem Tagebuch, also scheint er sich das mit dem Kind ja nicht ausgedacht zu haben, oder?«, stellte Grahne in den Raum.

»Ja, das hat er gesagt, aber warum zeigte er den Bürgermeister nicht an, wie angedroht, wenn er dachte er hätte damit was zu tun? Alles nur heiße Luft, wenn Sie mich fragen. Überhaupt, was für eine Frechheit, hier aufzutauchen und den Herrn Rösker anzugreifen und ihm solche Sachen an den Kopf zu schmeißen. Finden Sie nicht?!«, brüskierte sie sich.

»Na ja, aber so ein Heiliger, als der er hier dauernd dargestellt wird, war er ja nun nicht, wenn er immer mal wieder Affären hatte«, stellte die Kommissarin fest.
»Sonst hat niemand von seiner jetzigen Affäre gewusst, sind Sie sich sicher?«, hakte Grahne noch mal nach.
»Wenn ich es doch sage! Nicht weiter als bis zu mir sind die Informationen gedrungen, sonst hat niemand etwas davon erfahren. Diskretion ist das oberste Gebot einer Sekretärin.« Sie sah die zwei Ermittler herausfordernd an. »Natürlich weiß ich nicht, ob er es privat jemandem erzählt hat oder ob seine Frau davon wusste«, fügte sie noch hinzu.
Rose und Grahne tauschten einen Blick und nickten der Sekretärin zu.
»Nun gut«, entgegnete Rose. »Falls Ihnen doch noch ein Name einfällt, rufen Sie uns bitte an, Frau Schmidt.« Grahne überreichte ihr eine Karte, bevor die beiden gingen.

Im Auto schaute Rose ihren jungen Kollegen auffordernd an. »Na, was sagen Sie zu Frau Schmidt? Lügt sie uns was vor?«, Doch er ging nicht darauf ein, noch nicht.
»Woher haben Sie gewusst, dass sie was von der Affäre mitbekommen hatte? Oder ...« Er schaute sie an und überlegte kurz. »Sie haben gepokert!«, stellte er fest und lachte.
»Das war nun nicht so schwer, schließlich sitzt sie im Vorzimmer, und ich dachte, da muss sie was mitbekommen haben«, stimmte Rose in sein Lachen

ein. »Allerdings war ich mir nicht sicher, ob sie nicht auch was mit ihm hatte.«

»Also gegen Ende war sie ehrlich«, begann Grahne nun seine Durchleuchtung.

»Und davor, dieses hysterische Geheule? Was halten Sie davon, ist es echt oder hat sie uns was vorgespielt?«

»Hm, das kann ich nicht mit Sicherheit sagen. Einerseits spüre ich echte Trauer, aber andererseits ist da auch einiges gespielt. Ich weiß nur nicht, was.« Heide Rose teilte seine Ansicht.

»Na ja, sie hat unsere Telefonnummer, falls ihr noch was einfällt oder sie einen Namen preisgeben möchte … Wir geben ihr Zeit bis morgen Abend, dann bohren wir wegen der Dame aus Oldenburg mal nach«, entschied sie.

»Und bei der Freundin, mit der sie Silvester telefoniert haben will, rufen Sie bitte gleich vom Büro aus an und fragen sie, von wann bis wann das Gespräch stattfand.«

Sie hatten ganz schön viel Zeit im Rathaus verbracht, stellte Rose genervt fest und fand es sehr unbefriedigend, dass sie dort dennoch nicht weitergekommen waren. Sie tappten noch völlig im Dunkeln.

Wieder im Büro nahm sich Rose noch mal den Obduktionsbericht von Ulf Rösker vor, während Grahne den Anruf erledigte.

Sie las den Bericht aufmerksam durch, keine Betäubungsmittel waren im Blut gefunden worden, nur eine unerhebliche Menge Alkohol. Sicher ein bis zwei Bier, die er zum Essen hatte.

Die Tatwaffe war eine italienische Beretta 92 mit bis zu 15 Schuss, eine Selbstladepistole. Weder sie noch die erste Tatwaffe hatte man bisher gefunden. Dieser blöde Knüppel musste doch zu finden sein, dachte Rose gerade als Grahne das Telefongespräch beendet hatte.

»Und? Was sagt die Freundin von Sofia Schmidt? Jetzt machen Sie es nicht so spannend«, drängelte Rose ihren Kollegen.

»Ja, sie haben telefoniert an dem Abend. Wegen der Zeit musste sie erst mal überlegen. Sie meinte, es war von etwa 22 bis 24 Uhr«, berichtete er dann endlich.

»Gut, dann hat die Sekretärin auch ein Alibi. Grahne, uns fehlen noch beide Tatwaffen. Ich denke, wir müssen in einem größeren Umfeld nach dem Knüppel suchen, falls ihn ein Hund davongetragen oder einer damit Werfen gespielt hat. Kommen Sie, wir fahren noch mal zum Tatort.« Die zwei machten sich sofort auf den Weg zum Tillysee.

Heide war froh, dass am See diesmal keine Anwohner standen, und sie ohne irgendwelche Fragen beantworten zu müssen am See parken und zum Tatort laufen konnten.

Die Wagen des Taucherteams waren auch da.

Rose wollte kurz bei ihnen vorbeischauen. Vielleicht gab es ja etwas Neues von der Wasserfront.

»Moin«, grüßte sie ihre Kollegen. »Gibt es etwas Neues bei euch?«

»Ach herrje, wenn das nicht die Kollegin mit dem Bauchgefühl ist«, meinte einer der Taucher, der sich gerade mit einem Kaffee aufwärmte. Heide Rose erkannte ihn an seiner Stimme, er durfte schon mal für sie nach einer Tatwaffe tauchen, im Bornhorster See. Damals war sie sich auch so sicher gewesen, dass die Waffe darin zu finden war. Ihr Vorgesetzter hatte sie machen lassen, Harm wollte ja, dass sie lernte, die Führung in einer Mordermittlung zu übernehmen. Vier Tage lang ließen sie die Taucher suchen, und als Heide Rose am letzten Tag gerade beim See war, um nachzusehen, ob es etwas Neues gab, kam der Anruf vom Chef. Auf die Frage hin, warum sie das Taucherteam überhaupt den See absuchen ließ, sagte sie, es sei so ein Bauchgefühl. Das hörte dieser Taucher, als er in dem Moment aus dem Wasser stieg, um sich aufzuwärmen. Begeisterung sah anders aus, aber Rose hatte mehr mit ihrem brüllenden Chef am Telefon zu tun. Als sie dann in die fassungslosen Gesichter der Taucher blickte, zog sie es vor, zurück zum Auto zu gehen. Harm folgte ihr lachend, er ließ sie ihre eigenen Erfahrungen sammeln. Zu oft hatte sie ihn zuvor zu solchen Dingen zu überreden versucht. Das war wohl seine kleine Rache. Doch schon ein paar Tage später konnten sie gemeinsam darüber lachen.

Ihr klingelndes Handy holte sie zurück in die Gegenwart.
»Oh Scheiße, ich hab' gerade ein Déjà-vu«, stieß der ihr bekannte Taucher aus und sah sie entsetzt an. Heide Rose winkte ab und nahm den Anruf entgegen.

»Hallo, was gibt es?«, fragte sie, es war das andere Team. Knaup und Dromel waren die zwei Beamten, die ihnen zur Ermittlung zugestellt wurden, sie hatten die andere Liste der zu befragenden Zeugen.

Sie informierten Rose, bezüglich der Befragungen im Rathaus. Danach nannte Rose ihnen noch die Namen der Damen, die den Streit hatten wegen des Formulars. Sie wollte, dass die Kollegen die Damen dazu befragten und beendete dann das Gespräch.

»Sie dürfen weitersuchen«, meinte sie frech zu ihrem Kollegen von der tauchenden Spusi und zwinkerte ihm zu. Als sie gerade gehen wollten, kam ihr jedoch ein Gedanke.

»Sagt mal, euch ist nicht zufällig ein Knüppel im Wasser aufgefallen?«

»Sollen wir auch danach tauchen?«, meinte der Froschmann und zog eine Augenbraue hoch, während die Kollegen um ihn herum lachten.

»Wohl nicht, da er aus Holz ist, aber vielleicht ist euch ja auf der Wasseroberfläche einer aufgefallen. Jedenfalls wäre es schön, wenn ihr ihn ebenfalls als Tatwaffe eintütet, solltet ihr ihn finden. Wir suchen derweil da drüben danach. Vielen Dank«, sagte Rose und ging weiter in Richtung Hütte.

Grahne folgte ihr grinsend, sagte aber kein Wort.

»Was?«, fragte sie nach einigen Schritten und blieb stehen, als er nicht aufhören wollte zu grinsen.

»Nun, offensichtlich wiederholt sich hier gerade ein Szenario, inklusive des Anrufs. Hoffe, die Sorgfalt des Kollegen leidet nicht darunter, denn es scheint ja kein positives Erlebnis für ihn gewesen zu sein.«

»Denken Sie etwa, für mich?!«, rief Heide Rose und stampfte voran.
Doch Grahne blieb verdutzt stehen, was Rose merkte, aber ignorierte.
Sie holte tief Luft und ging weiter, bis Grahne ihr schließlich wieder folgte.
»Ich würde vorschlagen, dass wir in einem größeren Umfeld um die Hütte herum suchen. Wir müssen davon ausgehen, dass der Täter ihn mit Kraft geworfen hat, um ihn loszuwerden. Das ist die erste Option; die zweite ist wie gesagt, dass ein Hund die Tatwaffe verschleppt hat, dann können wir wahrscheinlich ewig suchen. Am besten gehen wir systematisch vor, schauen noch mal rund um die Hütte und erweitern den Kreis immer mehr. Vielleicht haben wir ja Glück und finden ihn«, legte Rose ihr Vorhaben dar.
Doch leider war auch nach eingehender Suche im unmittelbaren Umfeld des Schuppens nichts zu finden.
»Ich werde das Gefühl nicht los, dass wir am falschen Ort suchen«, sagte sie schließlich zu Grahne und machte ein paar Schritte von der Hütte weg.
Er folgte ihr, überlegte kurz und meinte: »Vielleicht hat er die Hütte kurz verlassen und den Knüppel hier einfach irgendwo hingepfeffert, nachdem er Rösker gefesselt hatte.«
»Hm, möglich wär's. Lassen Sie uns in einem größeren Umkreis suchen.« Sie durchkämmten das Gelände in Richtung See und kehrten dann in einem schlanken Bogen zur Hütte zurück. Heide Rose war klar, dass sie die berühmte Nadel im Heuhaufen

suchten, aber ein blindes Huhn fand schließlich auch mal ein Korn und so ein Knüppel war ja auch viel größer und dicker, dachte sie und grinste bei dem Gedanken.

Sie liefen die gesamte Umgebung der Hütte ab, aber es war nichts zu finden. Da waren ein paar dickere Äste, aber die kamen nicht in Frage, weil die Oberflächen uneben und nicht glatt waren.

Doch so schnell gab Heide Rose nicht auf, sie erweiterte den Radius immer mehr, bis sie an einen Graben stießen, der die Fläche um den See eingrenzte. Dahinter schlossen sich Wiesen an und auf der anderen Seite ein Wald. Sollte es tatsächlich möglich sein, dass die Tatwaffe in solcher Entfernung entsorgt wurde? Rose sah sich nach Grahne um. Sie wollte ihn gerade rufen, als sie mit dem Fuß gegen etwas Hartes stieß und erschrak. Vor ihr im Busch lag tatsächlich eine Art Knüppel, ein alter abgebrochener Besenstiel oder so. War das die Tatwaffe, die sie gesucht hatte? Sie hörte, wie ihr Kollege ihren Namen rief und sah auf.

Scheinbar hatte auch er einen Gegenstand gefunden, der als Tatwaffe infrage kam. Er zog gerade eine Tüte aus seiner Manteltasche, um den Gegenstand damit aufzunehmen und näher zu betrachten.

Glück musste man haben! Jetzt musste sich nur noch eines davon als die Tatwaffe herausstellen. Aber gut, ihr Gegenstand war eindeutig ein alter Stiel von einem Besen oder dergleichen. An einer Seite klebte sogar etwas, das wie getrocknetes Blut aussah.

»Einen Moment, ich komme sofort«, rief sie Grahne zu. Doch vorher notierte sie sich, in welcher

Entfernung und Richtung sie den Gegenstand gefunden hatte. Danach nahm sie die zuvor eilig eingesteckte große Plastiktüte aus ihrer Jackentasche, um den Stiel vorsichtig darin verschwinden zu lassen.

Dann machte sie sich auf den Weg zu Grahne und sah sich an, was er gefunden hatte. Auch er notierte bereits, wo genau sich sein Fund befand.

Es handelte sich tatsächlich auch um ein Stück von einem Stiel, allerdings von einem neueren, seiner Farbe nach zu urteilen. Sie zeigte ihm ihren Fund.

»Hoffentlich ist auch einer davon die Tatwaffe«, seufzte er, als sie zurück zum Wagen gingen, aber nicht, ohne noch mal bei den Tauchern vorbeizuschauen. Rose reckte einen der Stiele hoch.

»So einen runden Stiel meinte ich. Falls ihr einen findet, bitte eintüten und bei der Spurensicherung abliefern«, rief sie.

Die Taucher nickten ihr zu, sie waren eben im Begriff, wieder ins Wasser zu gehen.

Anschließend fuhren Rose und Grahne mit ihren Beweisstücken direkt zur Spurensicherung nach Oldenburg, um ihren Fund schnellstmöglich untersucht zu bekommen.

***

Freddy hatte Dienst und nahm die Gegenstände entgegen.

»Schau mal, dass hier könnte doch Blut sein, oder?«, fragte Heide Rose ihn gleich und er sah es sich aufmerksam an.

»Ja, da könntest du recht haben, aber ich teste es lieber mal eben.« Er ging in einen Nebenraum und kam kurze Zeit später mit einem Reagenzglas wieder. Er strich mit einem Wattestäbchen über das vermeintliche Blut, tauchte es in das Reagenzglas und beobachtete es.

»Ja, es ist menschliches Blut«, bestätigte er. »Na, dann werde ich das gute Stück mal genauer untersuchen.«

»Ja, auf Fingerabdrücke, DNA und alles. Ach, du weißt ja Bescheid«, meinte Rose.

»Grahne hat hier allerdings auch noch ein Exemplar gefunden, wenn du dir das auch noch anschauen könntest? Blut scheint nicht dran zu sein, aber hier hängen ein paar Haare an einem abstehenden Splitter.« Sie zeigte Freddy, was sie meinte, und er nahm auch den zweiten Stock samt Tüte entgegen.

»Vielleicht bergen die Taucher auch noch eine potenzielle Tatwaffe aus dem Tillysee, die möchte ich ebenfalls gerne untersucht haben.«

»Na klar, immer her damit«, meinte er lachend.

Sie verabschiedeten sich und Freddy versprach, sich gleich zu melden, wenn er Genaueres herausgefunden hatte.

Danach fuhren sie zurück in ihr Büro in Wardenburg und studierten die Unterlagen zu Ulf Rösker und Emily Heine ein weiteres Mal in der Hoffnung auf einen Hinweis, den sie übersehen hatten.

Nach einer halben Stunde tauschten sie ratlose Blicke.

»Auf jeden Fall muss der Mörder ziemlich wütend auf Rösker gewesen sein, sonst hätte er ihm nicht fast ein ganzes Magazin ins Gesicht gejagt, aber das hatten wir ja bereits festgestellt«, meinte Rose und starrte auf die Fotos, die dem Bericht beilagen. Der Hunger, den sie eben noch verspürt hatte, war mit einem Mal verschwunden beim Anblick der Bilder von dem zerfetzten Gesicht. »Es wirkt tatsächlich fast so, als wollte ihm jemand sein Gesicht nehmen«, überlegte sie laut und zeigte auf die Bilder.

»Ja, das stimmt«, pflichtete Grahne ihr bei, »aber wieso, und vor allem, wer?«

»Ich denke, wenn wir das Wieso herausbekommen, dann klären wir leichter das Wer«, gab die Kommissarin zurück.

»Diese Emily Heine …«, begann Grahne laut zu überlegen.

»Ja, was ist mit ihr?«, fragte Rose ihn, als er nicht weitersprach.

»Wenn man sich vorstellt, dass sie Alkohol verabscheut hat und dann an einer Überdosis dieser Tabletten und Alkohol starb … Da muss doch jemand ganz schön abgebrüht gewesen sein, um ihr den ganzen Kram einzuflößen. Die muss sich doch heftig gewehrt haben.«

»Da haben Sie recht, Grahne. Da muss jemand ganz schön rabiat vorgegangen sein. Andererseits steht in dem Obduktionsbericht auch etwas von Hämatomen und dergleichen, was darauf schließen lässt, dass es ihr gewaltsam verabreicht wurde. Allerdings befanden sich die Hämatome an Stellen, wo sie auch von einem Sturz herrühren könnten. Also wie hat der Täter Emily dazu bekommen, das alles zu schlucken?«, fragte Rose ihren Kollegen.

»Die Tabletten kann der Täter zerstoßen und in eine Flasche Wodka gerührt haben, aber den wird sie ja auch nicht freiwillig getrunken haben«, sinnierte Grahne.

»Ich habe das Gefühl, dass wir irgendwas übersehen. Ich werde am besten alles noch mal in Ruhe durchsehen, aber vorher mache ich mir einen Tee«, befand Rose und erhob sich. Dann ging sie zur Küchenzeile und setzte Wasser auf.

»Ich denke, es hat mit einer seiner Affären zu tun«, legte sie los, als sie wenig später mit einem Becher schwarzen Tee zum Schreibtisch zurückkehrte, besann sich dann aber: »Oh! Wollen Sie sich einen Kaffee holen, bevor wir die Akten noch mal durchgehen?«

»Nein danke, ich trinke keinen Kaffee«, stellte er endlich klar und sortierte die Unterlagen neu zur Durchsicht.

»Ach so, also wenn Sie auch einen schwarzen Tee wollen … das Wasser ist noch heiß und Sie können sich gerne an meinem Teevorrat bedienen«, bot Rose ihrem Kollegen an.

Das war das Beste, was er heute gehört hatte, dachte er.

»Danke, sehr gerne, dann hol' ich mir auch eine Tasse.«

Als er wieder zum Schreibtisch kam, machten sie sich von Neuem an die Arbeit. Eine ganze weitere Stunde brüteten die Ermittler über den Unterlagen und diskutierten Motive, Fakten und Vermutungen. Auch was den Fall Segal betraf, tappten sie immer noch im Dunkeln. Warum war die Frau getötet worden? Man

hatte bis jetzt keinerlei Hinweis gefunden. Schließlich meinte Rose:
»Lassen Sie uns noch mal zu Frau Rösker fahren. Ich will wissen, wie viel sie wirklich von den Affären ihres Mannes wusste. Aber vorher kehren wir bei der Bäckerei Jürgens ein, ich habe echt Hunger, wir hatten noch nichts zu Mittag.«
In der Bäckerei gab es eine gute Auswahl an belegten Brötchen und so fanden sie im Nu etwas Leckeres. Sie setzten sich an einen der Tische und aßen erst mal in Ruhe, bevor sie zu der Witwe fuhren.

***

Silke Rösker räumte den leeren Teller in die Spülmaschine, dann nahm sie sich einen Kaffee aus der Thermoskanne und ging damit ins Wohnzimmer.
Alles lief irgendwie automatisch ab, so wie jeden Tag, auch als Ulf noch lebte, denn er aß selten zu Hause zum Mittag. Sie versuchte immer noch zu begreifen, dass sie nun Witwe war. Eine Situation, mit der sie nie gerechnet hätte. Was würde sich nun für sie ändern?
Sie schrak zusammen, als es plötzlich an der Haustür klingelte.
Silke Rösker machte einigermaßen gefasst die Tür auf und bat die Kommissare sogleich herein.
Man setzte sich ins Wohnzimmer und Rose sprach sie noch einmal direkt auf die aktuelle Affäre ihres Mannes an.
»Ihr Mann hatte zuletzt wieder ein Verhältnis. Wussten Sie davon?«

Silke Rösker nickte stumm.

»Können Sie uns sagen, mit wem?«

Silke Rösker verneinte, stand auf und ging an einem großen, prachtvollen Weihnachtsbaum vorbei zur Terrassentür, die einen großzügigen Einblick in den sehr gepflegten Garten gewährte.

Als sie sich den Kommissaren wieder zuwandte, weinte sie. »Ich habe keine Ahnung und es ist mir auch egal«, sagte sie. »Er hat mir immer gesagt, dass er zu einer Frau fahre, die ihn glücklich mache, und andere blöde Bemerkungen in die Richtung gemacht«, schluchzte Frau Rösker.

»Wie haben Sie das ausgehalten?«, fragte Rose mitfühlend.

»Er wusste, dass ich mich niemals von ihm trennen würde, ich habe ihn trotz allem geliebt«, sagte die Witwe nun lauter und weinte.

Grahne nahm ein Taschentuch aus einer Packung, die auf dem Tisch lag. Dann ging er zu der Witwe, um es ihr zu reichen.

»Dankeschön«, sagte sie.

Grahne und Rose tauschten ein paar Blicke und Grahne setzte sich wieder aufs Sofa. Frau Rösker fing sich langsam, tupfte ihre Augen ab und schnaubte ins Taschentuch. Dann drehte sie sich plötzlich zu den Ermittlern um.

»Also, wer hat Ihnen davon erzählt?«, fragte sie nun etwas trotzig. Grahne schaute Rose ebenfalls an.

»Seine Sekretärin«, gab Rose preis und war gespannt auf ihre Reaktion.

»Pah, war ja klar, dass diese widerliche Person davon wusste«, rief sie aus und schaute wieder in den Garten.

»Sie mögen Frau Schmidt nicht?«

»Ach, die mit ihrer aufgesetzten Freundlichkeit!« Plötzlich drehte sich Silke Rösker abermals zu den Kommissaren und sah sie abwechselnd eindringlich und zugleich fragend an. Rose schaltete schnell.

»Oh nein, sonst scheint niemand davon gewusst zu haben«, antwortete die Kommissarin, woraufhin die Witwe erleichtert aufatmete. »Ihr Mann hatte scheinbar bei allen Befragten höchsten Respekt, sie waren sehr betrübt über seinen Tod. Keiner sonst hat eine Affäre oder ähnliches erwähnt«, fügte sie noch hinzu.

Die Witwe versuchte sich zu entspannen, ging zum Sofa und nahm Platz.

»Kennen Sie den Namen seiner letzten Bekanntschaft wirklich nicht?« Rose ließ nicht locker.

»Nein, ich kenne ihn wirklich nicht und ich wollte auch nie die Namen wissen, aber das habe ich Ihnen doch auch schon gesagt.«

»Kannten Sie Frau Segal?«, mischte sich nun Grahne ein.

»Frau Segal«, wiederholte sie und überlegte kurz, »aber ja, natürlich kenne ich Frau Segal von den Feiern, Silvester und Sommerfest. Sagten Sie gerade kannten?« Entsetzt riss sie die Augen auf.

»Frau Segal wurde heute Morgen leider tot in ihrem Garten aufgefunden«, erklärte Grahne und beobachtete die Witwe dabei genau.

»Oh mein Gott, aber wieso ...« Sie schaute von Grahne zu Rose.

»Wir vermuten, dass sie etwas über den Mörder wusste. Leider ist uns bisher nichts Genaues bekannt«, erklärte Rose. »Hatten Sie denn außerhalb der Feiern mit ihr Kontakt?«

»Nein, überhaupt nicht. Sie war eine sehr nette Person, wie ich immer wieder in Gesprächen mit ihr feststellen konnte, aber es hat sich nicht mehr ergeben.«

Einen kurzen Moment schwiegen alle drei, bis Heide Rose die Stille durchbrach.

»Frau Rösker, da ist noch etwas«, begann die Kommissarin, »etwas, das ich Ihnen leider nicht ersparen kann. Sie müssen Ihren Mann noch identifizieren. Wenn Sie wollen, fahren wir jetzt gleich hin.«

***

Silke Rösker war einverstanden, sie wollte es so schnell wie möglich hinter sich bringen und zog schnell Jacke und Schuhe an.

Allerdings empfand sie alles immer noch als unwirklich und hatte insgeheim die Hoffnung, dass der tote Mann in der Gerichtsmedizin nicht ihr Ulf war. Silke, dein Ulf ist tot, wiederholte sie immer wieder in Gedanken, um es endlich begreifen zu können. Doch die Person Ulf Rösker, ihr Ehemann, war in ihrer Erinnerung einfach zu lebendig.

***

Als Grahne und Rose voraus zum Wagen gingen, warf Rose ihm den Schlüssel vom ihrem RAV zu. Grahne fing ihn auf und schaute sie verwundert an.

»Ich setze mich mit Frau Rösker auf die Rückbank, ich möchte sie ein bisschen vorbereiten«, raunte sie ihm zu und ließ ihren Finger vor ihrem Gesicht kreisen. Peter Grahne verstand die Geste sofort, nickte kurz und stieg ein, während Rose den Kollegen Kroog anrief und Bescheid sagte, dass sie in etwa zehn Minuten zur Identifizierung von Ulf Rösker mit der Witwe erscheinen würden.

Wenig später saßen alle im Auto auf dem Weg zur Gerichtsmedizin in Oldenburg.

Nicht mehr lange und es würde schon wieder dunkel werden, dachte Rose beim Anblick der tief stehenden Sonne. Dabei kamen ihr die Taucher in den Sinn und sie hoffte sehr, dass die Suche heute noch erfolgreich sein würde. Allerdings wollte man Rose im Fall eines Fundes gleich anrufen und ihr Handy war bis jetzt still geblieben. Sonst konnte sie es nicht leiden, wenn ihr Handy klingelte, doch heute wünschte sie sich, es würde sich endlich melden.

Dann besann Heide Rose sich wieder auf ihr Vorhaben. Sie versuchte nun während der Fahrt, Silke Rösker auf den unangenehmen Anblick ihres toten Mannes vorzubereiten.

»Frau Rösker, es wird nicht leicht für Sie werden, ihn zu erkennen. Also, er ist ziemlich schlimm … Wissen Sie, man hat ihm ins Gesicht geschossen.«

Heide wusste nicht, was sie noch sagen konnte, wie weit sie gehen sollte in ihrer Beschreibung, und wartete auf eine Reaktion. Doch Silke Rösker saß still da und schaute wie geistesabwesend aus dem Auto; sie nickte nur kurz.

Die Kommissarin überlegte, wie sie die Aufmerksamkeit der Witwe behutsam auf sich lenken könnte, doch ihr fiel nichts ein. Außerdem hatte sie das Gefühl, dass die Frau noch einen Moment Ruhe brauchte und so ließ sie sie einfach.

Als aber das Ziel, die Gerichtsmedizin, nach einigen Minuten erreicht war, versuchte es Rose erneut.

»Es ist wirklich kein schöner Anblick. Er hat einige Schüsse ins Gesicht bekommen, verstehen Sie, Frau Rösker?«, sagte Rose nun eindringlicher.

»Ins Gesicht?«, wiederholte die Frau des Bürgermeisters und sah die Kommissarin an.

»Ja, es ist nicht schön anzusehen. Ich glaube, Sie können ihn eher an den Armen und Händen erkennen«, erklärte Heide Rose möglichst vorsichtig.

»Aber wieso hat man ihm denn ins Gesicht geschossen? Wer macht denn so was?«, fragte die Witwe entsetzt.

»Es muss jemand eine Riesenwut auf Ihren Mann gehabt haben, deshalb fragten wir ja auch, ob er Feinde hatte oder einen Streit. Das Gesicht Ihres Mannes wurde quasi zerschossen, bekommen Sie bitte keinen Schreck, er ist kaum mehr zu erkennen«, wurde Rose genauer.

»Okay.« Silke Rösker schien zu begreifen und schob ihre Handtasche vor ihren Bauch. Sie umklammerte sie nun mit beiden Händen, so als müsste sie sich an etwas festhalten.

Heide hatte ihr nun das Nötigste gesagt und hoffte, dass der Anblick sie nicht allzu sehr schockierte. Nun, man würde sehen, wie sie gleich reagierte, dachte sie. Sie machte sich auf alles gefasst.

***

Durch trostlose graue Flure, vorbei an unzähligen Türen, wurde die Witwe von Rose und Grahne zu der Leiche ihres Mannes geführt.
Als sie den Raum betraten, saß Kollege Kroog an seinem Schreibtisch in der Ecke. Beim Eintreten der Ermittler mit der Witwe im Schlepptau kam er eilig angelaufen.
Er war diesmal tatsächlich nicht am Kauen, stellte Rose fest, ohne jedoch ein Wort darüber zu verlieren.
Man grüßte kurz, ein leichtes Nicken und ein Hallo, dann sah Kroog die Kommissarin wartend an.
»Nun, ich habe versucht, Frau Rösker soweit möglich auf den Anblick vorzubereiten«, sagte sie vorsichtig.
Kroog nickte ihr zu und bat Silke Rösker an einen Tisch, auf dem offensichtlich der Tote, gänzlich von einem weißen Leichentuch bedeckt, lag.
»Also, Sie werden ihn nicht unbedingt an seinem Gesicht erkennen können, bitte achten Sie auch auf andere Merkmale, am Hals oder Kinn …«, wies Kollege Kroog die Witwe sachte an.
Silke Rösker schaute erst ihn und dann die Kommissarin neben sich an und nickte.
Grahne postierte sich einen Schritt vom Tisch entfernt schräg hinter Frau Rösker. Nur für alle Fälle, dachte er.

»Sind Sie soweit?«, fragte Rose die Witwe und als die bejahte, zog Kollege Kroog nach einem kurzen Moment langsam das Leichentuch zurück, um so den Blick auf Kopf und Schultern des toten Ulf Rösker freizugeben.

***

Silke Rösker erstarrte. Sie wollte sich schon abwenden und sagen Nein, das ist niemals mein Mann Ulf, doch sie besann sich ihrer Aufgabe, weshalb man sie hergebracht hatte. Man wollte von ihr wissen, ob es sich bei dem entstellten Toten um Ulf handelte, dazu war sie da. Zu seiner Identifizierung. Also bemühte sie sich um Konzentration, holte tief Luft, schluckte schwer und betrachtete die sichtbaren, heilen Stellen genauer.
Die Kommissarin hatte nicht untertrieben, dachte Silke Rösker bei seinem grauenhaften Anblick. Das Gesicht war völlig zerfetzt, nur Ulfs Kopfhaar und Kinn waren unversehrt. Aber ja, er war es, da gab es keinen Zweifel. Doch andererseits war er es auch nicht, er war nicht mehr da. Er sah so aus, doch sie konnte ihn nicht fühlen. Vorsichtig berührte sie sein Kinn, strich sanft darüber und spürte seine Barthaare an ihren Fingerkuppen. Einige graue waren schon dazwischen, sie hatte es an einem Morgen vor Tagen das erste Mal bemerkt.
Silke starrte ihn an, war sich nicht mehr bewusst, dass sie nicht allein dort stand.
»Frau Rösker?«, sprach Grahne sie mit seiner sanften Stimme an.

Sie entsann sich der anderen Personen im Raum, zog ihre Hand zurück, nickte kurz und wandte sich dann ab.

»Ja, das ist mein Mann«, sagte sie leise. Einige Tränen liefen ihr übers Gesicht, aber ansonsten war sie ziemlich gefasst, keine Gefühlsausbrüche, keine Panikattacken oder gar Ohnmacht.

Sie war erstaunt über sich selbst, denn nun gab es keine Zweifel mehr, dass dort Ulf lag, oder was von ihm übriggeblieben war.

Vielleicht hatte ihr Mann mit seinen Gemeinheiten ihre Liebe auch schon Stück für Stück getötet, überlegte Silke Rösker und bei dem Gedanken kamen mehr Tränen, ganz leise. Sie nahm ein Taschentuch und wischte sie weg.

Nun sah sie die Beamten wieder bewusst an und man bat sie an den Schreibtisch in der Ecke, auf dem Kollege Kroog ein paar Papiere bereitlegte.

Sie folgte ihm und unterschrieb wie in Trance die Bestätigung, dass es sich bei dem Toten um ihren Mann handelte.

Sie vernahm die Worte nach Freigabe und Beerdigungsinstitut, und sah die Kommissare wie durch eine Käseglocke an. Was sie sagten, schien an dem Glas abzuprallen und zu verklingen.

»Wir rufen Sie dann noch mal an«, wiederholte Heide Rose nun lauter. »Frau Rösker, wie geht es Ihnen?«

»Äh, ja, alles in Ordnung. Sie hatten recht, er sieht wirklich schlimm aus«, stammelte die Witwe.

»Kommen Sie, wir fahren Sie nach Hause«, sagte Heide Rose mitfühlend und führte sie am Arm aus der Pathologie.

Wenig später hielten sie in der Auffahrt von Silke Röskers Haus und Heide Rose erkundigte sich, ob sie noch jemanden für sie anrufen sollte.

Aber die Witwe lehnte dankend ab, versicherte abermals, dass alles in Ordnung war, und verabschiedete sich von den Kommissaren.

Nachdem sie die Tür hinter sich geschlossen hatte, verschwand sie in der Küche. Legte die Tüte mit den Sachen von Ulf, die man ihr nach der Unterschrift noch ausgehändigt hatte, auf die Arbeitsplatte neben die Kaffeemaschine.

Ja, einen Kaffee brauchte sie jetzt, dachte sie und hantierte an der Kaffeemaschine rum, denn die Thermoskanne vom Morgen war leer. Filtertüte aus dem Schrank, Kaffeepulver hinein … Jeder Handgriff war wie ferngesteuert. Dann starrte sie aus dem Küchenfenster, das Gluckern der Maschine ließ sie gedanklich abschweifen.

Wenig später ging sie mit einer Tasse Kaffee ins Wohnzimmer und saß eine ganze Weile wie erstarrt auf dem Sofa, noch immer in Gedanken versunken.

Ulf war tot … Er kam definitiv nicht wieder, das hatte sie jetzt erst wirklich begriffen. Sie wollte weinen, aber sie konnte nicht, sie wollte schreien, aber sie konnte nicht. Selbst nach all dem, was er ihr angetan hatte, fehlte er ihr. Ja, es war die letzten Tage erschreckend ruhig gewesen in diesem Haus.

Für sie begann nun ein neues Leben, eines ohne Ulf, und es machte ihr irgendwie Angst. Andererseits war sie sowieso die meiste Zeit allein gewesen, selbst die gemeinsamen Ausflüge waren in den letzten Jahren

weniger geworden. Nun saß sie ganz allein hier in dem großen Haus, aber diesmal wirklich alleine, und das würde sie auch bleiben. Ulf würde am Abend nicht nach Hause kommen.
Kinder wollte er nie und auch kein Haustier, dabei hätte Silke immer gerne einen Hund gehabt. Nun könnte sie sich einen zulegen, er war ja nicht mehr da, um es ihr zu verbieten, dachte Silke. Ja, vielleicht sollte ich mir einen Hund aus dem Tierheim holen, dann habe ich jemanden, der mit mir Ausflüge macht, spazieren geht und mich und das Haus beschützt.
Sie nahm einen großen Schluck von ihrem Kaffee, lehnte sich im Sofa zurück und versuchte sich zu entspannen. Ruhe, sie brauchte Ruhe und wollte einfach an gar nichts mehr denken.

***

Nachdem Rose und Grahne die Witwe zu Hause abgesetzt hatten, fuhren sie zu Ella Meibach.
Sie wollten sie zu den Rösker´s befragen.
Wie viel wusste die beste Freundin der Witwe über das Ehepaar und Ulf Rösker´s Affären?
Ella Meibach war etwas erstaunt, als die Ermittler vor ihrer Tür standen, aber sie bat sie prompt herein.
»Es sind ganz normale Routinefragen«, beruhigte Rose ihr Gegenüber.
Nach dieser Erklärung entspannte sich Frau Meibach etwas und ging mit ihnen ins Wohnzimmer.
»Sind Sie eigentlich verheiratet?« wollte Rose wissen und Ella Meibach fing laut an zu lachen.

»Nein, ein Glück nicht«, sagte sie dann und fügte hinzu, als sie die Gesichter der Ermittler sah: »Ich brauche meine Freiheit. Wenn ich mir Silke, also Frau Rösker, ansehe, dann bin ich froh, solo zu sein.«
»Was können Sie uns über die Ehe der Rösker´s erzählen?«, fragte Rose und Frau Meibach´s Lachen fror augenblicklich ein.
»Ach, ich weiß nicht, wie ich sagen soll«, setzte sie an. »Also, Silke hat ihren Mann geliebt, bis zum Schluss, obwohl er immer so fies zu ihr war. Ich muss gestehen, dass ich sie einmal gefragt habe, warum sie noch bei ihm bleibt, nach alldem. Aber sie entschuldigte sein Verhalten und sagte, dass sie ihn liebe. Ich hätte so einen Mann schon längst verlassen«, sagte sie bestimmt.
»Wissen Sie, ob er sie auch geschlagen hat?«, mischte sich Grahne ein.
»Nein, das hat er nicht, und das ist auch sein Glück. Hätte Silke ihn dann nicht angezeigt, hätte ich es getan.«
»Haben Sie eine Ahnung, mit wem er in letzter Zeit ein Verhältnis hatte?«
Sie hatte es im Hause der Rösker´s bereits einmal verneint, aber diesmal war ihre Freundin nicht dabei und die Kommissarin hoffte, dass Frau Meibach so einiges mehr zu sagen hatte.
»Nein, ich habe wirklich keine Ahnung. Ich habe mich mit Silke auch nicht über Ulfs Affären unterhalten. Mit ihm selbst habe ich ohnehin kaum gesprochen, ich habe mich immer nur mit Silke getroffen. Ich konnte diesen Mann nicht ausstehen, dennoch habe ich ihn nicht ermordet.«, führte sie aus und Rose

nickte, während Grahne sich wie immer Notizen machte.

»Wissen Sie, ob einer der beiden oder eine Person aus ihrem Umfeld an Schlafstörungen litt und ein starkes Schlafmittel benötigte?«, bohrte Rose weiter.

Ella Meibach sah sie verdutzt an.

»Nein, ist mir nicht bekannt. Silke hätte mir von so was erzählt, auch wenn Ulf Probleme gehabt hätte, aber die beiden hatten keine Schlafstörungen.« Sie überlegte. »Also, beim Kaffeekränzchen zu ihrem Geburtstag vor zwei Wochen hat auch keiner der anwesenden Damen von so was erzählt«, berichtete sie weiter.

»Haben Sie vielen Dank, Frau Meibach, und wenn Ihnen noch etwas einfällt, sei es noch so belanglos, rufen Sie an.«

Danach verabschiedeten sich Rose und Grahne.

Gerade als sie auf dem Weg zum Auto waren, klingelte endlich Heides Handy.

»Rose«, meldete sie sich und hörte der Stimme am anderen Ende zu. »Oh, ja, wir sind gleich da.« Sie steckte schnell ihr Handy wieder ein und ging dann zügig zum Wagen.

»Das war Knaup, Dromel hat bei dem verärgerten Unternehmer angerufen. Er kommt in einer halben Stunde zur Befragung«, informierte sie Grahne, der ebenfalls zum Wagen eilte. Das zweite Team hatte einen Verdächtigen und sie waren gespannt, was bei dem Verhör rauskam.

»Wer wird denn die Befragung führen?«, fragte Grahne.

»Nun, das möchte ich gleich mit den Kollegen besprechen. Ich denke, ich werde ihn zusammen mit Knaup oder Dromel befragen. Wenn Sie sich bitte im Hintergrund halten, mit den anderen Kollegen. Es wäre mir lieb, wenn Sie die Befragung genau beobachten«, bat sie ihn lächelnd, während sie den Wagen startete.

»Natürlich«. Grahne war schon sehr neugierig auf den Mann, auf das Verhör, ob seine Äußerungen zum Bürgermeister Hand und Fuß hatten. Aber auch, ob er der Typ Mensch war, der sich zu Gewalt hinreißen ließ.

Gerade als Rose ihr Vorgehen mit den Kollegen Knaup und Dromel besprochen hatte, traf der Zeuge zur Befragung ein.
Bauunternehmer Schierrel erzählte bereitwillig von seinem Ärger bezüglich der Vergabe der Bauplätze und einiger Bauvorhaben der Gemeinde, die seiner Meinung nach immer an dem Bürgermeister bekannte Unternehmer gingen.
»Sie wissen schon, dass so was in Ratsversammlungen beschlossen wird?«, bemerkte Rose. Doch ihr Gegenüber war nicht zu besänftigen.
»Die stehen doch sowieso alle hinter dem Bürgermeister.« Er hielt kurz inne. »Standen, meine ich natürlich. Klüngelei, wenn Sie mich fragen. Da wird sich untereinander zugeschustert.«
»Haben Sie Ulf Rösker das auch persönlich vorgeworfen?«, fragte Rose direkt.
»Natürlich, ich war bei ihm im Rathaus und habe es ihm ins Gesicht gesagt, was ich davon halte. Aber er

hat nur gelacht und gemein, ich solle ihm das erst mal beweisen.« Wütend schnaubte Schierrel vor sich hin.

»Konnten Sie es ihm denn beweisen?«, kam Dromel ihr mit der Frage zuvor.

»Natürlich nicht, die halten doch alle zusammen hier.«

»Haben Sie dem Bürgermeister deshalb auch gedroht?«

»Wie bitte, ich habe ihm doch nicht gedroht«, schnappte Schierrel empört. »Ich habe lediglich gesagt, wenn ich ihm das eines Tages beweisen kann, dann würde ich ihn anzeigen.« Als er Roses Blick sah, ergänzte er: »Auch, dass ich ihn nicht noch mal wählen würde.« Als Rose seinem Blick weiterhin standhielt, gab er zu: »Na gut, ich habe ihm gesagt, dass ihn der Blitz beim Scheißen treffen soll!« Ein Grinsen ging durch den Raum.

»Sie hatten sicher einige Verluste, Sie waren ja richtig sauer deshalb«, meinte Dromel.

»Ja klar, deshalb bin ich ja zu ihm ins Rathaus und habe ihm meine Meinung gesagt. Die Sekretärin wollte mich erst nicht durchlassen, aber ich bin einfach an ihr vorbei und in sein Büro rein.«

»Gibt es noch mehr Unternehmer, die der Meinung sind, dass sie übergangen wurden oder dergleichen?«, wollte Rose wissen.

»Also, ich weiß von keinem, aber ich könnte es mir vorstellen.«

Rose und Dromel schauten sich an, keiner hatte mehr eine Frage, und so bedankten sie sich bei Herrn Schierrel fürs Kommen.

Grahne bestätigte Roses Eindruck. Der Herr hatte sich über den Bürgermeister geärgert, aber wohl kaum Hand an Ulf Rösker gelegt. Er war nicht der Typ, der zu Gewalt neigte.
Sie wollten trotzdem die Sekretärin das nächste Mal, wenn sie sie sahen, auf diesen Vorfall ansprechen.
Für heute war der Arbeitstag aber vorbei, und nach einer kurzen Nachbesprechung verabschiedeten sich alle in den Feierabend.

5

Am nächsten Morgen überraschte Sofia Schmidt die Ermittler mit einem Anruf. Der Sekretärin war doch noch etwas eingefallen. Rose und Grahne fuhren sofort ins Rathaus, um mit Frau Schmidt persönlich zu reden.
»Es waren ja so einige«, begann sie, als die Ermittler ihr gegenübersaßen, »aber die Letzte ist mir dann

doch namentlich im Gedächtnis geblieben. Sie heißt Ulrike Bornech, so ein junges, blondes Ding. Sie wohnt in Oldenburg, wie ich schon sagte, und ich habe sogar die Adresse, ich schreibe sie Ihnen mal auf. Es fiel mir erst heute Morgen ein, dass ich sie habe. Ulf Rösker hatte sie mir gegeben, weil ich in seinem Namen Blumen schicken sollte, ich meine, es war ihr Geburtstag oder so«, erklärte die Sekretärin etwas peinlich berührt, während sie die Adresse von ihrem PC-Monitor abschrieb. Neue Hoffnung keimte in Heide Rose auf.

»Wie ist es mit den Vorgängerinnen? Sie sagten ja, es gab so einige. Haben Sie da Adressen oder Telefonnummern?«

»Nein, keinesfalls, bei dieser hier war es das erste Mal, dass ich den Namen oder die Anschrift bekommen habe. Das ist bis dato nie passiert«, war sich die junge Frau sicher.

»Sagen Sie, gab es mal böse Anrufe oder dergleichen von den Vorgängerinnen, wenn sie abserviert wurden?« Grahne sah sie interessiert an.

»Nein, gewiss nicht. Jedenfalls nicht in meiner Anwesenheit. Die Damen hatten ja aber bestimmt alle die Handynummer von Herrn Rösker und sicher haben sie ihn darüber angerufen.«

»Ach, sagen Sie, hier ist vor Wochen ein Bauunternehmer in das Büro des Bürgermeisters gestürmt. Können Sie uns erzählen, was da weiter passiert ist?«, wechselte Rose nun das Thema.

»Ach, der Herr Schierrel?« Als die Ermittler nickten, fuhr Frau Schmidt fort. »Ja, der ist in Herrn Rösker´s Büro eingedrungen und hat ihn angeschrien. Ich bin in der Tür stehengeblieben und hab' überlegt, ob ich die Polizei rufen soll. Ulf Rösker wirkte ganz schön erschrocken, als der Mann so plötzlich vor ihm stand, er hat mir dann aber zugenickt und versucht, Schierrel zu beruhigen.«

»Hat der Bauunternehmer den Bürgermeister auch angegriffen, ist er handgreiflich geworden?«, fragte Grahne.

»Es sah einen Moment so aus, als ob er ihm an die Gurgel wollte, aber er ist Herrn Rösker nicht zu nahegekommen, er stand nur da und brüllte herum. Herr Rösker hat mich dann rausgeschickt und ich habe mich wieder an meinen Schreibtisch gesetzt. Hab' dann nur gehört, wie sie diskutiert haben. Als Herr Schierrel ging, drehte er sich in der Tür noch mal zum Bürgermeister um und sagte, dass er nicht vor einer Anzeige zurückschrecke, sollte er es irgendwann beweisen können. Dann ist er gegangen und hat meine Bürotür hinter sich zugeknallt«, endete die Sekretärin.

Mehr konnte sie nicht dazu sagen, aber fürs Erste reichte es den Kommissaren.

Sie gingen zum Auto und machten sich hoffnungsvoll auf den Weg Richtung Oldenburg, zur Adresse der letzten Geliebten von Ulf Rösker.

»Mal sehen, was die Dame zu sagen hat«, meinte Rose. »Es sieht mau aus bis jetzt. Die Witwe hatte genügend Gründe, ihren Mann zu töten, wenn man es so sagen kann, aber sie kann es nicht gewesen sein, sie war ja auf der Silvesterparty mit all den anderen Gästen, oder?«

»Ich denke nicht, dass sie es war«, antwortete ihr Kollege und vermerkte etwas in seinem Block.
»Vielleicht hat Silke Rösker auch einen heimlichen Verehrer, der sie aus den Klauen ihres grausamen Ehemannes befreien wollte?«, überlegte Rose weiter.
Grahne fand den Gedanken gar nicht so abwegig. Wer aber hatte das Vertrauen des Bürgermeisters, dass dieser sich mit ihm auf eine Notiz hin traf, und hasste ihn gleichzeitig so sehr, dass er ihn auf diese grausame Weise tötete?
All diese Fragen gingen Rose immerzu durch den Kopf. Und wie passte Frau Segal ins Bild?
Wenigstens schien die Sonne, freute sich Heide Rose beim Blick aus dem Autofenster und hoffte, dass heute endlich die Mordwaffe im See gefunden wurde. Sie wusste, die Kollegen gaben ihr Bestes, und sie hätten es verdient, dafür auch mit dem Fund belohnt zu werden, so wie auch sie.

***

Sobald sie auf die Cloppenburger Straße auffuhren, gerieten sie in einen Stau. Typisch für diese Strecke, dachte Heide Rose. Aber laut ihres Navigationsgeräts mussten sie in die Münnichstraße und so blieb ihnen nichts anderes übrig, als Geduld zu haben und darauf zu vertrauen, dass es nach der nächsten Ampel besser wurde. Einige Minuten später ging es endlich zügiger voran und Rose war erleichtert, als sie endlich das Sackgassenende der Münnichstraße erreichten.

Ganz hinten, wo noch vor 30 Jahren eine Wiese mit Pferden gewesen war, standen heute Wohnblocks. In einem davon wohnte die Frau, zu der sie wollten.

Sie hatten Glück und Ulrike Bornech war zu Hause. Erstaunt sah sie die zwei Ermittler vor ihrer Tür an, der Anblick ihrer Dienstausweise ließ sie kurz erstarren, aber dann bat sie die Kommissare herein.

»Ist es wegen Ulf? Es ist seinetwegen, oder?«, fragte die junge Frau ohne Umschweife, als sie den beiden ins Wohnzimmer vorausging. Sie war nun ganz aufgeregt und bot den Ermittlern mit einer Handbewegung an, sich zu setzen.

»Wenn Sie Ulf Rösker meinen, dann ja. Wann haben Sie ihn zum letzten Mal gesehen, Frau Bornech?«, fragte Rose und ließ sich neben Grahne aufs Sofa nieder.

»Was ist denn passiert? Ist was mit Ulf?« Sie blickte von Rose zu Grahne. »Setzen Sie sich doch bitte, Frau Bornech«, empfahl ihr die Kommissarin und Frau Bornech nahm wie hypnotisiert auf dem Sessel ihr gegenüber Platz.

»Sie hatten eine Beziehung mit Ulf Rösker?«, fragte Heide Rose sie nun ohne Umschweife.

Die junge Frau wurde ganz bleich.

»Hatten? Wollen Sie damit sagen, dass …?« Weiter konnte Frau Bornech nicht reden, sie schlug sich die Hand vor den Mund.

»Ja, Ulf Rösker wurde in der Silvesternacht ermordet.«

Die junge Frau saß wie erstarrt da und sah Heide Rose an. Dann hielt sie presste beide Hände vor den Mund, als wollte sie sich daran hindern zu schreien.

»Wo waren Sie in der Silvesternacht? So gegen Mitternacht?«, begann Rose mit ihren Routinefragen.
»Ich war arbeiten. Ich hatte in der Silvesternacht Dienst, ich bin Krankenschwester«, erzählte sie und wischte sich einige Tränen mit einem Taschentuch aus ihrer Hosentasche weg.
»Von wann bis wann war das genau?«, fragte Grahne und zog wieder mal sein Notizbuch.
Er notierte sich Frau Bornech´s Schichtzeiten und die Station. Sie arbeitete in den Städtischen Kliniken, was bedeutete, sie brauchte zu Fuß nur etwa fünf Minuten. Sie musste lediglich eine Straße weiter.
»Sie können dort jederzeit nachfragen, man wird es Ihnen bestätigen«, sagte sie und tupfte sich wieder die Augen. »Ich kann es gar nicht glauben, es ist so schrecklich. Wir haben uns wirklich geliebt, wissen Sie, er wollte mich heiraten.« Sie war ganz blass und lehnte sich im Sessel zurück. Es schien ihr sehr schlecht zu gehen.
Grahne stand auf und holte ein Glas Wasser aus der Küche, das er Frau Bornech reichte. Die eben noch etwas kühl wirkende Blondine nahm es dankend an.
»Sie wissen aber schon, dass er verheiratet war, oder?«, warf Rose ein.
»Ach, die … Das war doch keine Ehe mit der …« Sie trank einen Schluck Wasser und fuhr dann fort. »Er hat unsere Liebe noch geheim gehalten, aber bestimmt hat sie es irgendwie rausbekommen. Er war nicht glücklich mit seiner Frau, trotz allem war er so fürsorglich ihr gegenüber. Er wollte den richtigen Zeitpunkt abwarten und sich dann von ihr trennen, er war so ein Schatz«, erklärte sie und nun kamen ihr

erst recht die Tränen und sie brauchte einen Moment, um sich wieder zu fassen.

»Woher wussten Sie, dass wir wegen Ulf Rösker kommen?«, fragte Grahne nun neugierig und Ulrike Bornech holte tief Luft.

»Er wollte mich gestern Abend angerufen haben, und als er es nicht tat, hab' ich mir Gedanken gemacht. Ich dachte allerdings, dass er vielleicht mit seiner Frau Stress hätte. Heute Morgen kam mir das allerdings komisch vor, denn dann wäre er zu mir gekommen oder hätte sich wenigstens per SMS noch gemeldet. Aber nichts!« Sie wischte sich wieder die Tränen von den Wangen und griff nach der Taschentuchpackung auf dem Tisch.

»Wann haben Sie Ulf Rösker das letzte Mal gesehen?« Die Kommissarin wartete geduldig ab, bis die Krankenschwester antwortete.

»Am 30. Dezember, er hatte hier übernachtet. Nach dem Frühstück ist er wieder nach Hause, das war so gegen acht Uhr«, sagte sie, und einen Augenblick lang hatte Grahne das Gefühl, dass sie noch etwas sagen wollte, aber sie machte den Mund wieder zu und putzte sich die Nase.

»Kennen Sie den Tillysee?«, fragte nun Grahne, und die junge Frau riss die Augen weit auf.

»Ist er etwa da …? Also, hat man ihn etwa dort …?« Sie versuchte, die Fassung nicht zu verlieren.

»Ja, man hat ihn in dem Schuppen erschossen. Woher kennen Sie den Ort?«

Rose hörte gespannt zu, während diesmal ihr Kollege die Fragen stellte.

»Nun, vor ein paar Wochen, da ging es mir nicht gut, ich hatte ihn so vermisst und auf der Arbeit gab es Ärger. Da habe ich ihn gefragt, ob wir uns nicht am Tillysee kurz treffen könnten. Zusammen spazieren gehen. Tagsüber ging das natürlich nicht, man hätte uns ja zusammen sehen können, aber es war gegen Abend und wurde schon langsam dunkel. Als es dann anfing zu regnen, sind wir schnell in den Schuppen. Ich meinte noch zu Ulf, dass das doch ein toller Treffpunkt wäre, wenn es mal wieder was gäbe, und er lachte.«

»Hat Ulf Rösker Ihnen gegenüber mal etwas von einem Streit mit jemandem erzählt?«, erkundigte sich Grahne.

»Nein, nicht, dass ich wüsste …« Doch nach kurzem Nachdenken verbesserte sich die junge Frau. »Ja, doch, da war mal ein junger Mann ins Rathaus gekommen, der ihm die Nase gebrochen hatte. Da waren wir gerade frisch zusammen, und ich bin total erschrocken, als er so bei mir ankam«, berichtete sie.

»Was hat Ihnen denn Ulf Rösker gesagt, warum der junge Mann so wütend war?«

»Ach, der war doch nicht ganz bei sich, er hatte ihn verwechselt. Der hatte das Tagebuch von seiner Schwester gelesen und gedacht, dass Ulf was mit ihr gehabt hätte. Der junge Mann hatte sogar noch mit Anwalt gedroht, aber da ist nie was passiert. Ich sag' ja, der war einfach nur überdreht, hatte gedacht, es wäre Ulf gewesen. Sicher war er in der Zwischenzeit dahintergekommen, dass es jemand anders war«, tat Frau Bornech den Vorfall ab.

»Wusste außer Ihnen und Ulf Rösker noch jemand von Ihrem Treffen, das im Schuppen endete?«, fragte Grahne, und Ulrike Bornech wehrte gleich ab.
»Nein, davon wussten nur wir. Ich habe niemandem was davon erzählt, ich weiß ja nicht, ob Ulf vielleicht …«
Mehr brauchten die zwei Ermittler im Moment nicht zu wissen und verabschiedeten sich.

Rose und Grahne fuhren gleich das kurze Stück zu den Städtischen Kliniken hinüber, um das Alibi von Ulrike Bornech zu überprüfen.
Es galt einige Flure zu überqueren, bevor sie die angegebene Station fanden. Als sie endlich die diensthabende Schwester gefunden hatten, bestätigte diese, nach Einblick in das Anwesenheitsbuch, dass Ulrike Bornech von achtzehn Uhr am Silvesterabend bis sechs Uhr am Morgen des Neujahrstages Dienst gehabt hatte.
»Würde in Ihrem Buch auch stehen, wenn Frau Bornech ihren Dienst getauscht hätte?«, wollte Grahne wissen.
»Ja, natürlich«, antwortete die Schwester.
»Ach, sagen Sie mal«, begann Rose vorsichtig, »ist bei Ihnen vor einem halben Jahr vielleicht eine größere Menge Benzodiazepine verschwunden?«
»Aber nein, keinesfalls!« Die Frage regte sie scheinbar etwas auf.
»Ich habe den Schlüssel für den Medikamentenschrank, es wird genau notiert, was rausgegeben wird und was wieder dazukommt«, erklärte die Schwester den Ermittlern. »Da ist in den

letzten Jahren nie was weggekommen, seit ich dafür verantwortlich bin.«

***

Nun wussten sie es ganz genau, die Geliebte hatte die ganze Nacht bis morgens um sechs Uhr Dienst gemacht. Damit hatte Grahne allerdings auch gerechnet, denn sie schient echt betroffen vom Tod des Bürgermeisters, das konnte er sehen.
»Nun, die Dame können wir als Verdächtige ausschließen«, befand Rose, als sie das Krankenhaus verließen.
»Ja, das stimmt«, meinte ihr Kollege gedankenversunken.
»Was ist mit Ihnen, Grahne? Worüber zerbrechen Sie sich gerade den Kopf?«
»Hm, ich frage mich die ganze Zeit, wieso Ulrike Bornech so überzeugt davon war, dass Ulf Rösker seine Frau für sie verlassen wollte. Ich meine, ja, Frauen fallen immer wieder darauf rein, wenn verheiratete Männer so etwas sagen. Nicht zuletzt, weil sie daran glauben wollen. Doch sie war sich so sicher! Was, wenn sie recht hatte und er sich wirklich von seiner Silke trennen wollte?«
»Nun, solange Frau Bornech die Einzige ist, die das behauptet, nehme ich an, dass es ihr Wunschdenken war«, erwiderte Rose und startete den Wagen.
Noch ging es aber nicht nach Wardenburg, sondern die Kommissarin bog links ab, um wenige hundert Meter weiter bei Ford Horstmann anzuhalten.

»Ich möchte Erik Heine noch mal fragen, warum er keine Anzeige wegen des Einbruchs erstattet hat.«

»Was wollen Sie denn jetzt schon wieder?«, wurden sie von Heine genervt empfangen, der bei einem Focus gerade die Reifen überprüfte.
Er hasste es, wenn man ihn bei der Arbeit störte, und wollte erst einfach weitermachen. Doch Heide Rose winkte ihn zu sich, nahm ihn etwas beiseite und fragte: »Jetzt sagen Sie doch noch mal, warum haben Sie wegen des Einbruchs in der Wohnung Ihrer Schwester keine Anzeige erstattet? Das passt so gar nicht.«
»Na und, das wäre ja eh Anzeige gegen Unbekannt gewesen. Was hätte das denn bringen sollen? Das habe ich Ihnen doch schon gesagt«, gab er patzig zurück.
»Jetzt verkaufen Sie mich mal nicht für doof, da steckt doch noch was anderes dahinter. Es waren doch sicher Einbruchspuren zu finden. Außerdem hatte man das beweisträchtige Tagebuch gestohlen. Warum sind Sie nicht wieder zu Rösker ins Rathaus? Das wäre doch naheliegend gewesen, denn Sie verdächtigten ihn doch.« Rose ließ nicht locker.
Erik Heine sah sich um, seine Kollegen waren am Arbeiten und beachteten sie nicht. Er wandte sich wieder Rose und Grahne zu. »Als ich in der Wohnung war und gerade den Verlust des Tagebuches festgestellt hatte, klingelte auf einmal das Telefon und eine Person mit verstellter Stimme sagte Vergiss das Tagebuch und die Anzeige, kümmere dich lieber um deine Eltern. Wer weiß, wie lange du sie noch

hast, verstehst du mich? Dann wurde aufgelegt«, flüsterte er leise und warf einen weiteren Blick in Richtung seiner Kollegen. »Das war doch wohl eindeutig, oder?! Meine Eltern hatten schon genug durchgemacht. Ich wollte nicht an ihrem Tod schuld sein.«

»Haben Sie die Stimme nicht erkennen können«? wollte Grahne wissen.

»Nein, sie war verstellt, im Grunde könnte das jeder gewesen sein. Was ich aber komisch fand – der Bürgermeister war es definitiv nicht, er war auf einer Wohltätigkeitsveranstaltung in Oldenburg, wie ich Tage später in der Zeitung sah.« Er zog die Schultern hoch und sah die Ermittler ratlos an. »Ich habe keine Ahnung, wer das war, aber ich hatte echt Angst und wollte auf keinen Fall riskieren, dass meinen Eltern etwas passiert. Zwar bestätigt der Diebstahl des Tagebuches, dass der Tod meiner Schwester nicht mit rechten Dingen zuging, aber ich hatte Schiss, etwas zu unternehmen. Verrückt, oder?«

»Nein, das ist keinesfalls verrückt, sondern absolut nachvollziehbar«, meinte Grahne nachdenklich. »Sagen Sie, wenn Sie die Augen schließen und an den Anruf denken, können Sie sich an Nebengeräusche oder irgendwas Ungewöhnliches, vielleicht im Hintergrund, erinnern?«

Erik Heine blickte einen Augenblick verwundert drein, machte dann aber die Augen zu und versuchte, sich den Anruf ins Gedächtnis zu rufen.

»Nein, da war kein besonderes Geräusch. Nur diese verstellte Stimme«, war er sich nach einigen Momenten sicher.

»Nun gut, hätte ja sein können.« Grahne war sichtlich enttäuscht.

»Sollte Ihnen doch noch etwas einfallen, beispielsweise, was Sie während des Anrufs wahrgenommen haben oder sonst etwas, rufen Sie uns bitte an«, meldete sich Rose.

»Dann glauben Sie mir? Ermitteln Sie in dem Fall wieder?« Der Automechaniker war plötzlich aufgeregt und seine Augen wurden ganz groß.

»Sagen wir mal so, wir denken an Ihre Schwester, während wir den Mörder von Ulf Rösker suchen. Mehr kann ich dazu nicht sagen im Moment«, sagte Rose und sah ihn eindringlich an. Ein Anflug von einem Lächeln huschte über sein Gesicht und war auch schon wieder weg.

»Ich verstehe, ich sage nichts zu niemandem und warte, was passiert.«

Rose nickte ihm zu, dann verabschiedeten sie sich und gingen zurück zum Auto.

»Das ist echt ärgerlich, dass das Tagebuch gestohlen wurde«, meinte Peter Grahne.

»Da stimme ich Ihnen zu, aber wir können es nicht ändern. Wir werden andere Beweise finden müssen«, entgegnete Rose und stieg in den Wagen.

***

Erik Heine ging wieder an die Arbeit.
Er fühlte sich seit langer Zeit endlich von der Polizei ernst genommen.

Sie denken an Emily, dachte er und hoffte inständig, dass sie Beweise für den Mord an seiner Schwester fanden.

Dann würde das Schwein, das ihr junges Leben und das des ungeborenen Kindes auf dem Gewissen hatte, endlich seine Strafe bekommen. Natürlich war ihm klar, dass die zwei dadurch nicht wieder lebendig wurden. Aber der Gedanke daran, dass der Mörder unbehelligt sein Leben leben durfte, machte ihn ganz krank. Ja, er konnte die Vorstellung kaum ertragen.

Hinzu kam die Angst, dass man seinen Eltern etwas antun könnte, was ihn auch nicht zur Ruhe kommen ließ.

Verstohlen wischte sich Erik ein paar Tränen aus dem Augenwinkel und arbeitete weiter an dem Wagen, als wäre nichts, in der Hoffnung, dass seine Kollegen es nicht mitbekommen hatten.

***

»Wir müssen das Alibi von Frau Rösker genauer überprüfen«, meinte Rose, als sie im Wagen saßen und auf dem Weg zur Polizeistation an der Oldenburger Straße waren. »Vielleicht ist sie ja, als sie die Party gegen 22 Uhr verließ, hinter ihrem Mann her, hat ihn in der Hütte niedergeschlagen, gefesselt und ist dann wieder zurück zur Feier?«

»Um dann um Mitternacht wieder hinzugehen, ihn zu töten und dann in den Tillysee zu werfen? Hm, sorry, aber ich halte das für unwahrscheinlich. Die Frau wirkt nicht so stark auf mich«, befand Grahne. »Auch wenn sie bei der Identifizierung kaum geweint hat.

Ich denke, sie hat nur gelernt, ihr Gesicht zu wahren.«

»Vielleicht hat sie ihn ja auch niedergeschlagen und gefesselt, und jemand anderes hat den Rest erledigt?«, dachte Rose weiter nach.

»Also vielleicht doch ein Liebhaber?«, schlug Grahne vor.

»Wer weiß, vielleicht auch eine hilfreiche beste Freundin.«

»Na, ich weiß nicht, Ella Meibach schien ihrer Freundin gegenüber loyal zu sein, aber einen Mann zu töten, um die Freundin zu schützen oder zu befreien? Da gehört schon eine Menge kriminelle Energie zu. Zumal Silke Rösker mit dem Zustand durchaus zufrieden schien. Außerdem hatte sie keine Ahnung, wer seine derzeitige Geliebte gewesen war, geschweige denn, wo sie sich trafen«, argumentierte Grahne.

»Ja, das ist richtig, aber wir müssen alle Eventualitäten in Betracht ziehen. Wir sollten außerdem Ella Meibach mal fragen, ob Silke Rösker in letzter Zeit einen Mann kennengelernt hatte«, meinte Rose und Grahne machte sich eine Notiz in seinen Block. »Und auch, wo sie zur Tatzeit war.« »Was ist mit der toten Frau Segal? Wir gehen doch davon aus, dass sie vom selben Mörder wie der Bürgermeister getötet wurde«, fragte Grahne.

»Ich denke immer noch, dass sie etwas wusste, das dem Mörder gefährlich werden konnte«, vermutete Rose.

»Und Emily Heine? Wie passt sie dann ins Bild?«

»Das ist eine gute Frage, die ich Ihnen nicht beantworten. Noch nicht.« Sie parkte den Wagen neben der Polizeistation und die Kommissare stiegen aus.

»Nicht so stark?«, griff sie Grahnes Einwand plötzlich wieder auf. »Wütende Frauen können eine Menge Kraft entwickeln, das können Sie mir glauben«, wandte Rose ein und schaute verdutzt, als Grahne ihr die Tür zum Büro derart ungeschickt aufhielt, dass der lange Mann mit seinem Arm eine Art Torbogen bildete. Heide Rose passierte ihn grinsend und leicht geduckt und suchte ihren Schreibtisch auf.

»Aber nicht diese Frau«, rief er ihr hinterher, und sie konnte an seiner Stimme hören, dass auch er sich da sicher war.

»Nun, wir müssen dennoch alle danach befragen, ob sie um Mitternacht anwesend war oder nicht. Also ob jemand sie bewusst dort gesehen oder gar mit ihr gesprochen hat. Nur für den Fall«, entschied Rose und suchte ihren Schreibtisch nach Neuigkeiten ab, bevor sie an der Tafel das Gleiche tat.

Grahne entdeckte eine Mappe auf seinem Tisch und sah sie sich näher an.

Es war der abschließende Untersuchungsbericht von Ulf Rösker´s Wagen. Natürlich fanden sich darin Spuren vom Ehepaar Rösker, aber nicht mehr.

Dem Bericht lag ein weiteres Dokument bei und Grahne las es interessiert. Rose drehte sich von der Tafel zu Grahne und bemerkte, dass etwas seine Aufmerksamkeit fesselte.

»Was lesen Sie da?«, wollte sie wissen.

»Der Untersuchungsbericht vom PKW des Bürgermeisters ist da, es sind nur Spuren von ihm und seiner Frau darin gefunden worden, wie wir schon vermutet haben. Auch die Untersuchung seines Handys ist abgeschlossen. Es ist erst drei Monate alt und nur die Telefonnummer seiner momentanen Geliebten ist drauf. Keine verdächtigen Anrufe oder dergleichen«, informierte Grahne Rose.
»Na gut, also auch nichts«, stellte sie enttäuscht fest.
»Wir müssen irgendwie herausbekommen, wer seine früheren Verflossenen waren, zumindest die letzten drei. Vielleicht sollten wir der Schmidt noch mal auf den Zahn fühlen, kann doch nicht angehen, dass sie dort vor Rösker´s Büro sitzt und keine Namen mitbekommt. Als wir uns in seinem Büro aufhielten und sie im Vorzimmer ein Telefonat geführt hat, habe ich schon einige Wortfetzen verstanden. Wenigstens die Frauen, die dort angerufen haben, müsste sie doch vom Namen her kennen. Selbst wenn er mit dem Handy telefoniert hat, bestimmt hat er auch mal welche beim Namen genannt.«
Ihr Kollege saß die ganze Zeit nachdenklich an seinem Schreibtisch und starrte merkwürdig vor sich hin.
»Grahne? Hören Sie mir überhaupt zu?«, fragte Rose, als er sich nicht regte. »Peter Grahne?! Sie machen mir Angst! Was ist los, sagen Sie schon«, wurde sie lauter.
Das riss ihn aus seinen Gedanken, er schaute erst etwas erschrocken, dann lächelte er und sah sie schuldbewusst an.
»Wir sollten mal die Witwe fragen, ob er zu Hause nicht auch ein Büro hatte, wo wir so was wie ein

Notizbuch, Fotoalbum oder dergleichen finden könnten. Es ist nämlich gut vorstellbar, dass er seine Eroberungen gesammelt hat«, meinte er endlich. »Jedenfalls würde es in das Bild von Ulf Rösker passen, dass ich mir bis jetzt bilden konnte.«
»Ja, das ist eine sehr gute Idee! Vielleicht hat er ja auch zu Hause einen Safe, wo die Hinweise drin sind, die wir in seinem Büro vergeblich gesucht haben«, begeisterte sich Rose, und Grahne nickte bestätigend.
»Was haben wir noch so an Spuren?«, überlegte sie laut und ging abermals zur Tafel, so als hoffte sie, dass sich plötzlich etwas Neues dort entdecken ließe. Sie betrachtete noch mal alles ganz genau und ging die bisherigen Ermittlungsergebnisse in Gedanken durch. Plötzlich schrillte das Telefon auf ihrem Schreibtisch und sie eilte hin.
Der Kollege von der SpuSi rief an und berichtete von der Suche im See.
Die Wetterverhältnisse hatten sich zwar gebessert, aber leider war die Suche der Taucher bis jetzt erfolglos geblieben, jedenfalls was die Tatwaffe betraf. Davon abgesehen hatten sie bereits ein paar Schätze aus dem Tillysee geborgen, wie ein altes Fahrrad, Schuhe und einen Regenschirm.
Der Kollege fragte, ob die Kommissarin davon noch etwas brauchen könnte. Doch Heide Rose konnte über den Witz nicht lachen, für sie stand so viel auf dem Spiel. Es war so wichtig, dass sie die Tatwaffe fanden. Rose war enttäuscht. Also auch hier keine neuen Erkenntnisse. Rose bedankte sich bei dem Beamten der SpuSi für die Information, drückte den Hörer auf den Apparat und sackte in ihrem Stuhl

zusammen. Ihr war klar, dass sie die Kollegen nicht mehr lange im See suchen lassen konnte, nicht ohne einen triftigen Grund zur Annahme, dass sich die Tatwaffe tatsächlich dort befand.

Grahne kam gerade aus der Küchenecke. Er hatte ihnen beiden Tee gemacht und stellte eine Tasse vor Rose auf den Tisch und sah sie fragend an.

Sie schüttelte den Kopf und ließ die Schultern hängen.

»Das waren die Taucher, im See ist die Suche bis jetzt noch erfolglos. Sie finden allen möglichen Kram, aber keine Spur von der Tatwaffe«, erzählte sie ihm niedergeschlagen.

Er trug seine Tasse zu seinem Schreibtisch, nahm sich seinen Notizblock vor und blätterte ihn von Neuem nach etwas durch, was er bisher hätte übersehen können.

Plötzlich klingelte erneut das Telefon. Rose erschrak, ging dann aber dran. War es noch mal der Kollege? Hatte man eben doch noch etwas gefunden? Sie hoffte es sehr.

Doch es war ihr Vorgesetzter Herr Hund und er wollte wissen, warum sie im See nach der Mordwaffe suchen ließ. Rose erstarrte augenblicklich. Konkrete Beweise, wie zum Beispiel einen Zeugen, hatte sie keine, aber so eine Ahnung. Doch sie konnte ihm nicht mit ihrem Bauchgefühl kommen. Sie sprang mit hochrotem Kopf von ihrem Stuhl auf, lief zwei Schritte hin und her, versuchte zu erklären, wie die Lage war. Doch außer ihrer Vermutung war da leider nichts, kein einziger Hinweis, was ihr etwas Ärger mit ihrem Chef einbrachte. Grahne sah sie mit großen Augen an, beobachtete sie genau.

Rose kämpfte dafür, dass die Taucher weitersuchen sollten, da es ihrer Meinung nach offensichtlich war. Die Tatwaffe musste dort im See entsorgt worden sein, es sprach einfach alles dafür.

Doch Vorgesetzter bestand darauf, dass die Taucher sofort abgezogen und die Suche im Tillysee eingestellt werden sollten. Rose versuchte abermals – in einem besonders ruhigen Ton – die Suche zu rechtfertigen, schilderte die bisherige Situation, und dass die erste Waffe, der Knüppel, ja auch dort in der Nähe entsorgt worden war. Sie war sehr hartnäckig, und schließlich gewährte Herr Hund ihr einen weiteren halben Tag, an dem die Taucher den See durchsuchen würden, dafür wollte er aber Ergebnisse sehen. Dann legte er auf. Wohl damit sie nicht noch mehr auf ihn einredete, dachte eine erleichterte Rose und gab sich mit dem halben Tag zufrieden.

Die Kommissarin ließ sich rücklings in den Schreibtischstuhl fallen und starrte vor sich hin. Grahne nahm einen Schluck von seinem Tee und sah sie an.

»Alles in Ordnung?«, fragte er besorgt.

»Nichts ist in Ordnung. Wir brauchen die Mordwaffe.« Sie nahm ebenfalls einen kleinen Schluck Tee, der noch etwas zu heiß war, aber guttat.

»Danke«, sagte sie und hielt den Becher kurz in Richtung Grahne, um ihn dann wieder auf den Tisch zu stellen. Ihr Kollege nickte kurz.

»Es ist Ihr Tee«, meinte der grinsend. »Ich werde morgen auch welchen mitbringen, damit ich nicht immer Ihren ...«
»Ach was, es reicht, wenn da eine Schachtel rumsteht. Sie können aber ja die nächste Packung für uns holen. Wie finden Sie das?«
»Ja, gute Idee, so machen wir das. Was war das für ein Anruf?«, fragte er dann vorsichtig.
»Unser Chef war das, Herr Hund. Er bewilligt uns die Taucher nur noch für einen halben Tag, dann will er Ergebnisse«, informierte sie ihn und wirkte wieder bekümmert. »Aber gut«, meinte sie dann und setzte sich abrupt wieder aufrecht hin, »machen wir noch ein paar Zeugenbesuche.«
»Was ist mit der Witwe, wann wollen wir zu ihr, wegen eventueller Fotos oder Adressbücher?«, fragte Grahne.
»Stimmt, lassen Sie uns das zuerst machen«, beschloss Rose, nahm vorsichtig noch einen Schluck heißen Tee und ließ den Rest einfach stehen.
Der Kommissar tat es ihr gleich und folgte schnellen Schrittes.

***

Herrlich, dachte Peter Grahne, es wird nie langweilig, so wie in einem Büro mit Couch und Notizbuch in der Hand. Gut, ein Notizbuch brauchte er auch hier, aber das Drumherum war wesentlich interessanter und aufregender.

Er fragte sich, was sie bei der Witwe wohl finden würden. Falls es denn überhaupt etwas zu finden gäbe.

Doch, er war sich fast sicher, dass da irgendwo in dem großen Haus die kleine Trophäensammlung des Herrn Bürgermeisters verborgen war. Er war vor allem auf die Bemerkungen zu den Damen gespannt, denn er konnte sich gut vorstellen, dass er seine Errungenschaften schriftlich kommentiert hatte. Das würde zu ihm passen. Auch Emily Heine müsste darunter sein, schoss es ihm plötzlich durch den Kopf. Was Rösker zu ihrer Person eingefallen war, interessierte ihn am meisten.

Nur wenige Minuten später hielten sie in der Einfahrt der Witwe Rösker und klingelten. Es dauerte etwas, bis sie an der Tür erschien.
Ihr verquollenes Gesicht, ihre roten Augen ließen erahnen, dass sie geweint hatte.
»Entschuldigen Sie bitte, dass wir noch mal stören, aber wir haben ein paar Fragen. Wie geht es Ihnen?«, fragte Rose mitfühlend.
»Oh, alles gut, ich habe nur ein Fotoalbum durchgesehen und mir ist einiges klar geworden«, erklärte Frau Rösker ihre verweinten Augen. »Sie haben noch Fragen?« Sie war erstaunt.
»Zum Beispiel, ob Ihr Mann ein Adressbuch oder dergleichen führte, wo er seine Errungenschaften eintrug«, fragte Grahne ohne Umschweife.
Als er ihren Gesichtsausdruck sah, tat es ihm einen Moment leid, danach gefragt zu haben, aber es musste sein. Denn solch ein Büchlein könnte wichtige

Informationen enthalten, die sie endlich weiterbringen würden.

»Wie bitte, wie kommen Sie denn auf so was?«, fragte die Witwe empört. Der Gedanke an so etwas war ihr wohl sehr suspekt.

»Nun, Sie sagten, es war für ihn wie ein Spiel, und nun ja, sein ganzes Verhalten … Wir vermuten, dass er irgendwo eine Auflistung seiner Geliebten hat. Vielleicht im Safe?«, erklärte Rose der Witwe und sah sie eindringlich an.

»Oh mein Gott«, entfuhr es Frau Rösker, sie schien ganz aufgewühlt. Sie trat einen Schritt beiseite und bat dann endlich die Ermittler herein. Als sie im Flur standen, dachte die Witwe kurz nach. »Also, mein Mann hat hier ein Arbeitszimmer, vielleicht möchten Sie darin nachsehen? Es ist oben, da hat er einen PC und Schreibtisch, und einen Safe haben wir dort auch.« Frau Rösker wurde leicht rot.

Daran hatte sie bisher gar nicht gedacht, dass es für die Ermittlungen wichtig sein könnte, aber sie war eh vollkommen durcheinander gewesen die letzten Tage.

»Das ist genau das, was wir suchen«, meinte Rose nickend, »das Büro würden wir uns gerne mal ansehen.«

»Wenn ich mal vorgehen darf… « Ohne eine Antwort abzuwarten stieg Silke Rösker die Treppe ins Obergeschoss hinauf. Am Ende des länglichen Flures öffnete sie eine Tür und trat beiseite.

Auf der linken Seite des Raumes befand sich ein Fenster mit einer Orchidee davor, die rechte Wand dominierte ein beachtliches Bücherregal. Hinter dem

Schreibtisch, auf den man beim Betreten des Raumes geradewegs zuging, stand ein bequemer Schreibtischsessel und darüber an der Wand hing Die Brücke von Langlois mit Wäscherinnen von van Gogh.

»Oh Gott, die Luft hier drin ist ja schrecklich«, stellte die Witwe fest und ging zum Fenster, um es zu öffnen.

»Sagen Sie, möchten Sie, dass ich Ihnen beim Suchen helfe?«, bot sie an und drehte sich wieder zu den Kommissaren um.

»Sie sagten etwas von einem Safe «, bemerkte Grahne.

»Oh ja, natürlich!« Frau Rösker schritt ans Bücherregal und nahm mit beiden Händen vier dicke Bände mit Goldrand auf einmal heraus und legte sie auf den Schreibtisch. »Dahinter ist der Safe. Ach ja, den Schlüssel dazu trug mein Mann immer bei sich«, fiel ihr ein und sie starrte auf das Schloss des Safes im Bücherregal.

»Frau Rösker, die Sachen Ihres Mannes hatte Ihnen doch Herr Kroog mitgegeben, oder?«, erinnerte sie die Kommissarin. Sie wusste ganz genau, dass bei den Gegenständen auch ein kleiner Schlüssel dabei gewesen war.

»Aber ja! Nur wo habe ich die?« Silke Rösker vollzog in Gedanken nach, wo im Haus sie sich an dem Abend hinbegeben hatte. Sie hatte im Flur gestanden und auf einmal so einen Kaffeedurst verspürt.

»Ja klar, einen Moment bitte, die Tüte muss noch in der Küche liegen. Gleich neben der Kaffeemaschine.« Sie lief eilig nach unten, um den Beutel mit den Habseligkeiten ihres verstorbenen Mannes zu holen.

Rose sah sich derweil den Schreibtisch ein wenig genauer an, während Grahne einen Blick auf den Safe warf.

Hinter der Tür des Schreibtischfaches befanden sich belanglose Dinge wie Druckerpapier nebst neuen Patronen, Briefumschläge und Versandtaschen sowie eine Menge anderes Büromaterial.

Die oberste der drei Schubladen war mit Stiften aller Arten und einem Stapel Notizblöcke gefüllt. Die Kommissarin sah sie sich näher an, aber sie waren alle noch unbeschrieben.

In der mittleren Schublade lagen ein paar Mappen, in denen Immobilienangebote, Versicherungsunterlagen und Urlaubsziele und dergleichen abgeheftet waren. Rose hatte keine Ahnung, wofür jemand so etwas sammelte. Keine der Mappen enthielt etwas, das sie im Mordfall Ulf Rösker weitergebracht hätte.

Ja, so ein Drohbrief, der wäre es jetzt gewesen, schoss es Heide Rose durch den Kopf. Sie schob den Gedanken beiseite und räumte die Mappen wieder ein. Die unterste Schublade war allerdings verschlossen, sie ließ sich nicht öffnen.

»Wissen Sie, wo der Schlüssel zur untersten Schublade ist?«, fragte Rose, als Frau Rösker mit den Habseligkeiten ihres Mannes in der Tüte hereinkam.

»Nein, ich meine, er hatte ihn hier irgendwo versteckt, keine Ahnung wo.« Sie trat an den Schreibtisch, während sie versuchte, die Tüte auf zu fummeln. Als es ihr endlich gelang, schüttete sie deren Inhalt vorsichtig auf die Tischplatte. Sie hob den kleinen silbernen Schlüssel auf, drehte sich um und brachte ihn Grahne.

Wenig später schnellte das Schloss zurück und die Tür des kleinen Safes ging auf. Darin kamen einige Sachen zum Vorschein, ja, er war fast voll.

Grahne nahm das oberste Stück vorsichtig heraus. Es handelte sich um eine größere Schatulle, die auf einem Stapel von Unterlagen stand.

Grahne öffnete sie vorsichtig und sah hinein. Eine filigrane Diamantkette lag darin auf Samt.

»Ein Familienerbstück von meiner Mutter«, erklärte Frau Rösker ihm mit einem Lächeln, als er die Schatulle wieder verschloss.

Dann holte er zwei Sparbücher heraus, die er nur kurz durchblätterte, denn nach so etwas suchten sie im Grunde nicht. Es sei denn …

»Können Sie da drin irgendetwas Auffälliges entdecken?«, fragte er die Witwe und reichte ihr beide.

Doch sie konnte an den Kontobewegungen nichts Außergewöhnliches entdecken, zumal sie gerade aktualisiert worden waren.

»Nein, alles ganz normal«, versicherte sie Grahne und legte sie zu den anderen Sachen.

Danach entnahm er dem Safe noch einen Hefter mit mehreren Aktien, auf denen sich ausnahmslos der Name Silke Rösker befand. Nur ganz oben, in der ersten Schutzhülle, befand sich ein Heiratsvertrag mit vereinbarter Gütertrennung.

Grahne sah die Witwe erstaunt an.

»Wenn ich das richtig sehe, gehört Ihnen das ganze Vermögen?«, fragte Grahne und schaute zu Rose, die den Schreibtisch immer noch nach dem Schubladenschlüssel absuchte.

Jetzt sah sie kurz auf und wartete auf die Antwort der Witwe.

»Ich weiß zwar nicht, inwiefern das helfen soll, aber … ja, das sind meine Aktien, mein Familienschmuck und Sparbücher.«

»Nun, das hilft mitunter, alles ein wenig besser zu verstehen«, entgegnete Grahne.

Das letzte Teil sah der Kommissar sich erst mal nur an, bevor er sich anschickte, es aus dem Safe zu holen. Es war eine große Holzschatulle, so viel gab das Tuch darum frei, in das sie gewickelt war.

Als er sie in Händen hielt, löste er das Tuch vorsichtig und sah dann Frau Rösker fragend an.

»Oh, das ist ein wertvolles altes Schachspiel. Die Schatulle ist auch gleichzeitig das Schachbrett, man kann sie zum Spielen auseinanderklappen. Darin sind die Figuren. Ulfs Vater hatte es mal durch Zufall auf einem Flohmarkt gefunden und gekauft, nach seinem Tode hat er es Ulf vererbt. Sie können gerne reinschauen, wenn Sie wollen.«

Grahne klappte die Schatulle etwas auf, ohne sie dabei aus dem Tuch zu nehmen. Sie enthielt filigrane schwarze und weiße Figuren, die aus hellem und dunklem Horn geschnitzt zu sein schienen. Der Kommissar war begeistert, so etwas hatte er noch nie gesehen. »Wirklich eine sehr schöne Arbeit«, meinte er zu Silke Rösker, machte die Schatulle wieder zu und stellte sie in den Safe zurück. Nachdem er geprüft hatte, dass sich ansonsten nichts mehr darin befand, kein doppelter Boden oder eine geheime Wand, räumte er auch den Rest wieder ein.

Dann schloss er die Tür, drehte den kleinen Schlüssel und kontrollierte, ob er den Safe richtig verschlossen hatte. Anschließend gab er Silke Rösker den Schlüssel und räumte die Bücher wieder davor.

»Ha!«, rief auf einmal Heide Rose in den sonst stillen Raum.

Grahne und Silke Rösker sahen sich erschrocken zu ihr um. Die Kommissarin hatte endlich den Schlüssel zu der unteren Schublade gefunden. Er lag unter einer Statuette auf der Kommode gleich rechts von der Zimmertür, verborgen in einem Hohlraum im Sockel.

Eilig trat sie an den Schreibtisch und schloss erwartungsvoll auf.

Peter Grahne kam ebenfalls dazu, um zu sehen, was sich in der Schublade verbarg, während Silke Rösker unentschlossen beim Bücherregal stehen blieb und zur Zimmertür blickte.

Tatsächlich befanden sich in der Schublade zwei Kladden, daneben eine Flasche Whisky und ein Glas.

Keiner der Ermittler sagte etwas, sie tauschten nur einen Blick und nickten. Rose nahm die oberste Kladde heraus und schlug sie auf.

Auf der linken Seite war das Porträtfoto einer jungen Frau mit verführerischem Blick, rechts davon standen ein paar Zeilen dazu. Name, Alter, Vorlieben und wie lange die Beziehung gedauert hatte.

»Dachte ich's mir doch«, meinte Grahne triumphierend.

Auf den nächsten Seiten boten sich ähnliche Aufzeichnungen nach demselben Schema, aber bald schon kamen leere Blätter. Tatsächlich, in dieser Kladde waren nur die ersten drei Seiten ausgefüllt.

Die dritte und letzte Dame darin war Emily Heine, aber Heide Rose ließ kein Wort verlauten und auch Grahne blieb still.

Nun, dann musste die untere Kladde voll sein, dachte Rose, und nahm sie ebenfalls heraus. Sie blätterte das Heft schnell durch, alle Blätter waren beschrieben und mit Fotos von leichtbekleideten Frauen versehen.

»Frau Rösker, diese beiden Kladden müssen wir mitnehmen«, entschied Rose kurzerhand und die Witwe nickte ihr zu.

»Es … ist doch das, wonach Sie suchten?«, fragte sie vorsichtig und die Kommissarin nickte.

»Sagen Sie bloß, er hatte … Also er hatte Fotos von den Frauen, die er …« Silke Rösker konnte es nicht aussprechen.

»Ja, Frau Rösker, er hat sie alle darin gesammelt, und wir müssen sie uns genauer ansehen, ob eine dieser Damen oder ein Ehemann für die Tat an Ihrem Mann verantwortlich ist«, erklärte Rose ganz ruhig.

Silke Rösker nickte und schickte sich an, das Zimmer schnell zu verlassen. Sie drehte sich in der Tür noch mal um. »Sie brauchen mich doch nicht mehr hier, oder?«, fragte sie mit Tränen in den Augen.

»Nein, Sie können ruhig gehen. Wir kommen auch gleich nach.« Die Kommissarin machte die Schublade zu, ließ nun aber den Schlüssel stecken.

Sie hörte, wie die Witwe nach unten ging.

»Was ist mit dem hier?«, fragte Grahne und zeigte auf das Notebook, das auf dem Schreibtisch stand.
»Nun, das müssen wir auch mitnehmen. Das muss die SpuSi auf E-Mails und andere Hinweise untersuchen.« Grahne klemmte es sich unter den Arm.
»Ich denke, wir haben hier alles, oder?«, fragte Heide Rose, als sie in der Tür stand.
»Ja, wir haben alles hier durchgesehen und gefunden, wonach wir suchten«, bestätigte ihr Kollege.
Die zwei Kladden im Arm verließ sie, gefolgt von Grahne, den Raum und ging die Treppe hinunter.
Unten an der Tür stand die Witwe und wandte sich an die Ermittler.
»Ach bitte, wenn Sie die Unterlagen nicht mehr brauchen … Ich will sie nicht. Mir wäre es lieb, wenn Sie sie vernichten, sodass niemand sie sehen kann«, bat sie die zwei, bevor sie die Tür für sie öffnete.
»Natürlich, das kann ich verstehen. Ich verspreche es Ihnen, Frau Rösker«, versicherte Heide Rose. »Das Notebook müssen wir leider auch mitnehmen, falls da was drauf ist.«
»Kein Problem, es ist Ulfs Notebook, vielleicht werden Sie ja fündig«, meinte die Witwe hoffnungsvoll.
»Das bringen wir Ihnen wieder, sobald wir damit fertig sind«, sagte Grahne und Silke Rösker bedankte sich.
Als Rose im Auto saß, schüttelte sie sprachlos den Kopf.
»Kaum zu glauben, oder? Sie ist finanziell abgesichert, wird von dem Mann gedemütigt und

bleibt trotzdem bei ihm. Wusste der eigentlich, was er für ein Glück hatte?!«, sagte Grahne.

»Ja, es ist echt schwer zu glauben, aber es muss wohl Liebe gewesen sein, Gewohnheit und … ich weiß nicht was«, meinte Heide Rose.

»Und Angst vor der Gesellschaft«, ergänzte Grahne plötzlich. »Dass seine Affären rauskommen, dass man gemieden wird, wenn die Ehe auseinandergeht, kurz – dass das Ansehen, das man all die Jahre in der Gesellschaft genossen hatte, ins Bodenlose sinkt.«

»Gefangen in einem goldenen Käfig passt da wohl«, kommentierte Rose und startete den Wagen.

***

Die Kladden waren nicht dick und eine davon fast leer, aber sie lieferten immer noch genug Personen, die überprüft werden mussten.

Grahne stand hinter der Kommissarin, während sie die erste Kladde an ihrem Schreibtisch in der Polizeistation durchblätterte. Das erste Foto war vor gut zehn Jahren eingeklebt worden. Nach der vierten Seite fragte Heide Rose ihren Kollegen grinsend: »Schaffen Sie es denn, sich bei all diesen leicht bekleideten Frauen auf das Gesicht zu konzentrieren?«

Grahne lächelte. »Mehr noch, ich versuche sogar ihr Wesen darin zu erkennen«, konterte er.

Beide mussten lachen und bemühten sich dann wieder um Konzentration.

Bei den Damen auf den ersten Seiten musste man ja auch bedenken, dass sie mittlerweile fünf bis zehn Jahre älter waren.

Rose und Grahne glaubten einen Moment lang sogar eine Zeugin zu erkennen, konnten sie dann aber doch ausschließen.

War es möglich, dass eine davon einen Hass auf Ulf Rösker hegte, der groß genug war, um ihn zu töten? Diese Frage hatten die zwei Ermittler die ganze Zeit im Kopf.

Als sie auf einer der letzten Seiten angekommen waren und Rose gerade weitergeblättert hatte, um den Blick auf die nächste halbnackte Dame freizugeben, pfiff plötzlich jemand durch die Zähne. Sie drehte sich um und musste feststellen, dass einige der Kollegen hinter ihnen standen und ebenfalls die Bilder über ihre Schulter begutachteten.

»Meine Herren! Hier handelt es sich nicht um ein Magazin, sondern um Beweismaterial. Wenn Sie Ihr Augenmerk auf die Gesichter lenken, um eventuell jemanden wiederzuerkennen, dann dürfen Sie gerne einen Blick darauf werfen. Alle anderen gehen bitte wieder ihrer Arbeit nach«, wies die kleine Kommissarin sie streng an.

»Sie haben aber doch die Namen auf der rechten Seite stehen«, meinte plötzlich ein ganz Schlauer.

»Sehr gut, ist mir noch gar nicht aufgefallen. Nur, dass die Bilder schon bis zu zehn Jahre alt sind und die ein oder andere vielleicht inzwischen durch Heirat einen anderen Namen trägt, Herr Kollege«, gab sie belehrend zurück.

Alle bis auf Kollege Meier gingen wieder an ihre Arbeit. Meier stand wenige Jahre vor seiner Pensionierung und kannte sich ziemlich gut aus im Ort, zumal er bis vor fünf Jahren in Oldenburg tätig gewesen war.
Heide Rose war das nicht bekannt und sah ihn fragend und mit hochgezogenen Augenbrauen an. Meier bot daraufhin sofort seine Hilfe an.
»Vielleicht erkenne ich ja jemanden. Ich wohne hier schon ewig und eventuell ist mir mal die eine oder andere Dame aufgefallen. Bis vor fünf Jahren war ich in Oldenburg auf einem Revier.«
»Ja, sehr gerne. Hier an der Seite steht zum Glück immer das Datum, wann das Foto gemacht wurde, und wie sie heißen oder hießen, aber …« Rose erklärte ihm, wonach sie suchten.
Grahne holte derweil einen Stuhl für sich und den Kollegen, denn es sah ganz danach aus, als würde es noch länger dauern.
»Haben Sie einen Block für mich? Dann schreibe ich Ihnen die aktuellen Namen der Damen auf«, schlug Meier vor. »Man kann heute ja alles im PC recherchieren. Ich mache Ihnen die Liste fertig.«
»Das hört sich klasse an«, sagte Heide begeistert. Sie griff in ihre Schreibtischschublade und legte Block und Stift neben die Kladden.
»Grahne«, winkte sie ihren Kollegen heran, »schreiben Sie sich bitte die letzten beiden Damen auf, die möchte ich auf jeden Fall überprüfen. Finden Sie bitte heraus, wo die zwei wohnen, damit wir sie befragen können.«

Grahne schrieb sich die Namen auf und verschwand sogleich an den Computer.

Rose erklärte derweil Meier, dass die Damen in der Kladde ziemlich sicher nicht aus Wardenburg waren. Er nickte und machte sich an die Arbeit, während Rose hinter Grahne trat. Der schrieb sich gerade die zweite Adresse auf.

»Klasse, dann lassen Sie uns mal losfahren, die Damen befragen«, sagte sie zu Grahne, und wieder an Kollege Meier gerichtet: »Sie kommen doch alleine zurecht?«

»Aber ja«, entgegnete der ihr.

Rose überlegte kurz. »Warten Sie, ich denke, Sie sollten mit den letzten seiner Freundinnen anfangen. Seine älteren Geliebten waren womöglich nicht mehr auf Rache aus.«

»Ist gut«, meinte Meier und schlug die Kladde hinten auf, um mit der viertletzten Dame zu beginnen.

Rose und Grahne verließen die Polizeistation.

»Als Erstes fahren wir zur Vorletzten.«

»Oh, dann müssen wir nach Oldenburg, ich sag' Ihnen gleich die Straße«, meinte Grahne, als er auf dem Beifahrersitz Platz nahm und nach seinem Notizblock kramte.

Rose lenkte den Wagen in Richtung Oldenburg und wenige Augenblicke später bekam sie die vollständige Adresse genannt. Sie mussten in den Ortsteil Osternburg, und zwar in den Herrenweg.

Auf ihr Klingeln hin wurde allerdings nicht geöffnet, auch nicht nach mehreren Versuchen. Eine Nachbarin streckte ihren Kopf aus dem Fenster.

»Die junge Frau ist um diese Zeit immer arbeiten, sie kommt erst gegen 18 Uhr nach Hause.«

Grahne bedankte sich für die Auskunft.

»Soll ich ihr was ausrichten?«, wollte die Nachbarin wissen.

»Nein danke, ist nicht so wichtig«, meinte Rose und bedeutete Grahne zu gehen.

Es ging weiter zur vorvorletzten Geliebten, wo man auf ihr Klingeln auch gleich öffnete.

Die Frau hatte ein kleines Baby im Arm und sah die zwei Ermittler erstaunt an.

»Erschrecken Sie bitte nicht, wir sind von der Polizei und hätten ein paar Fragen zu Ihnen und Ulf Rösker«, sagte Heide Rose und zeigte ihren Ausweis.

Die junge Mutter schaute nun tatsächlich leicht erschrocken. »Aber das ist ja schon ewig her, dass ich mit ihm zusammen war, fast zwei Jahre … und wieso Fragen, ich verstehe nicht.«

»Nun, Ulf Rösker wurde Silvester ermordet und wir haben herausgefunden, dass Sie mit ihm zusammen waren. Vielleicht dürfen wir kurz rein kommen?«

»Aber ja, kommen Sie.« Sie ließ die zwei eintreten, schloss hinter ihnen die Tür und bat sie ins Wohnzimmer.

Der Boden war in einer Ecke übersät mit Spielzeug, eine Krabbeldecke lag unter einem Spielbogen, an dem lauter bunte Figuren hingen.

Sie legte das Baby darunter und stupste die Tierchen an, die nun über ihm tanzten, und es fing daraufhin an, sich damit zu beschäftigen. Dann kam die junge Mutter zu ihnen und setzte sich in einen Sessel, während Grahne und Rose auf dem großen Sofa Platz nahmen.

Etwa eine halbe Stunde unterhielten sie sich mit der jungen Frau, dann bedankten sie sich und gingen wieder.

Diese Ex des Bürgermeisters konnten sie als Tatverdächte getrost ausschließen, so viel war sicher. Sie hatte sich im Guten von ihm getrennt, nachdem sie begriffen hatte, dass er seine Frau niemals verlassen würde und auf keinen Fall Kinder wollte.

»Zu wem wollten wir als Nächstes?« Grahne sah Heide Rose fragend an, als sie ins Auto stiegen.

»Zu den Leuten, die Silke Rösker am Tatabend gesehen haben, zum Beispiel zu der Frau, die am Nebentisch saß.«

»Ah, Liese Lüschen«, entgegnete Grahne nach einem Blick in seinen Notizblock.

»Dann müssen wir aber zurück nach Wardenburg. Die Kollegen waren bei ihr und haben hier einige Notizen gemacht.« Er reichte ihr einen Zettel.

Rose überflog, was darauf stand, und meinte dann: »Ja, und dieser Müller und seine Frau hatten Silke Rösker doch auch öfter am Abend gesehen. Ich möchte sie zu ihren Aussagen noch genauer befragen, damit wir einen möglichst genauen Zeitplan von den Aufenthaltsorten der Witwe erstellen können. Mein Entwurf hat noch Lücken, die geklärt werden müssen.«

Sie hatte die Witwe immer noch in Verdacht und wollte endlich Klarheit. Ein Motiv hatte sie allemal, so wie ihr Mann sie ständig gedemütigt hatte. Da würde es doch kaum jemanden wundern, wenn ihr eines

Tages der Kragen geplatzt wäre und sie fast ein ganzes Magazin in sein Gesicht geballert hatte. Solche Sachen kamen leider oft genug vor. Deshalb wollte sie noch mal mit Leuten reden, die genauere Angaben zu dem Abend machen konnten, damit sie sie endgültig ausschließen oder verhaften könnten.
Auch die Frage, woher Emily Heine die starken Schlaftabletten hatte, war noch immer nicht geklärt. Heide Rose hatte das Gefühl, dass dieser Mord mit dem des Herrn Bürgermeisters irgendwie zusammenhing. Aber wie?
»Da vorne links«, rief Grahne und riss sie aus ihren Gedanken.
Sie bog ab und lenkte den Wagen zur Adresse von Frau Lüschen, in der Hoffnung, der Lösung endlich ein Stück näherzukommen.

***

Liese Lüschen war alleinstehend, um die fünfzig und durch und durch Lehrerin. Sie liebte ihren Beruf, und die Unterrichtsstunden vorzubereiten war ihr eine besondere Freude. Ihre Grundschüler immer wieder aufs Neue für den Unterrichtsstoff zu begeistern war ihr ein Bedürfnis.
Sie wohnte in einem kleinen Häuschen in einer Nebenstraße von Wardenburg, in das sie die zwei Ermittler sogleich freundlich hereinbat.
Sie gingen vorbei an einer Treppe, die ins Obergeschoß führte, und an deren Stufen entlang sich Bücher stapelten. Am Ende des Flures erreichten sie Frau Lüschens Wohnzimmer mit seinen

rosafarbenen Wänden, dem Blümchenmuster-Sofa und einem großen Farn auf einer Säule in der Ecke. Durch das Fenster drang nur spärlich Licht, was wohl an der dicken Gardine, den vielen Pflanzen auf der Fensterbank und dem momentanen Wetter lag. Davor stand ein großer Katzenkratzbaum mit Höhlen, verschiedenen Ebenen und baumelnden Spielzeugen. Auf einer der Plattformen lag eine große Katze, die gespannt durch einen Spalt in der Gardine nach draußen blickte. Nur für einen kurzen Moment, als Rose und Grahne das Wohnzimmer betraten, sah sie sie erschrocken an. Dann hatten die Geschehnisse draußen wieder ihre volle Aufmerksamkeit.

An einer Wand befand sich auch ein großes Bücherregal, das allerdings in keiner Weise mit dem der Rösker´s zu vergleichen war. Es war so voll, dass sich sogar noch auf dem Boden davor Bücher türmten. Sie sahen fast wie moderne Wolkenkratzer aus.

Frau Lüschen folgte den beiden auf einer Krücke und bat sie, doch Platz zu nehmen. Sie nahm Roses Blick wahr und meinte erklärend:

»Ja, Bücher sind meine Leidenschaft. Ich brauche dringend ein neues Regal, denn ich bringe es nicht übers Herz, auch nur eines davon herzugeben.« Sie lächelte dabei leicht gequält Heide Rose an, die sich gerade aufs Blumenmeersofa sinken ließ.

Dabei fiel der Kommissarin auf, dass die Lehrerin an ihrem rechten Fuß immer noch eine dicke Socke anstatt eines Schuhs trug.

»Tja, mit Tanzen ist es immer noch nichts«, bemerkte Frau Lüschen traurig.

»Zwei Tage vor Silvester ist es passiert. Sie können sich nicht vorstellen, wie ich mich geärgert habe«, fügte sie hinzu und setzte sich ganz vorsichtig in einen Sessel.

»Hatte mich so auf einen Abend mit Tanz gefreut, und dann so was.« Die Lehrerin klang leicht verärgert. »Aber sagen Sie, womit kann ich Ihnen helfen? Sind noch Fragen offengeblieben?«

»Nun, wir wollen noch mal den Zeitplan des Abends etwas genauer durchgehen, da sind noch zu viele Lücken«, erklärte Grahne und Rose nickte.

»Sie saßen ja an einem Nebentisch der Röskers, wenn wir richtig informiert sind«, begann Rose.

»Oh ja, mehr oder wenig gelangweilt. Wenn man nicht tanzen kann, fällt einem vieles auf, worauf man sonst gar nicht so achtet.«

»Sie hatten sogar gesehen, dass eine Kellnerin dem Bürgermeister einen Briefumschlag gab, sagten Sie einem unserer Kollegen«, meinte Grahne, die Notizen vor sich.

»Ja, das war so gegen 21.45 Uhr. Dann fand ein Wortwechsel zwischen dem Ehepaar Rösker statt … ja, sie haben fast gestritten«, wusste Liese Lüschen noch. »Irgendetwas schien Silke gar nicht zu gefallen, aber das Gespräch war nur sehr kurz, dann ist Ulf aufgestanden und raus. Ich war am Überlegen, ob ich mal zu Silke rüber humpel und sie tröste, doch dann leerte sie ihr Glas, sah sich um und verließ den Saal ebenfalls. Ich dachte erst, die wollten ihren Disput draußen in Ruhe und ohne Zeugen klären, aber Ulf Rösker habe ich danach nicht wiedergesehen.«

»Was hat Herr Rösker mit dem Zettel getan, wissen Sie das noch?«, fragte Grahne. Frau Lüschen überlegte kurz und sah dabei ins Nichts, so als ob sie sich die Bilder des Abends in Erinnerung riefe.
»Den Zettel hatte er gleich nach dem Lesen in seine Sakkotasche gesteckt«, antwortete sie dann überzeugt.
»Den Briefumschlag hatte er auf den Tisch gelegt, ich weiß aber nicht mehr, ob er da liegengeblieben ist oder weggeräumt wurde, keine Ahnung.«
»Nun, den haben wir, vielen Dank«, schaltete sich die Kommissarin ein.
»Also, die ganze Szene war mir auch nur aufgefallen, weil alle zur Polonaise auf der Tanzfläche waren und weil ich geschaut habe, wer sonst noch sitzen blieb.«
»Ist Ihnen vielleicht auch aufgefallen, wann Frau Rösker wieder reinkam?« Rose hoffte es sehr.
»Hm, das war später. Ich nahm meine Krücken und wollte schon zu ihr, sie fragen, ob alles in Ordnung ist, aber dann bekam ich eine SMS von meiner Schwester und hab' die erst mal gelesen und beantwortet«.
»Haben Sie die SMS noch?«, fragte Grahne begeistert und die Lehrerin sah ihn irritiert an. »Da steht eigentlich immer die genaue Uhrzeit bei«, erklärte er.
»Oh ja, Moment, ich schau' mal nach. Also gelöscht habe ich die SMS auf keinen Fall.« Frau Lüschen humpelte zu ihrem Handy, das auf dem Schreibtisch in ihrem Arbeitszimmer nebenan lag.
Einige Momente später rief sie: »Ich habe sie um 22.30 Uhr erhalten«, dann kam sie humpelnd zurück ins Wohnzimmer und hielt Grahne ihr Handy hin. Er bedankte sich bei ihr und machte eine Notiz.

Rose nickt Grahne zu. Die Zeit hätte gereicht, um Ulf Rösker niederzuschlagen, zu fesseln und in den Wardenburger Hof zurückzukommen, dachte sie. Fragt sich nur, ob Silke Rösker um Mitternacht auch abwesend war, denn das war der Todeszeitpunkt.
»Wie sah sie aus, als sie wieder reinkam? Hatte sie sich umgezogen, wirkte sie irgendwie abgekämpft oder gar dreckig ...?«
»Nein, sie sah eher aus, als habe sie geweint«, befand Frau Lüschen.
»Deshalb wollte ich auch zu ihr, fragen, was passiert ist, und ob ich ihr helfen kann, aber da kam ja dann die SMS«, wiederholte sie.
Grahne fühlte sich bestätigt, diesmal war er es, der Rose zunickte. Doch die wollte es ganz genau wissen und bohrte weiter:
»Na gut, und wie war das um Mitternacht, bzw. in der letzten halben Stunde bis Mitternacht? War Frau Rösker da die ganze Zeit an ihrem Tisch oder ist sie noch mal raus?« Rose war sehr gespannt und warf dem Hünen neben sich auf dem Sofa einen Blick zu.
»Das kann ich Ihnen leider nicht sagen, ich war nach draußen gegangen, hab' dort mit einigen herumgestanden, bei den Rauchern«, berichtete die Lehrerin. »Da habe ich einfach die Zeit vergesse. Wir haben uns unterhalten und auf einmal rief jemand Frohes neues Jahr, reichte ein Tablett mit Sektgläsern rum und wir stießen alle an. Es war etwa halb eins, als ich wieder zurück in den Saal bin.« Sie sah die zwei Ermittler abwechselnd an. »Um die Zeit habe ich aber Frau Rösker nicht mehr gesehen. Ich glaube, sie war da schon nach Hause gegangen, denn die

Kellnerin räumte den Tisch ab.« Als sie Roses enttäuschtes Gesicht sah, fügte sie beinahe entschuldigend hinzu: »Wissen Sie, ich musste einfach mal woanders hin, als dauernd an diesem Tisch zu sitzen.« Frau Lüschen hob kurz die Schultern und ließ sie wieder sinken.
Rose und Grahne hatten alle Antworten, die sie wollten. »Okay, vielen Dank, Frau Lüschen. Falls Ihnen noch etwas einfällt, zum Beispiel, ob Sie draußen etwas Ungewöhnliches gesehen haben, melden Sie sich bitte bei uns«, verabschiedete sich Rose.

Schon wenige Minuten später fuhren sie bei den Müllers vor. Sie hatten Glück, das Ehepaar wollte gerade zum Einkaufen, bat die Kommissare aber höflich herein und fragte, was sie für sie tun könnten.
»Wir würden gerne von Ihnen wissen, wann genau, also zu welcher Zeit, Sie Silke Rösker auf der Silvesterparty gesehen haben. Dabei ist es egal, ob im Saal, vor dem Gasthaus oder auf der Toilette«, erklärte Rose.
Müllers sah sich erstaunt an, während Grahne seinen Notizblock startklar machte.
»Also, ich habe sie gegen halb zehn an ihrem Tisch gesehen, da war auch der Ulf bei ihr«, begann Frau Müller und ihr Mann nickte. »Dann etwa gegen halb elf, da wollte ich auf die Toilette und sah sie von draußen reinkommen. Da sah sie etwas abgekämpft aus«, fügte sie noch hinzu.
»Ich glaube, dann war sie auch die ganze Zeit am Tisch, oder?«, fragte Herr Müller seine Frau, doch sie

konnte es nicht bestätigen. »Da bin ich mir jetzt nicht sicher, wir waren ja schließlich zum Feiern und nicht zum Beobachten da. Ich kann es wirklich nicht genau sagen, ob sie da war oder nicht«, endete Frau Müller, und ihr Mann pflichtete ihr bei.

»Wir fahren noch mal zum Rathaus rüber. Ich will wissen, ob Ulf Rösker ernste Absichten hatte, sich von seiner Silke zu trennen«, erklärte Rose, als sie wenig später ihren RAV in Richtung Ortsmitte lenkte.
Die Sekretärin arrangierte gerade die Kommode etwas um, auf der nun auch eine Beileidskarte für Frau Segal lag und einige Blumensträuße hinter ihrem Foto standen.
»Ach, gibt es etwas Neues?«, fragte sie die Kommissare, als die ihr Büro nach kurzem Anklopfen betraten.
»Nein, aber wir haben da eine Frage, auf die Sie uns hoffentlich eine Antwort geben können«, meinte Rose zu der verdutzt dreinblickenden Sofia Schmidt.
»Und zwar, ob der Herr Bürgermeister die Absicht hatte, sich von seiner Frau zu trennen.«
»Was?! Hat das etwa diese Frau Bornech gesagt?«, erwiderte Frau Schmidt aufgebracht, doch die Kommissarin reagierte nicht darauf, sondern wartete nur ab.
»Also ganz ehrlich, ich habe nichts dergleichen von ihm oder jemand anderem gehört«, antwortete die Sekretärin endlich.
»Danke, Sie haben uns sehr geholfen.«

Rose und Grahne gingen wieder zurück zum Wagen.

»So, und nun fahren wir zu Ella Meibach, ich will wissen, ob Silke jemanden kennengelernt hat.« Rose startete den Wagen und brauste auch schon los.
Die Freundin der Witwe war überrascht, als die Ermittler noch mal bei ihr vorstellig wurden, bat sie aber ohne zu Zögern herein.
»Was kann ich für Sie tun?«, fragte sie dann.
»Nun, Sie könnten uns sagen, ob es einen neuen Mann in Silke Röskers Leben gibt?«, wollte Rose wissen.
»Silke? Nein, auf keinen Fall, wie kommen Sie darauf?«, schüttelte sie verwundert den Kopf.
»Nun, es könnte doch sein, dass sie jemanden kennengelernt hat, der sie liebt und umgarnt. Vielleicht hatte Silke Rösker seine Liebe ja auch nicht erwidert …«, führte Rose aus.
»Nein, also nicht, dass ich wüsste«, sagte Ella Meibach.
»Sicher hätte sie mir von so einer Bekanntschaft erzählt.«
»Wo waren Sie eigentlich am Silvesterabend, so zwischen 22 und 24 Uhr?«, fragte Rose plötzlich.
»Mit ein paar Freunden auf einer Party in Oldenburg. Einen Moment, ich zeige Ihnen meine Karte.« Sie stand auf, verließ kurz den Raum und gab Grahne wenig später die abgerissene Eintrittskarte. Er ließ sich auch die Namen der Freunde geben, damit er ihre Anwesenheit überprüfen konnte.

***

Rose wollte nun endlich Klarheit und unterbreitete draußen im Auto Grahne ihr Vorhaben: »Wir holen jetzt die Rösker zur Vernehmung ins Kommissariat. Ich will von ihr wissen, wo sie um Mitternacht war, und mit ihr den Zeitplan durchgehen. Stück für Stück alles durchkauen.«

Peter Grahne hielt das für einen Fehler, aber trotzdem stoppte die Kommissarin den Wagen wenig später in Silke Röskers Einfahrt und klingelte an ihrer Tür.

»Frau Rösker, ich möchte Sie bitten, zur Befragung mit aufs Revier zu kommen«, sagte Heide Rose ohne Umschweife und forderte sie mit einer Geste auf, in ihren Wagen zu steigen. Die Witwe blickte verwirrt von ihr zu Grahne, nahm dann aber ihren Mantel von der Garderobe, griff nach ihrer Handtasche und schloss die Haustür hinter sich ab.

Sie kam Roses Bitte schweigend nach und folgte den Kommissaren völlig willenlos, um kurz darauf im Vernehmungsraum Rede und Antwort zu stehen.

»Nun, wir haben noch ein paar Fragen zu Mitternacht«, begann Rose, doch Frau Rösker starrte vor sich hin und reagierte nicht. Die Kommissarin registrierte das zwar, ließ sich jedoch davon nicht beirren. »Wo waren Sie zwischen 23 und 24 Uhr?«

Silke Rösker zuckte nur mit den Schultern.

»Wo waren Sie um Mitternacht, Frau Rösker? Bitte antworten Sie, es ist wichtig«, versuchte es nun Grahne mit seiner samtigen Stimme.

Die Witwe saß vor den beiden Ermittlern und starrte ins Leere, dann begann sie plötzlich zu reden.

»Wissen Sie, wie viele Affären Ulf in den letzten fünfzehn Jahren hatte? Ich wusste ja, dass er fremdgeht, aber so viele Frauen ... zwei Kladden voll ...«, sagte sie wie in Trance.

»Ja, ich weiß, Ihr Mann hat Ihnen sehr wehgetan, Sie hatten allen Grund, sich an ihm zu rächen«, sagte Rose.

Silke Rösker saß wieder nur wie abwesend da, nickte kurz und schüttelte dann den Kopf.

Rose warf Grahne einen Blick zu und wurde dann direkter: »Frau Rösker, haben Sie Ihren Mann getötet? Sie wussten doch von seinem Verhältnis mit Ulrike Bornech, geben Sie es zu. Wo ist die Tatwaffe? Haben Sie sie in den Tillysee geworfen, so wie Ihren Mann?«

Silke Rösker lachte plötzlich grell und laut, dass man eine Gänsehaut bekam. »Der liebe Herr Bürgermeister«, äffte sie mit verstellter hoher Stimme. »Wenn die Leute wüssten, was für ein Schwein mein Mann in Wirklichkeit war. Sicher war er zu einem Schäferstündchen unterwegs mit dieser ... was sagten Sie, wie sie heißt? Und dann hat ihn einfach jemand abgeknallt. Das geschieht ihm ganz recht. Sie glauben, dass ich es war, aber Ulf wusste, dass ich so etwas niemals tun könnte. Genauso wie er wusste, dass ich mich nie von ihm hätte trennen können. Er hatte mich vielmehr dazu benutzt, seine Affären geheim zu halten, ja, dazu war ich gut genug.« Silke Rösker nahm einen Schluck Wasser aus dem Glas, das man für sie auf den Tisch gestellt hatte, und wischte sich die Tränen aus dem Gesicht, die plötzlich über ihre blassen Wangen rollten.

»Wo ist die Tatwaffe, Frau Rösker?«, fragte nun Grahne leise.

»Ich habe ihn nicht umgebracht! Wie kommen Sie darauf?«, schrie die Witwe die Kommissare an.

»Nun, Sie haben kurze Zeit später auch den Festsaal verlassen«, antwortete Rose. »Wo sind Sie hingegangen? Sind Sie ihm nach? Es wäre ein Leichtes für Sie gewesen, ihm ungesehen den Zettel durch die Kellnerin zukommen zu lassen, ihm zu folgen, ihn niederzuschlagen und zu fesseln. Dann wieder zur Party, sich mit Freunden und Bekannten unterhalten, um ein Alibi zu haben, und kurz vor Mitternacht zurück in den Schuppen, um Ihren Mann zu töten«, endete Rose.

»Blödsinn«, lachte Silke Rösker laut. Doch als sie in die unbewegten Gesichter der Kommissare sah, schüttelte sie den Kopf.

»Ich war doch im Festsaal vor und über Mitternacht«, versicherte die Witwe nun ebenfalls ernst.

»Kann das irgendjemand bezeugen?«, fragte Grahne eindringlich.

»Ich weiß nicht, die waren doch alle so mit Feiern beschäftigt ...« Die Verdächtige überlegte angestrengt und fuhr sich nervös mit der Hand über die Stirn und Haare, doch dann kam ihr etwas in den Sinn:

»Ja, natürlich, Ratsherr Müller! Er kam kurz vor Mitternacht zu mir und wollte wissen, wo Ulf ist. Ich sagte ihm, dass er auf der Toilette sei. Daraufhin meinte der blöde Kerl doch glatt: Na, der Herr Bürgermeister wird doch wohl das neue Jahr nicht auf dem Scheißhaus beginnen?! Dann hat er blöde gelacht und seiner Frau einen Blick zugeworfen, die etwas weiter entfernt stand. Sie hatte es mitbekommen und mich noch entschuldigend angesehen.«

»Und als er dann Mitternacht nicht auftauchte?«, fragte Grahne weiter.

»Wir haben alle angestoßen und wenn einer nach ihm fragte, hab' ich mit den Schultern gezuckt. Als es dann zehn Minuten nach Mitternacht war, wollte schon jemand zur Toilette und nachsehen, wo er war. Ich habe dann so getan, als würde mein Handy vibrieren und Ulf mich von zu Hause anrufen. Ich sagte den Umstehenden, dass es ihm gar nicht gut ginge und dass er mich nicht erst suchen wollte, sondern gleich nach Hause ins Bett ist«, berichtete Silke.

»Und das hat man Ihnen geglaubt?«, wunderte sich Rose.

»Im Laufe der Jahre bin ich anscheinend ziemlich gut im Ausredenerfinden geworden. Außerdem konnte ich ihnen doch auf keinen Fall sagen, dass er zu seiner Geliebten gefahren war«, rechtfertigte sich die Witwe etwas leidend.

»Wir werden das natürlich überprüfen. Haben Sie uns sonst noch etwas zu sagen?« Grahne schien ein wenig zu triumphieren. Rose bedachte ihn mit einem missmutigen Blick, als sie an ihm vorbei nach draußen zu einem Kollegen ging.

»Oder gibt es noch einen Zeugen, der bestätigen kann, dass Sie um Mitternacht im Saal waren?«, fragte Grahne weiter.

Doch Frau Rösker fiel niemand sonst ein.

Wenig später wurde die Witwe von Kollegen der Wache wieder nach Hause gebracht und heimlich observiert. Das hatte sie natürlich Heide Rose zu verdanken, die noch immer einen letzten Zweifel hegte.

Denn selbst wenn es nicht Silke Rösker gewesen war, hatte sie ja vielleicht doch einen Freund oder Verehrer, der alles für sie zu tun bereit war. So jemand wollte sie bestimmt schnellstmöglich wiedersehen, da war sich Rose sicher. Zwar hatten sie keine Beweise dafür, aber man musste alle Eventualitäten abwägen und seine Fühler nach allen Richtungen ausstrecken. Das hatte Heide Rose von Harm Janzen gelernt und er hatte recht, was auch seine hohe Aufklärungsrate bestätigte.

***

Als Frau Rösker in Begleitung der Beamten das Gebäude verlassen hatte, ging Rose grinsend an ihren Schreibtisch. Grahne fiel es auf und er folgte ihr.
»Verraten Sie mir, weshalb Sie so zufrieden lächeln?«
»Hm? Nun, die Witwe wird observiert«, antwortete sie.
»Aber Sie haben sie doch gerade gehört, es gibt sogar Zeugen dafür, dass sie um Mitternacht anwesend war.« Grahne war leicht erstaunt.
»Sie selbst war anwesend, ja, aber was ist, wenn es doch jemanden gibt, der alles für Frau Rösker tun würde?«, entgegnete Rose. »Wenn diese Person mit ihr Kontakt aufnehmen will, dann haben wir sie.«

»Okay, wir werden sehen«, meinte er und begann, Ella Meibachs Alibi zu überprüfen. Nach zwanzig Minuten teilte er Rose mit, dass alle vier Personen ihre Anwesenheit auf der Silvesterparty in Oldenburg bestätigt hatten und auch bereit waren, eine Zeugenaussage zu unterzeichnen. Gut, diese Spur führte also auch ins Leere, dachte Heide Rose.

Die Kommissarin schaute wieder auf ihr Handy, doch von den Tauchern kam keine Meldung und sie wurde langsam ungeduldig.
Dann gab sie ihrem Kollegen ein Zeichen mitzukommen.
Die Müllers waren etwas erstaunt, dass die Ermittler sie ein weiteres Mal aufsuchten. Man setzte sich wieder ins Wohnzimmer, auf die Sofas um den Tisch, dann konfrontierte Heide Rose die beiden mit der Aussage von Silke Rösker zu Herrn Müllers salopper Bemerkung kurz vor Mitternacht.
Ratsherr Müller mochte das nicht wirklich bestätigen und druckste nur verlegen herum. Aber seine Frau hatte Worte dafür.
»Oh ja, mein Lieber, das hast du gesagt. Schlimm genug, wie ich finde«, meinte sie, immer noch peinlich berührt von Herrn Müllers ungehörigem Kommentar.
»Ja«, gab ihr Mann schließlich gequält zu, »meine Güte, ich hatte ein paar Bierchen und wir waren am Feiern.«
Also sagte die Witwe die Wahrheit, was das betraf. Nun, wir werden sehen, was die Observierung ergibt, dachte Rose und verabschiedete sich.

Die Ermittler kehrten in ihr Büro zurück, in der Hoffnung, dass es dort etwas Neues gäbe.

Kollege Meier kam zu herein, er hatte die letzten Namen aus der Kladde sorgsam auf den Block übertragen und dahinter die aktuellen Familiennamen geschrieben.

Doch keiner ragte heraus, war irgendwie auffällig geworden oder im Umfeld von Ulf Rösker zu finden.

Einige der Damen waren auch umgezogen, was der Kollege ebenfalls auf dem Block vermerkt hatte.

»Gute Arbeit, Herr Meier«, lobte Rose begeistert, »vielen Dank.«

»Leider ist nichts Außergewöhnliches darunter«, bedauerte er, »jedenfalls auf den ersten und zweiten Blick nicht, wie ich finde.«

Rose und Grahne machten sich in der kleinen Küche zwei Tassen Tee und trugen sie zu ihren Schreibtischen. Doch dort lag nichts Neues und so sahen sie sich die Liste vom Kollegen Meier genauer an. Ohne Erfolg – alle früheren Geliebten des Bürgermeisters hatten inzwischen einen Mann fürs Leben gefunden oder machten Karriere.

»Vielleicht gibt es ja an der Tafel noch etwas, das wir übersehen haben«, hoffte Rose, stand auf und ging hinüber. Doch schon ein kurzer Blick brachte Ernüchterung.

»Hat Frau Bornech einen Ex-Freund, der es auf Ulf Rösker abgesehen haben könnte?«, fragte Rose plötzlich.

»Hm, keine Ahnung. Soll ich sie mal anrufen und fragen?«

»Ja, bitte. Das würde mich jetzt echt interessieren.«

Plötzlich klingelte ihr Handy, Freddy von der SpuSi war dran.

»Hallo, hast du was für mich?«, fragte sie hoffnungsvoll.

»Ja, ich denke schon. Auf einem der Knüppel, dem mit dem Blut dran, habe ich DNA-Spuren von Ulf Rösker gefunden. Es ist sein Blut, aber der Täter muss Handschuhe getragen haben, vermutlich aus Leder. Ich konnte keine Fasern oder Hautpartikel darauf entdecken. Das ist leider alles«, informierte Freddy sie.

»Und der andere Knüppel? Da waren doch Haare dran.«

»Stimmt, aber die waren von einem Hund, genau wie die Bissspuren. Tut mir leid, aber ich denke, deine Spürnase wird den Täter auch so finden«, versuchte er ihr Mut zu machen. Die Kommissarin lächelte kurz.

»Okay, ich danke dir, mach's gut«, verabschiedete sie sich und von Freddy kam noch ein »Mach's besser«, bevor er auflegte.

Rose wählte die Nummer der technischen Abteilung, sie wollte wissen, ob die Untersuchung von Ulf Rösker´s Notebook etwas ergeben hatte.

»Da sind einige Mails von einer Ulrike Bornech drauf, falls dir der Name was sagt, ansonsten nichts Ungewöhnliches«, gab der Kollege am Telefon Auskunft. »Wir schauen uns jetzt gleich noch die Festplatte genauer an, ob da was Auffälliges gelöscht wurde. Falls ja, melden wir uns sofort.«

Auch Grahne hatte sein Gespräch beendet und berichtete. »Also die Bornech hat keinen Ex-Freund, der auf Rache aus war; ihr letzter Verflossener ist seit einem Jahr glücklich verheiratet und ein Kind hat sich dort auch angemeldet.« Damit war auch dieser Verdacht hinfällig.

Heide Rose tigerte im Raum umher und blieb vor der Tafel stehen. »Eine Dame aus dem Rathaus hatte erzählt, dass Sofia Schmidt vor einem halben Jahr ihre Mutter verlor, sie war schwer krebskrank gewesen«, las sie eine Notiz vor.

»War sie im Krankenhaus oder wurde sie zu Hause gepflegt?«, fragte Grahne.

»Das wurde noch nicht überprüft«, meinte Rose und Grahne machte sich eine Notiz.

»Der nette Herr Macho, der mir zu gerne seine Pokale genauer gezeigt hätte, nahm fast regelmäßig Aufputschmittel. Die Kollegin, die vorher das Standesamt leitete, war depressiv und bekam Medikamente. Sie wurde auf eigenen Wunsch ins Sozialamt versetzt«, fuhr sie fort.

Stück für Stück fügten sie das Puzzle zusammen und überlegten, was für ein Motiv der Täter haben könnte.

»Nun, der Mörder muss von Rösker sehr verletzt worden sein. Das kann schon länger her sein, denn der Mord an ihm wurde genau geplant«, sagte Grahne bestimmt.

»Aber nicht zu lange. Er wollte offensichtlich, dass Rösker sein Gesicht verliert, in jeder Hinsicht, aber wessen Handschrift trägt diese Art Mord?«, überlegte Rose laut. Plötzlich verschluckte Grahne sich an seinem Tee

und begann heftig zu husten.

»Herrje, brauchen Sie eine Schnabeltasse?«, entfuhr es Rose und sie sah ihn entsetzt an.

Tränen schossen ihm in die Augen und er erlitt einen nicht enden wollenden Hustenanfall. Versuchte immer wieder sich zu fangen, klopfte sich auf die Brust und schüttelte dabei den Kopf. Sein Gesicht lief vor Anstrengung hochrot an und geriet dadurch in Konkurrenz zu seinen roten Haaren.

Schließlich holte er immer noch keuchend einen Zettel aus seiner Jacke und legte ihn zu der Beweistüte mit dem Zettel, den man bei der Leiche des Bürgermeisters gefunden hatte. Er räusperte sich erneut, zeigte mehrmals mit dem Finger vom einen zum anderen Zettel und versuchte zu sprechen.

»Die … Sch… gleich …« Dann musste er schon wieder husten. Rose verstand nicht und klopfte ihm auf den Rücken, wartete dann geduldig und überlegte, was er meinen könnte.

Bei der nächsten Hustensalve drehte er sich von ihr weg, aber fuchtelte mit den Zetteln vor ihrem Gesicht herum. Einige Beamten der Wache schauten nach, was bei ihnen los war.

»Habt ihr euch noch nie verschluckt?«, fragte Rose die neugierigen Kollegen, die sich daraufhin wieder trollten.

Endlich beugte Rose sich über die Zettel und schaute sie genauer an. Sie nahm das Stück Papier aus der Tüte und legte es neben Grahnes Exemplar.

Dann sah sie, was er meinte. Sie trugen denselben bunten Rand und, was noch viel wichtiger war, die gleiche Handschrift.

Auf dem Zettel vom Tatort stand zwar nur 22 Uhr, aber die Zwei, das U, H und R waren identisch mit denen in der Adresse von Ulrike Bornech, Münnichstraße in 21633 Oldenburg.

Grahne ging es langsam besser, aber er war missmutig. Er wusste nicht, worüber er sich mehr ärgerte, über seine Ungeschicktheit oder weil ihm die Gemeinsamkeiten der beiden Zettel erst jetzt aufgefallen war. Er räusperte sich ein letztes Mal und meinte dann endlich, wenn auch mit kratziger Stimme: »Die ganze Zeit schau' ich den Zettel an und denk', da stimmt was nicht. So was Blödes, jetzt wo Sie von Handschrift reden ...« Dann schlug er sich mit der Hand vor die Stirn und schüttelte den Kopf.

»Mensch, Grahne, Sie haben recht! Die gleiche Handschrift«, bestätigte die Kommissarin, nachdem sie sich den Zettel mit der Adresse von Frau Bornech genauer angesehen hatte. »Aber ich war ja genauso blind.« Plötzlich stockte sie.

»Warten Sie ... Was haben wir gerade an der Tafel gesehen? Ihre Mutter hatte Krebs! Wo ist das zweite Team?«, fragte sie mehr an sich selbst gerichtet und eilte in eines der vorderen Büros. Grahne erholte sich derweil vollständig von seinem Missgeschick und nahm dann vorsichtig noch einen Schluck Tee, bis Rose wieder zurückkam.

»Ich habe den Kollegen am Handy angerufen, sie sind unterwegs wegen ... aber egal. Die Mutter von der Schmidt war schwer krebskrank, im Endstadium, und wurde austherapiert. So hat sich Sofia Schmidt die letzten Wochen zu Hause um ihre Mutter gekümmert, zusammen mit einer Pflegerin. Diese meinte, dass die Patientin ihre Schlaftabletten nicht nehmen wollte, weil sie sie nicht vertrug. Weil man aber darauf bestand, hatte sie so getan, als würde sie sie schlucken, und die Pillen in ihrem Nachtschränkchen versteckt. Die Pflegerin hatte Sofia Schmidt davon telefonisch in Kenntnis gesetzt, als die mit einer Kollegin zusammen zum Mittag war. Vielleicht war diese Kollegin Frau Segal, die hat es sicher mitbekommen. Ich wette, sie hat Sofia Schmidt noch an dem Nachmittag nichtsahnend darauf angesprochen.«

»Aber was ich nicht verstehe – bei Krebs hat sie doch sicher Morphium verschrieben bekommen, davon wird man doch sowieso müde?«, fragte Grahne.

»Das ist richtig, aber bei Schmidts Mutter hatte es wohl eher eine anregende Wirkung, jedenfalls konnte sie deshalb nicht schlafen, daher die starken Schlaftabletten. Die Sekretärin betonte doch immer wieder, wie wichtig sie für den Bürgermeister war. Was, wenn sie die Heine tötete, um den Bürgermeister zu schützen?!«

»Möglich, aber wieso hat sie dann Rösker getötet?«

»Das müssen wir rauskriegen, im Verhör. Sind Sie wieder fit?« Der Kommissar nickte und stand sogleich auf.

»Dann wollen wir uns mal die Dame ins Revier holen«, sagte Heide Rose und wollte schon los. Doch Kollege Weinheim stellte sich ihr in den Weg.

»Ich weiß ja nicht, ob es von Bedeutung ist, aber ich hatte eben noch ein interessantes Gespräch beim Schlachter. Die Schmidt, die Sekretärin vom Bürgermeister, soll bis vor etwa einem halben Jahr

ihre sehr kranke Mutter gepflegt haben. Sie hatte wohl Krebs und litt an Schlafstörungen, wegen der Schmerzen. Ich weiß nicht, was davon wahr ist und was nur Tratsch. Außerdem habe ich hier die Überprüfung ihrer Telefongespräche, Silvester hatte sie mit ihrer Freundin telefoniert, aber nur etwa eine Stunde lang. Schauen Sie mal.« Weinheim hielt der Kommissarin die Unterlagen hin.
»Na prima, von halb elf bis halb zwölf, das passt dann ja«, freute sich Rose. »Bitte finden Sie doch heraus, bei welchem Arzt die Mutter war, welche Medikamente und – was viel wichtiger ist – welche Mengen sie davon in der letzten Zeit verschrieben bekommen hatte. Wir holen Frau Schmidt derweil in den Verhörraum.«
Dann machten sich die beiden Ermittler auf den Weg.
»Aber warum hat sie Rösker getötet, wenn sie die Heine ermordet hat, um ihn zu schützen?«, wiederholte Rose während der Fahrt noch einmal Grahnes Frage von vorhin.
»Warten Sie mal, ich habe da so eine Idee«, spannte Grahne sie auf die Folter.

***

Keine fünf Minuten später waren sie beim Rathaus. Die ersten Angestellten gingen schon in den Feierabend, doch Sofia Schmidt war noch im Haus, wie sie vom Hausmeister erfuhren.
Glück muss man haben, dachte Heide Rose und sie liefen eilig die Treppen hoch.

Frau Schmidt wollte ebenfalls gerade Feierabend machen und war nicht gerade erfreut, als sie die Ermittler auf sich zustürmen sah.

»Oh, ich hoffe, es geht schnell, ich habe noch was vor«, sagte sie kurz angebunden.

»Nun, ich denke, daraus wird nichts. Wir haben noch einige Fragen und möchten, dass Sie mit aufs Revier kommen«, entgegnete Rose.

Die Sekretärin beendete augenblicklich die Aufräumarbeiten an ihrem Schreibtisch und sah die zwei abwechselnd an.

»Was soll das denn? Ich habe Ihnen doch geholfen, wo ich konnte«, sagte sie vorwurfsvoll, während sie aufstand und ihre Tasche packte.

»Es sind noch ein paar Dinge zu klären, was wir allerdings nur auf dem Revier machen können«, beschwichtigte Grahne sie diplomatisch, aber bestimmt.

»Ach, das gibt es doch nicht, ich weiß wirklich nicht, wobei ich Ihnen noch hilfreich sein kann«, regte Schmidt sich weiter auf und bedachte Heide Rose mit einem giftigen Blick.

»Hilfreich wäre vor allem, wenn Sie hier nicht so einen Aufstand machen und einfach mitkommen. Wir haben da etwas, das Sie sich ansehen sollten«, sagte die Kommissarin bestimmt und bedeutete der Sekretärin, dass sie vorgehen sollte. »Wir können Sie sonst auch festnehmen«, fügte sie noch hinzu.

»Du meine Güte, ich komme ja schon«, meinte Frau Schmidt gnädig und setzte sich in Bewegung.

***

Sofia Schmidt saß im Verhörraum und wartete ungeduldig auf die Kommissare.
Nach etwa zehn Minuten ging endlich die Tür auf und sie kamen herein.
Grahne legte den Zettel mit Frau Bornech´s Anschrift vor ihr hin.
»Das ist doch Ihre Handschrift, oder?«, begann er die Befragung. Sie warf nur einen kurzen Blick auf das Stück Papier.
»Ja, das wissen Sie doch, ich habe Ihnen doch in Ihrem Beisein die Adresse von der Person aufgeschrieben«, sagte sie leicht genervt.
Dann schob Grahne einen zweiten Zettel daneben, nämlich den, den er am See gefunden hatte.
»Den haben Sie auch geschrieben.« Er sah sie auffordernd an.
Nach einigen Augenblicken schüttelte sie den Kopf.
»Was soll das für ein Zettel sein?«, fragte sie ungehalten.
»Mit dieser Notiz haben Sie Ulf Rösker in den alten Schuppen gelockt«, sagte Grahne bestimmt.
»Das ist ja Unsinn, warum hätte ich das denn tun sollen?«
»Um ihn mit einem Schlag auf den Hinterkopf überwältigen zu können, damit Sie ihn fesseln konnten, und ihn dann um Mitternacht zu erschießen«, führte Grahne aus.
Heide Rose hielt sich im Hintergrund und beobachtete das Ganze. Sie wartete auf die Meldung des Kollegen Weinheim und hoffte sehr, dass er endlich damit kam. Doch nun unterbrach sie Grahne:

»Ihre Mutter ist vor einem halben Jahr gestorben, sie hatte Krebs, ist das richtig?«

»Ich wüsste nicht, was meine Mutter damit zu tun hat«, erwiderte die Sekretärin schnippisch.

»Was für Medikamente bekam sie gegen die Schmerzen? Morphium? Und ein starkes Schlafmittel, weil sie mit dem Morphium im Körper nicht wie andere müde, sondern wach wurde. Stimmt das?«, hakte Rose weiter nach.

Frau Schmidt schwieg.

»Allerdings vertrug Ihre Mutter das Mittel nicht und blieb lieber schlaflos«, fuhr Rose unbeirrt fort.

Sofia Schmidt sagte kein Wort.

»Heraus damit«, machte Grahne nun Druck, »welche Medikamente bekam Ihre Mutter in den letzten Monaten ihrer Krebserkrankung?«

Doch die Sekretärin blieb stumm.

»Frau Segal war dabei, als die Pflegerin sie anrief, um Ihnen zu sagen, dass Ihre Mutter die Schlaftabletten nicht verträgt. Sie waren gerade beim Mittagstisch und Ihre Kollegin bekam alles mit. Nach unserer Befragung muss sich Frau Segal der Geschichte mit den Schlaftabletten wieder entsonnen haben und sprach Sie darauf an, nicht wahr? Bestimmt war sie sich nicht darüber bewusst, was sie da zu Ihnen sagte, was sie mit ihrer Bemerkung auslöste. Sie haben in ihrem Vorgarten auf sie gewartet und ihr den Schädel einschlagen, damit sie uns nicht davon erzählen konnte.« Grahne lehnte sich zurück und wartete auf eine Reaktion. Doch vergeblich, Sofia Schmidt ließ sich nicht aus ihrem Schneckenhäuschen locken.

»Ihre Mutter hatte, wie schon im Krankenhaus, während der ganzen Zeit bei Ihnen zu Hause die Tabletten nicht genommen. Hatte sie alle unter ihrer Matratze versteckt, oder im Nachttisch, richtig?«, fragte Grahne, doch die Sekretärin schaute sich nur genervt um.

»Wie viele davon haben Sie denn der jungen Emily Heine eingeflößt? Alkohol hat die junge Frau verabscheut. Wie haben Sie es geschafft, dass sie ihn trank? Sie hat sich doch sicher auch gewundert, als Sie sie besuchen kamen. Was haben Sie ihr gesagt, etwa, dass Sie ihr etwas von Ulf Rösker ausrichten sollen?«, setzte nun Rose das Verhör fort und Sofia Schmidt wandte sich ihr überrascht zu.

»Also – wie haben Sie es getan? Wie haben Sie ihr die Tabletten verabreicht?« Rose ließ nicht locker.

»Das stimmt doch alles nicht!«, rief Sofia Schmidt aus.

»Sicher haben Sie ihr die gute Freundin vorgespielt und ihr die Medikamente als Cocktail eingeflößt. Sie wussten, dass Emily von Herrn Rösker schwanger war und er das Kind nicht wollte, das hat er bestimmt auch Ihnen erzählt, nicht wahr? Hatte er Sie beauftragt, Emily Heine zu töten?«, löste Grahne Rose ab.

»Unsinn!«, schrie die Sekretärin.

»Und Rösker, dieser undankbare Typ, hat Sie nicht mal wahrgenommen. Nichts von all dem, was Sie für ihn getan haben, anerkannt. Dieser Idiot hat nicht kapiert, wie sehr Sie ihn lieben, dass Sie alles für ihn tun würden und getan haben.« Der Kommissar hielt kurz inne.

»Aber warum haben Sie ihm das nicht gesagt, Sofia? Warum haben Sie ihm nicht gesagt, wie sehr Sie ihn lieben? Dass Sie alles für ihn tun würden? Warum nur haben Sie es ihm nicht gesagt?«, fragte er Frau Schmidt mit erhobener Stimme, obwohl sie direkt vor ihm saß.

»Hören Sie auf!«, schrie sie und hielt sich die Ohren zu. Grahne verstand.

»Sie sind eine wunderschöne junge Frau und nach allem, was Sie für ihn getan haben – warum hat er Sie dann nur abgewiesen? Warum nur?«, rief er laut.

»Ha!«, kreischte Sofia Schmidt mit einem Mal. »Das sei ihm zu einfach, er wolle erobern, meinte er, eine Herausforderung. Er wolle den Nervenkitzel, sagte er, aber den hat er dann ja gekriegt.« Sie schaute Grahne trotzig an.

»Denn Sie weist man nicht so schnell ab, nicht wahr? Wo Sie so wichtig für ihn waren und seinen Ruf geschützt haben ...«, bohrte Grahne weiter.

»Als wäre ich so ein Flittchen! Dabei habe ich ihn aufrichtig geliebt und dafür gesorgt, dass niemand sein wahres Gesicht sieht, dieser Schürzenjäger«, begann die Sekretärin nun lauthals zu weinen. Plötzlich sprang sie auf und schrie: »Ich hätte alles für ihn getan! Alles! Und was hat er? Mit Füßen hat er meine Liebe getreten! Mit Füßen!«

»Sie haben alles für ihn getan«, sagte Rose harsch.

Es klopfte an der Tür.

Der Kollege Weinheim reichte Rose zwei Din A4-Blätter mit einigen Hinweisen darauf. Die Informationen, auf die sie gewartet hatte.

Sie bedankte sich bei ihm und überflog den Inhalt.

Frau Schmidt hatte genügend Tabletten sammeln können, das stand nun fest. Sie hatten auch die Mörderin von Emily Heine. Nun wollte Rose nur noch die näheren Umstände geklärt haben.

»Hat Ulf Rösker Sie gefragt, ob Sie ihm bei seinem Problem mit Emily Heine helfen können?«, wandte sie sich wieder der Sekretärin zu.

»Gar nichts hat er!«, schrie sie. »Dieses Miststück hat ihn unter Druck gesetzt und seinen Ruf gefährdet. Sie wollte Unterhalt für das Kind einklagen! Wissen Sie, wie fertig das den Ulf gemacht hat?!«

Rose und Grahne tauschten einen Blick.

»Und dann haben Sie ihm aus der Patsche geholfen, wie Sie es immer taten, und als Sie endlich den Mut hatten, ihm Ihre Liebe zu gestehen, da hat er Sie einfach weggeschubst«, sagte Grahne mit ruhiger Stimme. Sofia Schmidt weinte nun heftiger.

»Woher wussten Sie von dem alten Schuppen?«, fragte der Kommissar.

»Er hatte nach seinem Treffen mit dieser Ulrike von dem ‚idealen' Platz erzählt.« Frau Schmidt verdrehte die Augen.

»Dann haben Sie ihm dort eine Falle gestellt und ihm das Gesicht weggeschossen«, stellte Grahne fest.

»Ja, alle sollten sehen, wie hässlich er in Wirklichkeit ist«, schrie sie ihn an.

»Woher haben sie die Tatwaffe und was haben sie mit ihr gemacht, Frau Schmidt?«, wollte Rose wissen.

»Ich habe sie in den See geworfen, damit sie keiner findet. Sie ist von meinem verstorbenen Vater, er hatte einen Waffenschein«, gab sie der Kommissarin bereitwillig preis und nahm einen Schluck Wasser.

»Glauben Sie mir, wir finden alles«, antwortete Rose ruhig. Endlich hatte sie den Beweis für ihren Vorgesetzten, das Geständnis der Mörderin.
»Wie haben Sie Emily Heine dazu gebracht, den Cocktail zu trinken?«, bohrte Grahne weiter.
»Das lass' ich mir nicht von Ihnen anhängen«, empörte sich die Sekretärin.
»Anhängen?! Nein, anhängen nicht, wir können es sogar beweisen. Unser Kollege hat uns eben die Informationen reingereicht«, erklärte Rose. »Sie haben die Tabletten Ihrer Mutter genommen, die sie verweigert hatte, weil sie sie nicht vertrug. Sie haben sich Zutritt zur Wohnung von Emily Heine verschafft und die Frau mit einem Cocktail aus etwa dreißig Tabletten und Wodka getötet. Ich denke sie haben sie überwältigt, gefesselt und ihr dann gewaltsam den Cocktail eingeflößt. Frau Heine hatte passende Spuren dazu an den Handgelenken.
Ebenso werden wie beweisen, dass Sie Frau Segal in ihrem Vorgarten mit einem Stein aus ihrem Beet den Schädel eingeschlagen haben. Sicher finden wir bei Ihnen zu Hause die Lederhandschuhe, die Sie bei allen drei Morden trugen. Die Kollegen sind schon unterwegs zu Ihrer Wohnung, um alle Spuren sicherzustellen«, endete Rose.
Die Sekretärin sah sie erschrocken an, dann verschränkte sie die Arme auf dem Tisch vor sich, vergrub ihr Gesicht darin und weinte haltlos.
»Sofia Schmidt, Sie sind verhaftet wegen dreifachen Mordes an Ulf Rösker, Ihrer Kollegin Sabine Segal und Emily Heine.«

Danach öffnete Heide Rose die Tür des Verhörraums und die junge Frau wurde abgeführt.

Grahne saß da und beobachtete alles, sagte aber kein Wort. Dann schaltete er das Tonbandgerät ab.

»Na, Sie sehen so nachdenklich aus? Was ist los?«, fragte die Kommissarin ihren Kollegen.

»Es ist schon erschreckend, was Liebe aus Menschen machen kann«, meinte Grahne.

»Liebe oder Fanatismus?«, konterte Rose und er nickte nachdenklich.

»Egal, wir haben den Fall gelöst, es ist halb sieben und wir haben Feierabend. Kommen Sie, ich lade Sie zum Essen ein.« Heide Rose ging an Grahne vorbei zur Tür und stupste ihn an, damit er aufstand. »Was meinen Sie, wieder zum Landhaus Südheide?«

»Wenn hier jemand einlädt, dann ja wohl ich Sie. So als Einstand, versteht sich. Landhaus Südheide find ich sehr gut. Also los«, lachte er und griff sich im Vorbeigehen seinen Mantel.

Rose war hochzufrieden mit dem Ausgang der Ermittlungen und ihrem neuen Partner. Er konnte gut beobachten und brachte sich zur richtigen Zeit ein.

Ja, so konnte man arbeiten, dachte sie und lächelte.

Sie freute sich schon auf ihren nächsten Fall. Sie hatte ja keine Ahnung, was da auf sie zukam.